M.M.

Aus dem Verborgenen

Melisa Schwermer

E-Mail: melisa.schwermer@gmail.com

www.melisa-schwermer.de

Covergestaltung: ZERO Werbeagentur GmbH, München Covermotiv: Finepic / shutterstock

Lektorat: Susanne Pavlovic

www.textehexe.com

Korrektorat: Jasmin Krieger

ISBN-13: 978-1530769421

ISBN-10: 1530769426

Man kann nicht wirklich wissen ob man nicht jetzt
im Tollhaus sitzt. (G.C. Lichtenberg)

Über die Autorin:

Mehr auf: www.melisa-schwermer.de

Melisa Schwermer, geb. 1983 in Offenbach, verschenkte schon als Kind lieber selbst Verfasstes als selbst Gebasteltes an die Verwandtschaft. Nach einer Lehre als Industriekauffrau und dem Abitur am Abendgymnasium studierte sie Germanistik und Philosophie. Derzeit promoviert sie in Literaturwissenschaft und arbeitet als Berufsschullehrerin sowie als Universitätsdozentin.

Mit ihrem Thriller „Injektion“ gelang ihr 2014 der Sprung in die Top 20 der Amazon-Kindle-Charts. Nach dem zweiten Teil, „Die Rache“, erschien 2015 der Thriller „Abgewiesen“, der es bis auf Platz 2 der Kindle-Charts schaffte und sich wochenlang in den Top 10 hielt.

Weitere lieferbare Titel:

Abgewiesen
Injektion
Injektion 2: Die Rache
Die Katzenlady
Der Käfer
Diverse Kurzgeschichten in Anthologien
(erschienen im Amrûn-Verlag)

Kapitel 1

»Es war ein Mädchen frisch und schön [...]«

G.C. Lichtenberg

Normalerweise legte Gregor Pappel großen Wert auf Pünktlichkeit. In den fünf Jahren, die er nun bei Grunemer als Lagervorarbeiter arbeitete, war es ihm nie passiert, dass er zu spät kam. Meist blieb er sogar länger als eigentlich notwendig und schaffte so Überstunden auf sein Arbeitszeitkonto. Doch an diesem Tag war alles anders. Obwohl er bereits vor etwa einer halben Stunde hätte losfahren müssen, stand Gregor fasziniert am Fenster zur Straße. Dort unten beobachtete er eine kecke Rothaarige, wie sie harten Männern eines Umzugsunternehmens Befehle erteilte. Zumindest wirkte es für ihn von hier oben so, als täte sie das.

Die gute Nachricht an diesem Tag war, dass die Frau auf der Straße in die Wohnung gegenüber einzog. Seit Daphne verschwunden war, hatte er das Gefühl gehabt, er könne nie wieder eine Frau ansehen und annähernd so empfinden, wie es bei Daphne der Fall gewesen war. Doch in diesem Augenblick durchströmte ihn eine angenehme Neugierde auf die Rothaarige. Mit einem Mal spielte Daphne gar keine so große Rolle mehr für ihn. Er spürte, dass die Zeit gekommen war. Er war endlich bereit für etwas Neues.

Mit vor Anstrengung verzerrten Gesichtern schleppten die Männer vom Umzugsunternehmen gerade einen großen Schreibtisch ins Haus. Gregors zukünftige Nachbarin nahm sich eine Stehlampe aus dem Sprinter und folgte ihnen. Jetzt musste er sich beeilen, wenn er sie auf der Treppe erwischen wollte. Gregor schnappte sich seinen Autoschlüssel und stürmte aus der Wohnung. Ungeduldig wartete er im Treppenhaus, bis die Männer schnaufend im dritten Stock ankamen, und eilte dann an ihnen vorbei. Die Rothaarige traf er im Erdgeschoss. Dort stand sie an die Wand gelehnt, das Handy zwischen Ohr und Schulter geklemmt.

Unvermittelt blieb er stehen und betrachtete sie genauer. Sie war noch viel schöner als er vom Fenster aus erahnt hatte. Die Strähnchen ihrer Kurzhaarfrisur fielen ihr tief in die Stirn, bis zu den Augenbrauen. Darunter lagen großen Augen, die sogar in der schwachen Beleuchtung des Hausflurs zu funkeln schienen. Ihr Shirt war von der linken Schulter gerutscht und Gregor konnte den Ansatz ihrer Brust ausmachen. Gierig starrte er auf den schwarzen BH-Träger und stellte sich vor, wie auch dieser herunterrutschte und ihren nackten Busen freigab.

»Warte mal einen Moment«, sagte sie plötzlich ins Telefon. Ihre Stimme klang wundervoll rau und dunkel. »Möchten Sie etwas von mir?«

Gregor runzelte die Stirn und blickte hoch in ihr Gesicht. Mit dem Zeigefinger deutete er fragend auf sich.

»Ja, Sie meine ich.« Sie schenkte ihm ein gequältes Lächeln.

Oh, es gibt viele Dinge, die ich von dir will, dachte er, sagte aber: »Ach. Nein, entschuldigen Sie.«

Wegen der Gedanken, zu denen er sich eben hatte hinreißen lassen, schoss Gregor das Blut ins Gesicht. Er setzte sich in Bewegung, damit sie es nicht bemerkte. Als er an ihr vorbeiging, atmete er tief durch die Nase ein. Sie sah nicht nur gut aus, sie roch auch unbeschreiblich gut. Lächelnd machte er sich auf den Weg zu seinem Auto. Heute würde er sicher keine Überstunden machen. Er konnte es jetzt schon kaum noch erwarten, wieder nach Hause zu kommen.

Kapitel 2

»Wohin mich mein Schicksal und mein Wagen führt.«

G.C. Lichtenberg

Elsa fuhr vor Schreck zusammen. Das schrille Läuten der Türglocke klang so vollkommen anders als das dezente Summen in ihrer alten Wohnung. Zögerlich stand sie auf. Mit Jogginghose und löchrigem Nirvana-Shirt war sie ganz und gar nicht passend angezogen, um Besuch zu empfangen. Davon abgesehen wunderte sie sich, wer jetzt wohl bereits ihre Adresse haben konnte. Erst vor einer Stunde hatte sie mit der Umzugsfirma ihre Sachen in die Wohnung geschafft und bis auf ihren ehemaligen Kommilitonen kannte sie niemanden in Frankfurt. Wie auch, sie hatte gerade mal vor zwei Wochen entschieden, aus Hamburg wegzugehen.

Der unerwartete Besucher war anscheinend nicht mit Geduld gesegnet. Bevor Elsa überhaupt in der Diele angekommen war, klingelte er schon zum zweiten Mal.

»Ist ja gut«, murmelte sie und ging zur Tür. Dort nahm sie den Hörer der Gegensprechanlage ab.

»Hallo«, sagte sie und lauschte. Am anderen Ende blieb es bis auf den Verkehrslärm still. »Wer ist da?«, versuchte sie es noch einmal.

»Da stand ein Umzugswagen vor der Tür. Was hat das zu bedeuten?«

»Wie bitte? Sie haben wohl die falsche Klingel erwischt.«

»Daphne?«, fragte eine männliche Stimme. »Das bist doch nicht du!«

»Ganz genau. Hier ist nicht Daphne. Mit wem spreche ich denn?«

»Sie ist also nicht da?« Der Fremde ignorierte ihre Frage.

Elsa schüttelte genervt den Kopf. »Tut mir leid, ich glaube, ich kann Ihnen nicht helfen. Eine Daphne gibt es hier nicht.«

»Oh«, machte der Mann auf der Straße. Dann hörte Elsa, wie sich seine Schritte entfernten. Verabschiedet hatte er sich nicht.

Elsa runzelte die Stirn, doch sie beschloss, sich nicht weiter mit dem Kerl zu beschäftigen. Nun wusste er ja, dass er seine Daphne hier fortan nicht mehr erreichen würde. Momentan hatte Elsa ohnehin genug damit zu tun, sich mit ihrem zukünftigen Leben ohne Pascal anzufreunden und dabei irgendwie ihren Roman fertigzustellen.

Ja, sie war diejenige, die die Trennung gewollt und aus diesem Grund einen Neuanfang in einer fremden Stadt gewagt hatte. Aber sie hatte sich wohl kaum dafür entschieden, ihn mit einer dickbusigen Brünetten mit einem riesigen Engelsflügel-Tattoo auf dem Rücken im Bett zu erwischen. Die Tätowierung hatte sich deshalb so exakt in Elsas Erinnerung eingebrannt, weil die schlanke Schönheit gerade ihrem langjährigen Freund in Reiterstellung das Hirn aus dem Schädel gefickt hatte, als Elsa, ohne es anzukündigen, vorzeitig von einer Lesereise zurückgekehrt war.

»Verdammtes Arschloch«, sagte sie zur Wand und widmete sich wieder der wichtigsten Kiste ihres gesamten Hausstandes: der mit ihrem Laptop und den Notizheften. Jetzt, nachdem sie einen passenden Platz für ihren Klotz von Schreibtisch gefunden hatte, konnte sie mit der Arbeit loslegen. Längst war sie mit ihrem Plan in Verzug und die Zeit, bis ihr Internet in der neuen Wohnung funktionierte, wollte sie sinnvoll nutzen und endlich den Roman fertigstellen. Gleich morgen hatte sie einen Termin bei ihrer in Frankfurt ansässigen Agentur, um die erste Hälfte durchzusprechen. Ihr wurde ein wenig mulmig zumute, wenn sie daran dachte.

Klar, bisher hatte sie nie erwartet, den nächsten Weltbestseller abzuliefern und mit Kritik war immer zu rechnen. Doch die Sache mit Pascal hatte sie völlig aus der Bahn geworfen. Nach manchem Arbeitstag nagte das Gefühl an ihr, sie hätte nichts als einen Haufen zusammenhangsloser Sätze zu Papier gebracht. Mit Lob und warmen Worten war also eher nicht zu rechnen, und vor harter Kritik fürchtete sie sich in ihrem aktuellen Zustand. Die Gedanken an den Termin würden ihr mit Sicherheit noch eine unruhige Nacht bescheren.

Egal, da musste sie jetzt durch. Am besten wäre es, wenn sie ihrem Agenten gleich etwas vorweisen konnte. Zwei weitere Kapitel zum Beispiel. Also stellte sie den Laptop auf den Schreibtisch, friemelte das Ladegerät in die Steckdose und drückte auf den Power-Knopf. Der Ladebildschirm erschien gerade auf dem Monitor, da klingelte es schon wieder an der Tür.

Elsa ging an die Gegensprechanlage, sagte dieses Mal aber nichts.

»Hallo?«, fragte eine männliche Stimme. Der Kerl vor dem Haus war garantiert ein anderer als der vorhin, er klang sehr viel unsicherer und Elsa sah vor ihrem inneren Auge, wie er sich ängstlich umschaute.

»Was gibt's?«, fragte sie sehr viel weniger freundlich als noch bei dem anderen Besucher.

Der Mann atmete auf und räusperte sich dann. »Na endlich. Ich dachte schon, du wärst einfach so verschwunden. Kann ich hochkommen?«

Elsa schnaubte verächtlich. »Natürlich nicht.«

Was glaubst du denn, wer du bist?, fügte sie in Gedanken hinzu.

Dem Mann hatte es offensichtlich vor Verwunderung über ihre Antwort die Sprache verschlagen. Gerade in dem Moment, als Elsa den Hörer auflegen wollte, fand er sie doch wieder.

»Aber ... Warum? Wir haben uns schon so lange nicht mehr gesehen. Ich muss dringend mit dir sprechen.« Er senkte die Stimme. »Hast du ... ist jemand bei dir?«

Elsa runzelte die Stirn und schaute den Hörer an. »Ich wüsste nicht, was Sie das angeht.«

»Daphne?«

»Gott verdammt, was steht denn auf dem Klingelschild? Hier gibt es keine Daphne.«

»Ich verstehe nicht ... Ist sie umgezogen? Wo steckt sie denn?«

»Hören Sie, wer auch immer Daphne ist, sie ist nicht mehr hier. Es wäre nett, wenn Sie nicht mehr bei mir klingeln würden.«

Damit knallte Elsa den Hörer auf die Sprechanlage und stapfte zurück ins Wohnzimmer. Der erste Tag in der neuen Wohnung ging ja gut los. Sie fragte sich, wie sie unter diesen Umständen die nötige Ruhe zum Schreiben finden sollte.

Der Laptop war mittlerweile hochgefahren und Elsa öffnete ihr Manuskript. Der Cursor blinkte bedrohlich auf der leeren Fläche unter dem Wort »Kapitel 24«. Sobald sie die Datei öffnete, war ihr Hirn wie ausgeknipst und sie konnte einfach nichts schreiben. Natürlich kannte sie all die Tipps gegen Schreibblockaden. Ebenso wusste sie, dass drei Sätze, die man am nächsten Tag wieder umschrieb, besser waren als kein Satz, doch sie schaffte es schlicht und ergreifend nicht. Krampfhaft versuchte sie, sich an den Einstieg in die Szene zu erinnern, den sie gestern Nacht im Kopf gehabt, aber leider nicht notiert hatte. Ihr Hirn war wie leergefegt und sie befürchtete, jeden Moment einen vertrockneten Busch durch die Einöde in ihrem Kopf wehen zu sehen. Elsa streckte ihm die Zunge raus. Wie zur Hölle sollte sie ihren Protagonisten helfen, endlich zusammenzufinden, wenn sie am liebsten nackte Frauen mit Engels-Tattoos mit Worten umbringen wollte?

Frustriert minimierte sie das Dokument und öffnete stattdessen ein anderes. Dann stand sie auf und nahm eines der Moleskin-Notizbücher aus der Umzugskiste. Obwohl das der Agentur so gar nicht passen würde, war es nun vielleicht eher an der Zeit, den Thriller anzugehen. Das erste Kapitel hatte sie bereits vor Jahren geschrieben, sich aber seitdem nie wieder an den Stoff herangetraut. Die einzige Weiterarbeit hatte darin bestanden, dass Elsa sich Notizen zu der Handlung machte, die mittlerweile ein halbes Notizbuch füllten. Jetzt war sie genau in der richtigen Stimmung, in die Story einzusteigen und das Blutbad starten zu lassen.

Bevor sie es jedoch komplett aufgeschlagen hatte, riss sie erneut das schrille Geräusch der Türklingel von ihrem Stuhl. Sie stürmte in den Flur, schnappte sich den Hörer und brüllte: »Liest denn heute niemand mehr Klingelschilder? Daphne wohnt nicht mehr hier, ich kenne sie nicht und ich weiß auch nicht, wo sie hingezogen ist. Verschwinden Sie!«

Einen Moment lang blieb es still, doch dann hörte sie ein leises Kichern. »Mensch, Elli, was für eine Laus ist dir denn über die Leber gelaufen? Hätte ich gewusst, dass ich dich mit meinem Auftauchen so überfordere, wäre ich nicht unangekündigt vorbeigekommen. Wärst du lieber alleine?«

»Achim? Bist du das?«, fragte Elsa verdutzt. Nun fiel ihr ein, dass sie ihrem ehemaligen Kommilitonen bereits von Hamburg aus ihre zukünftige Adresse mitgeteilt hatte.

»Nein, hier ist der Postbote. Hab nur vergessen, zweimal zu klingeln. Lässt du mich jetzt rein?«

Nun musste auch Elsa lachen. Sie drückte auf den Öffner und bereits wenige Augenblicke später hörte sie Schritte vor ihrer Tür. Achim musste die Treppen nach oben geflogen sein.

Als sie ihm die Tür öffnete, erkannte sie den Mann davor beinahe nicht. Im Gegensatz zu ihr, die gefühlt noch immer in derselben Strickjacke aus dem Studium herumlief, hatte sich Achim total gewandelt. Damals eher von der Sorte exzentrischer Paradiesvogel stand nun ein moderner, in derben Lederboots, schwarzen Röhrenjeans und grauem Hemd gekleideter Mann vor ihr. Elsa grinste etwas verschämt, nahm aber die Umarmung an, die er ihr mit ausgebreiteten Armen anbot. Die war so herzlich, dass Elsa das Gefühl bekam, ihr letztes Treffen sei nicht vor vier Jahren, sondern maximal vor vier Wochen gewesen.

»Mann, du wirst kaum glauben, was heute schon hier los war«, seufzte sie an seiner Schulter und atmete den Duft seines Aftershaves ein. Wäre er nicht schwul, er könnte eine perfekte Ablenkung für ihre Situation sein.

»Umzüge sind immer stressig«, sagte er und drängte sich an ihr vorbei.

»Das ist es nicht. Offenbar hat meine Vormieterin vergessen, ihren Liebhabern mitzuteilen, dass sie demnächst auszieht. Ansonsten kann ich mir nicht erklären, warum heute bereits zwei Kerle vor dieser Tür standen, die nach einer Daphne gesucht haben.«

Achim schien ihr nicht zuzuhören, sondern bestaunte gerade das nagelneue Laminat im Flur. Dann öffnete er die Tür zu seiner Linken. Das Bad. Er pfiff anerkennend durch die Zähne. »Eine schicke Bude hast du da gefunden. Sogar mit richtigem Bad. In Frankfurt bei Altbau nicht normal, das ist dir klar? Und sieh dir den Boden an! Nicht solche mistigen Holzdielen, an denen man sich ständig Splitter in die Füße zieht.«

»Willst du den Rest auch sehen?«, fragte Elsa. Vorher würde wahrscheinlich kein ordentliches Gespräch mit ihm möglich sein.

Achim nickte und machte sich auf den Weg in die Küche. Dort gab es außer einem alten Tisch, den Elsa noch im Keller gebunkert hatte, nicht viel zu sehen. Es würde eine Weile dauern, bis Elsa sich eine richtige Küche leisten konnte. Nachdem sie Achim durch die restlichen zwei Zimmer geführt hatte, setzten die beiden sich ins Wohnzimmer und Achim hörte sich mehr amüsiert als bestürzt Elsas Geschichte von den Männern vor ihrer Tür an.

»Da hast du wohl den Grund für ihren heimlichen Umzug. Lauter verrückte Stalker, vor denen sie geflohen ist«, sagte er schließlich und stupste Elsa gegen die Schulter. »Lass dich davon nicht verrückt machen. Das geht sicher nur die ersten Tage so.«

»Hoffentlich. Ausgerechnet jetzt wollte ich so richtig loslegen und endlich der Agentur Ergebnisse liefern. In letzter Zeit habe ich das Schreiben ganz schön schleifen lassen und die werden morgen nicht gerade begeistert sein, wenn ich kein einziges Kapitel weitergekommen bin.«

»Du hast dich seit dem Studium echt kaum verändert«, bestätigte Achim das Gefühl, das Elsa an der Tür bereits beschlichen hatte. »Immer vom Schlimmsten ausgehen, bloß nicht positiv in die Zukunft schauen und dann die Einskommanuller abräumen. Ganz das alte Strebermädchen.«

»Schön wär's. Diesmal wird es wohl nicht so laufen.«

»Und wenn schon. Leg nachher einfach den Hörer daneben, wenn du etwas Ruhe brauchst und ruckzuck wird dich kein verschmähter Liebhaber mehr nerven.«

»Dafür kann dann aber jeder auf der Straße hören, wenn ich einen Pups lasse.« Elsa schüttelte den Kopf.

Die Vorstellung, dass wildfremde Menschen irgendwelche Geräusche aus ihrer Wohnung mithören konnten, kam dem Gefühl gleich, in einem Schaufenster zu wohnen und seine Intimsphäre jedem preiszugeben, der gerade daran vorbeilief.

»Nicht, wenn du einen Pullover rumwickelst. Du müsstest schon extreme Blähungen haben, sollten die mit dieser Vorkehrung noch zu hören sein.«

Wie zum Beweis von Elsas Geschichte unterbrach das Läuten der Klingel die Unterhaltung der beiden. Elsa bewegte sich nicht.

»Willst du nicht an die Tür gehen?«, fragte Achim und nickte in Richtung Flur.

Elsa zuckte mit den Schultern. »Da du bereits hier bist und sonst niemand meine Adresse hat ... Nein.«

Achim sah enttäuscht aus. Er stand auf und ging ans Fenster. »Lass uns wenigstens nachsehen, wie er aussieht. Bist du überhaupt nicht neugierig, was das so für Kerle sind?«

Doch, das war sie, aber bisher hatte sie ja an der Sprechanlage gestanden und deshalb nicht nach den Männern vor ihrer Tür schauen können. Sie stellte sich neben Achim und blickte gespannt auf die Straße. Kurze Zeit später wechselte ein Mann im Anzug die Straßenseite. Er ging zu einem Audi TT, stieg ein und brauste davon.

»Glaubst du, das war einer von ihnen?«, fragte Achim. »Vielleicht könntest du ihn an mich weiterleiten, wenn er Lust auf einen Ausflug in neue Gefilde hat. Ich hätte sicher meinen Spaß mit ihm.«

»Auf jeden Fall ist das schon der Dritte. Oder der Vierte,

wenn man den creepy Nachbarn dazuzählt, der mich im Hausflur angestarrt hat, als wäre ich ein Alien. Den beiden, die vorhin geklingelt haben, habe ich unmissverständlich klargemacht, dass ihre Angebetete namens Daphne nicht mehr hier wohnt. Ich glaube nicht, dass die noch mal hier auftauchen.«

»Wie auch immer«, sagte Achim und drehte sich um. »Wir zwei Hübschen gehen jetzt erst mal einen Cocktail schlürfen. Mit ein oder zwei Promillchen fließen die Worte nachher bestimmt aus dir heraus.«

Elsa musste nicht lange überlegen und stimmte ihm zu. Alles war besser, als den restlichen Abend alleine in der Wohnung zu sitzen. Sie würde sich die ganze Zeit vorstellen, wie viele Männer bereits versucht hatten, bei ihr zu klingeln, nachdem sie den Hörer danebengelegt hatte. Hoffentlich behielt Achim recht und es war nur eine Frage der Zeit, bis sich diese Belästigungen in Luft auflösten. Wie viele Männer konnten einer Frau schon hinterherrennen?

Kapitel 3

»Es geht freilich sonderbar zu unter uns Erdreichern.«

G.C. Lichtenberg

»Wäre der da nichts für dich?«, nuschelte Achim an seinem Strohhalm vorbei und nickte in Richtung der Bar.

Ohne zu fragen, welchen der drei Typen an der Theke Achim meinte, zuckte Elsa mit den Schultern und schüttelte den Kopf.

»Meine Güte, du hast nicht mal geschaut. Dafür bist du doch umgezogen, oder nicht? Um den Kopf freizubekommen und nicht mehr an den Arsch und seinen Engel zu denken.«

Elsa verschluckte sich beinahe an ihrem Cocktail. Gerade hatte sie es geschafft, Pascal auszublenden, da legte Achim den Finger in die Wunde. »Aber ganz bestimmt nicht, indem ich mich durch die Betten von irgendwelchen Kerlen vögle. Dabei kann ich mich nur schlecht auf meinen Neustart konzentrieren.«

Mit spitzen Fingern klaubte sie eine der Erdbeerscheiben aus dem Glas und steckte sie sich in den

Mund. »Außerdem habe ich für die nächsten Wochen genug Arbeit nachzuholen. Da bleibt keine Zeit für Bettgeschichten.«

»Wie zum Teufel willst du einen Liebesfetzen schreiben, wenn du im Kopf deiner vergangenen Beziehung hinterher trauerst?«

»Das frage ich mich auch.«

»Indem du was Neues anfängst, das sage ich dir doch. Ohne Verpflichtungen, nur Spaß. Das macht den Kopf frei, ich spreche aus Erfahrung.«

Elsa zuckte mit den Schultern. Sie bezweifelte, dass Achims Methode, sich über schmerzliche Erlebnisse hinwegzutrösten, auch die richtige für sie war. Am Rand ihres Blickfelds registrierte sie eine Bewegung. Einer der Kerle von der Bar stand auf und kam auf sie zu. Schnell wendete Elsa ihren Blick ab und schaute aus dem Fenster. Sie wollte ihn auf keinen Fall dazu animieren, sie anzusprechen. In der Spiegelung der Scheibe beobachtete sie, wie er abdrehte und in Richtung der Toiletten ging. Eigentlich sah er gar nicht mal so schlecht aus, aber in der jetzigen Situation etwas Neues anzufangen, konnte sie sich einfach nicht erlauben.

In diesem Moment verspürte sie wieder die ungemeine Wut auf Pascal. Weil er seine verdammten Triebe nicht unter Kontrolle gehabt hatte, stand Elsa nun vor dem Trümmerhaufen, der einmal ihr Leben gewesen war. Noch nie zuvor hatte sie in einer solchen Schreibkrise gesteckt. Seit etwa zwei Wochen brachte sie kein Wort zu Papier und bisher sah es nicht danach aus, als würde sich dieser Zustand so bald ändern. Zwar hatte noch kein Verlag Interesse an ihrem neuesten Roman bekundet, doch die Agentur hatte ihr Ende Mai eine Deadline für die erste Version gesetzt. Noch gerade mal vier Wochen für ein halbes Buch. Schon bei dem Gedanken daran schnürte sich Elsas Hals zu.

»Dieser Arsch«, murmelte sie.

Achim schenkte ihr ein strahlendes Lächeln. »Er ist dir also auch aufgefallen«, sagte er. »Wir können uns wirklich glücklich schätzen, dass die hautenge Jeans momentan wieder in ist. Stell dir nur vor, was uns sonst alles entginge.«

»Eigentlich meinte ich Pascal.«

Achim seufzte übertrieben. »Irgendwie muss es doch möglich sein, diesen Blödmann aus deinen Gedanken zu vertreiben. Wir brauchen mehr Alkohol. So viel ist schon mal klar.« Er machte Anstalten, der Kellnerin zu winken.

»Aber nicht heute«, hielt Elsa ihn zurück und hob abwehrend die Hände. »Morgen früh habe ich einen Termin in der Agentur. Wenn ich dort mit einem Kater und mit viel zu wenig geschriebenen Seiten auftauche, kann ich mir gleich einen neuen Agenten suchen.« Das stimmte zwar nicht ganz, doch sie hatte auf alle Fälle genug für den Moment.

»Denkst du auch mal irgendwann nicht ans Schreiben? Seit wir uns heute getroffen haben, höre ich dich von nichts Anderem reden.«

»Weil es mein Job ist. Irgendwie muss ich meine Miete zahlen und daran ändert auch die Tatsache nichts, dass ich mich momentan am liebsten in meinem Bett verkriechen würde.«

»Dann mach das doch. In jedem normalen Job gibt es auch mal Urlaub. Wann hast du zum letzten Mal ein paar

Tage am Stück abseits deines Laptops verbracht?«

»Urlaub kann ich mir erlauben, wenn ich dieses Projekt endlich abgeschlossen habe. Also vielleicht. Kommt drauf an, wie lange ich noch dafür brauche. Gut möglich, dass ich direkt mit dem Nächsten starten muss.«

»Du bist echt ein Workaholic.« Achim saugte lautstark die letzten Reste seines Cocktails aus dem Glas. »Niemand wird dich vergessen, wenn du mal ein halbes Jahr kein Buch rausbringst.«

»Vermutlich nicht. Aber wenn ich Pech habe, verhungere ich. Im Gegensatz zu dir habe ich kein festes Gehalt, das am Ende jedes Monats auf meinem Konto landet. Autor, das mag sich ja glamourös anhören, aber davon zu leben ist verdammt schwer. Oder glaubst du vielleicht, ich schreibe diese nichtssagenden Reportagen für Frauenschmierblättchen aus Spaß?«

»Hätte ja sein können. Jeder hat schließlich eine dunkle Seite. Lass uns wenigstens noch einen trinken, das Leben ist auch morgen noch hart genug.«

»Achim, das ist mein Ernst. Ich habe einen verflucht anstrengenden Tag hinter mir und ein nicht weniger anstrengender liegt vor mir. Es wäre nett, wenn du für mich mitzahlst. Ich brauche dringend etwas Schlaf.« Elsa legte ihm einen Zwanziger auf den Tisch und stand auf.

»Och Menno, dich kann man wohl wirklich nicht überzeugen.«

Elsa schüttelte bedauernd den Kopf. An diesem Abend musste sie ihren Verstand die Oberhand behalten lassen. Sie verabschiedete sich mit einer langen Umarmung und machte sich auf den Weg nach Hause.

Sie war fast da, als ihr ein Mann auffiel, der auf der gegenüberliegenden Seite ihres Hauses stand und zu den Fenstern schaute. Auf den ersten Blick sah es so aus, als würde er telefonieren, aber er stand einfach nur da.

Elsa verharrte einen Moment an der Straßenecke und beobachtete ihn. Beinahe fünf Minuten wartete sie, dann ging sie zielstrebig auf die Haustür zu. Als der Mann sie bemerkte, schlenderte er einige Schritte die Straße entlang, griff in seine Jackentasche und holte sein Handy heraus. Elsa sperrte die Tür auf und verschwand im Hausflur. Ob er zu ihrem Fenster geschaut hatte? Diese Kerle von heute Mittag machten sie schon ganz paranoid. Um sicherzugehen, dass er ihr nicht gefolgt war, achtete Elsa genau darauf, dass die Tür auch wirklich hinter ihr ins Schloss fiel.

Oben in ihrer Wohnung angekommen, ließ sie das Licht ausgeschaltet und ging zuerst ans Fenster im Wohnzimmer. Tatsächlich stand der Mann noch immer auf dem Bürgersteig und schien das Haus zu beobachten. Sein Handy hatte er anscheinend wieder eingesteckt. Damit sie besser erkennen konnte, was er trieb, wechselte Elsa in das ans Wohnzimmer angrenzende Schlafzimmer.

Sie wartete eine ganze Weile, während der Kerl eine Zigarette nach der anderen rauchte. Nachdem er die Dritte ausgetreten hatte, verschwand er endlich die Straße entlang aus Elsas Sichtfeld.

Sie atmete auf und ließ die Rollläden herunter. Normalerweise hasste sie es, sich auf diese Weise einzusperren, aber sie wollte erst recht nicht von wildfremden Kerlen bespannt werden. Mittlerweile war sie sich sicher, dass der Mann zu ihrer Wohnung hinaufgeschaut hatte. Zeitweise hatte sie sogar das Gefühl beschlichen, dass er sie direkt anschaute, obwohl das eigentlich nicht sein konnte.

Vermutlich war es einer der Männer, die am Nachmittag bei ihr geklingelt hatten. Anscheinend wollte er sich persönlich davon überzeugen, dass er seine Daphne hier tatsächlich nicht mehr antreffen würde. Elsa überlegte, ob es nicht doch besser gewesen wäre, wenn sie sich hinter dem erleuchteten Fenster gezeigt hätte. Dann wüsste der Kerl nun immerhin Bescheid und würde sie in Zukunft in Frieden lassen.

Kapitel 4

»Die Natur hat die Frauenzimmer so geschaffen, daß [sie] nicht nach Prinzipien sondern nach Empfindung handeln sollen.«

G.C. Lichtenberg

Elsas Hände fühlten sich klebrig an und die Bluse unter ihren Achseln war feucht vom Schweiß, als sie im Empfangsbereich der Agentur darauf wartete, endlich ins Büro von Hannes Blüchner gebeten zu werden. Mit der Schuhspitze malte sie ein Muster und hinterließ prompt einen schwarzen Streifen auf dem hellgrauen Laminat.

Sie schaute sich um, bückte sich dann schnell und kratzte mit dem Fingernagel darüber. Es kam ihr beinahe so vor, als wäre sie zurück in der Schule und stünde kurz vor ihrer mündlichen Abiturprüfung. Nein, dieses Mal war es noch schlimmer. Damals hatte sie gewusst, dass sie gar nicht mehr durchfallen konnte und sich außerdem keinerlei Gedanken über die Unversehrtheit des Bodens gemacht.

Endlich öffnete sich die Tür zu Blüchners Büro. Zu ihrer Erleichterung lächelte er freundlich, kaum dass er sie entdeckt hatte und kam auf sie zu. Auf seinem Tisch sah Elsa ihr Manuskript bereitliegen - wenn man die zusammengeschusterte Geschichte als ein solches bezeichnen wollte. Trotz ihrer Beklemmung versuchte sie, sich nichts anmerken zu lassen, erwiderte Blüchners Lächeln und schüttelte ihm die Hand.

»Ist ja schön, dass wir uns mal außerhalb von Messen treffen. Nimm doch Platz«, sagte er und wies auf die Sitzecke in der rechten Seite des Raumes.

Elsa setzte sich auf einen der wildledernen Ohrensessel und nestelte nervös am Saum ihres Cardigans herum.

»Erzähl mal, wie ist es dir ergangen? Hast du den Umzug gut über die Bühne gebracht?«, fragte Blüchner und schenkte Wasser in zwei Gläser, die auf dem Tisch bereitstanden.

Bloß um etwas in der Hand zu haben, griff Elsa danach und stellte das Glas auf ihren Oberschenkel. »Viel habe ich ja nicht mitgenommen und das meiste hat das Umzugsunternehmen erledigt. Jetzt muss ich mich nur noch in Frankfurt einleben.«

»Das wird dir ohne Zweifel keine großen Probleme bereiten. Ich habe dich als kommunikativen Menschen kennengelernt, und sobald du Anschluss gefunden hast, wirst du dich im Hessenland wie zu Hause fühlen. Wir sollten dringend mal mit einigen Kollegen einen Apfelwein in Sachsenhausen trinken gehen, dann hast du die volle Packung und kannst Kontakte knüpfen.«

»Fürs Erste brauche ich ein wenig Ruhe, damit ich das Manuskript fertigstellen kann. Dazu muss ich dir übrigens noch etwas sagen ...« Elsa nahm einen Schluck Wasser. Ihr Mund war vor Nervosität ganz trocken.

»Ich weiß, dass meine Texte in letzter Zeit etwas zu wünschen übrig lassen.«

»Ist doch klar. Du durchlebst momentan schließlich eine Phase, die weitab deines normalen Alltags liegt. Ja, in deinem Buch existiert viel Bearbeitungsbedarf, aber wir sind uns ganz sicher, dass du das bewältigen wirst. Zur Not mit einer längeren Deadline, als wir eigentlich eingeplant hatten, aber wir reißen dir bestimmt nicht den Kopf ab, wenn eine Veröffentlichung erst mit dem Winterprogramm im nächsten Jahr möglich ist.«

»Mein Vermieter und mein Kühlschrank allerdings schon«, sagte Elsa. Die letzten Jahre war sie nicht gerade sparsam mit ihren Einnahmen umgegangen und hatte so keine großen Ersparnisse angehäuft.

»So schlecht waren deine Verkaufszahlen vergangenes Jahr auch wieder nicht, dass du bald am Hungertuch nagen musst. Sobald der Roman die gewohnte Qualität hat, findet sich auch schnell ein Verlag. Schließlich war die Auflage deines letzten Buches beachtlich, wenn man bedenkt, wie zurzeit die Situation auf dem Buchmarkt sonst ist.«

»Dein Wort in Gottes Ohr.«

Blüchner beugte sich nach vorne und legte ihr seine Hand auf den Unterarm. »Ich bin mir sicher. Und jetzt schlage ich vor, dass du nach Hause gehst, deine Kisten ausräumst und dir für einige Tage das Schreiben aus dem Kopf schlägst. Eine Pause ist die beste Methode, wieder zu sich zu finden, und danach kannst du dich mit vollem Elan an die Arbeit machen.«

Normalerweise hätte Elsa da widersprochen, doch sie sparte sich ihre Worte. Erleichtert und zugleich enttäuscht verabschiedete sie sich von ihrem Agenten mit dem Versprechen, in acht Wochen die Rohfassung abzugeben. Ohne dass er ihr den ihrer Meinung nach dringend notwendigen Tritt in den Hintern verpasst hatte, bekam sie vier Wochen länger Zeit. Für jemanden, der unter Druck am besten funktionierte, nicht gerade ein hilfreicher Ansatz.

Den ganzen Weg zu ihrer Wohnung dachte sie darüber nach, wie sie sich dazu zwingen konnte, die Geschichte endlich zu Ende zu schreiben. Schließlich kam sie zu dem Entschluss, dass sie auf Hannes und Achim hören und sich wenigstens eine Auszeit von ein oder zwei Tagen gönnen sollte. Es brachte nichts, zwischen ihren Kisten zu sitzen und ihr Hirn dazu zu zwingen, irgendwelche Wörter auszuspucken, die sie später ohnehin wieder löschen würde.

Zu Hause angekommen stapfte sie resigniert die Treppe nach oben. Gerade, als sie ihr Stockwerk erreicht hatte, öffnete sich die Tür zu der ihr gegenüberliegenden Wohnung. Der seltsame Typ, der sie letztens schon im Treppenhaus beobachtet hatte, trat heraus und zuckte zusammen, als er sie bemerkte.

»Oha.« Er rückte sich seine Brille auf der zu klein geratenen Nase zurecht und machte einen Schritt auf sie zu. Mit zusammengekniffenen Augen musterte er sie. »Sie sind also die Neue.«

»Nachbarin?«, fragte Elsa und klimperte mit dem Schlüsselbund in ihrer Hand. »Die bin ich wohl, ja.«

»Schön, dass ich Sie auch mal kennenlerne. Also, dass wir die Gelegenheit haben, ein paar Worte zu wechseln«, sagte der Mann, dessen Alter Elsa auf Mitte vierzig schätzte. »Mein Name ist Gregor Pappel. Wie der Baum. Die Eiche.

Nur eben Pappel. Aber Gregor ist schon okay.« Er kicherte wie ein kleiner Junge, dem ein Streich gelungen war, und hielt sich dabei die Hand vor den Mund. Dann streckte er ihr diese Hand zum Gruß hin. Widerwillig ergriff Elsa sie und wischte danach unauffällig ihre Finger an der Rückseite der Hose ab.

»Elsa Winter.« Sie machte einen Schritt auf ihre Tür zu, um Pappel zu signalisieren, dass sie jetzt keine Zeit für eine Unterhaltung hatte. »Wie der Sommer. Nur eben eine andere Jahreszeit.«

Pappel lachte übertrieben laut auf. »Und witzig sind Sie auch noch. Zum Schießen. Nun, ich muss auch weiter. Wenn Sie irgendwelche Hilfe in der Wohnung brauchen ... Lampen anschließen oder Möbel aufbauen. Sie wissen, wo Sie mich finden. Ich sehe vielleicht nicht so aus, aber in mir schlummert ein geschickter Handwerker. Von Technik verstehe ich auch etwas.« Mit der Hand, die Elsa gerade geschüttelt hatte, wischte er sich über die glänzende Stirn und brachte dabei einige der sorgfältig über die kahlen Stellen gekämmten Strähnen durcheinander. Elsa schüttelte es innerlich.

»Wie nett von Ihnen. Danke für das Angebot. Vielleicht komme ich darauf zurück«, sagte sie, zwang sich zu einem Lächeln und verschwand in ihrer Wohnung. »Bestimmt nicht«, flüsterte sie, nachdem sie die Tür hinter sich zugeworfen hatte.

Nicht genug, dass irgendwelche Kerle vor ihrer Tür standen und klingelten. Der seltsame Nachbar aus dem Treppenhaus wohnte ausgerechnet direkt gegenüber und stellte sich als furchtbar aufdringlich heraus. Jetzt brauchte sie erst mal einen starken Kaffee.

Wenig später saß sie im Schneidersitz mit der Tasse in der Hand im Wohnzimmer vor den Kisten mit ihrem wenigen Besitz. In ihrer Hamburger Wohnung hatte beinahe alles Pascal gehört. Lediglich ihren Schreibtisch und die ungemütliche Schlafcouch aus ihrer Studentenbude hatte sie dort in ihrem Arbeitszimmer aufstellen dürfen, als sie vor vier Jahren zu ihm in seine durchgestylte Altbauwohnung gezogen war. Nach und nach hatte Elsa der Wohnung dann mit ihren Büchern und Bildern einen Hauch von Persönlichkeit verpasst, sodass sie sich irgendwann nicht mehr wie im Katalog eines Möbelhauses gefühlt hatte. Pascal hatte irgendwann aufgehört, sich gegen ihre Umgestaltungsmaßnahmen zu wehren und sie stillschweigend ertragen.

Seufzend beugte Elsa sich zu einem der Kartons. Zum ersten Mal, seit sie Pascal mit der Engels-Tattoo-Frau erwischt hatte, beschlich sie das Gefühl, dass in ihrer Beziehung von Beginn an etwas nicht in Ordnung gewesen war. Vielleicht hatte er nie wirklich zu ihr gepasst und sie konnte froh sein, dass ihr dieser Seitensprung das Offensichtliche endlich vor Augen geführt hatte.

Mit diesem Gefühl öffnete Elsa die vorderste Kiste, und als ob das Leben sie direkt auf die Probe stellen wollte, lagen obenauf gerahmte Bilder von ihr und Pascal. Freudestrahlend grinsten sie vor dem hellblauen Meer und dem weißen Sandstrand in die Kamera. Elsa erinnerte sich daran, wie sie damals ihren ersten gemeinsamen Urlaub auf Ibiza verbracht hatten. Auf dem Foto waren Pascals Haare von der Sonne ausgeblichen und helle Strähnchen zogen sich durch seine Locken.

Beinahe zärtlich strich sie ihm mit dem Zeigefinger über die Stirn. »Es gab wirklich mal eine Zeit, da waren wir verdammt glücklich«, murmelte sie. Dann reckte sie ihren Mittelfinger in die Höhe und nahm die übrigen Bilder aus der Kiste. Ihr erster Impuls sagte ihr, dass sie die Erinnerungsstücke wegwerfen sollte. Allerdings wusste sie aus Erfahrung, dass irgendwann der Zeitpunkt kommen würde, an dem sie ohne Wehmut an die Beziehung mit Pascal zurückdenken konnte. Spätestens dann würde sie es bereuen, keine Bilder mehr von ihrer gemeinsamen Zeit zu haben. Außerdem war sie raus aus dem Teenager-Alter.

Elsa legte den Stapel beiseite und kümmerte sich um den restlichen Inhalt. Zum Glück waren keine weiteren Erinnerungsgegenstände dabei. Unter den Bildern kam eine Schicht Bücher zum Vorschein, mit denen Pascal nun wirklich nichts am Hut gehabt hatte. Wieder fragte sich Elsa, wie sie überhaupt jemals auf die Idee gekommen war, dass ein Mann, der nicht gerne las, der Richtige für sie sein konnte. Pascal hatte ihre Leidenschaft für Worte nie nachvollziehen können und ihre Schreibversuche selbst dann noch belächelt, nachdem sie den ersten Verlagsvertrag in der Tasche gehabt hatte. Erst nachdem das erste Geld auf ihrem Konto gelandet war, hatte er sich dem ganzen Zirkus - wie er es nannte - gegenüber aufgeschlossener gezeigt.

Die Bücher stapelte sie in der Ecke unter dem Fenster und überlegte kurz, ob sie nicht doch den Nachbarn um Hilfe für das Regal bitten sollte. Da es nicht aus irgendeinem Möbelhaus, sondern vom Schreiner stammte und mit Holzkeilen zusammengehalten wurde, war der Aufbau nicht mal eben mit einem Schraubenzieher zu bewältigen. Letztlich entschied sie sich aber dafür, demnächst einen

Handwerker für den Aufbau zu finden. Pappel war ihr zu suspekt, als dass sie ihn in ihre Wohnung lassen wollte.

Anstatt sich weiter um die Kisten zu kümmern, schnappte sie sich eines der Bücher ihrer Lieblingsautorin und legte sich damit auf die Couch, die nun als ihr Bett herhalten musste. Als es draußen dämmerte, hatte sie etwa ein Drittel gelesen und ihr Magen knurrte. Da sie nichts außer Spaghetti im Haus hatte, stellte sie in der Küche einen Topf Wasser auf ihrer Induktionsplatte auf. Während sie darauf wartete, dass es zu kochen begann, klingelte es an ihrer Tür. Elsa ging in den Flur und nahm den Hörer ab. Anstatt etwas zu sagen, wickelte sie ihre Strickjacke darum und legte ihn auf den Boden. Dann ging sie zurück in die Küche, um sich ihr Abendessen zu machen. Die verschmähten Liebhaber ihrer Vormieterin konnten ihr für heute gestohlen bleiben.

Kapitel 5

»Vorstellungen sind auch ein Leben und eine Welt.«

G.C. Lichtenberg

Je mehr es dem Ende seiner Schicht zuging desto nervöser und ungeduldiger wurde Gregor. In der letzten Stunde schaute er beinahe alle fünf Minuten auf die Uhr, arbeitete nur noch schluderig und hoffte, dass ihm kein gravierender Fehler beim Zusammenschrauben der Komponenten unterlief. Viel zu lange wartete er bereits darauf, endlich wieder seine Kameras in Gebrauch nehmen zu können. Nach dem Überfall hatte die Wohnung nebenan zunächst drei Monate leer gestanden, bis der Vermieter schließlich mit Renovierungsarbeiten begonnen hatte. Nun war sie endlich da, die neue Nachbarin. Und er hatte es sogar schon geschafft, mit ihr ins Gespräch zu kommen. Bestimmt würde sie bald bei ihm klingeln und ihn bitten, ihr ein Regal an die Wand zu schrauben oder dabei zu helfen, ein Bild aufzuhängen. Besser konnte es gar nicht laufen.

Als die Digitalanzeige endlich von zweiundzwanzig Uhr neunundfünfzig auf dreiundzwanzig Uhr sprang, war er der Erste, der aus der Produktionshalle stürmte und die

Umkleiden erreichte. Entgegen seinen Gewohnheiten duschte er sich nicht, bevor er seine Arbeitskleidung gegen die private tauschte, und war so bereits wenige Minuten nach Schichtende an seinem Wagen. Der Fahrersitz ächzte, als er sich darauf fallen ließ und der Motor stotterte beim Anlassen. Das Auto war alt und wurde an manchen Stellen nur noch vom Rost zusammengehalten, doch Gregor konnte sich wegen der Ausgaben für sein Elternhaus kein neues leisten. Ein Blick auf die Uhr verriet ihm, dass er gut in der Zeit lag und er winkte freudig erregt dem Pförtner zu, als er vom Parkplatz fuhr. Dann gab er Gas und brauste mit brüllendem Motor in Richtung Stadtautobahn.

Kaum hatte er diese verlassen, schlug der Verkehr zu. Es war, als hätten sich alle Ampeln gegen ihn verschworen. Beinahe an jeder Zweiten war er gezwungen, anzuhalten. Zu allem Überfluss hatte er noch irgendeinen übermüdeten oder unfähigen Idioten vor sich, der die Ampelsignale gewissenhaft ignorierte und ständig mit Verzögerung anfuhr. Als der Vollidiot endlich abbog, war Gregor schon fast zu Hause angekommen. Viertel vor zwölf. Sein Gefühl hatte ihn getrogen, er hatte Schlimmeres befürchtet. Das Schicksal meinte es heute anscheinend gut mit ihm, denn er fand nur wenige Meter von seinem Haus entfernt eine freie Parklücke.

Er hetzte die Treppen nach oben, stürzte in seine Wohnung, feuerte seinen Rucksack und seinen Schlüssel in eine Ecke des Flurs und setzte sich an seinen Schreibtisch. Während der Computer hochfuhr, streifte er sich die Schuhe von den Füßen und nagte nervös an seinem Daumennagel. Heute kam ihm der PC besonders langsam vor. Nachdem er sich auch noch seiner Jeansjacke entledigt hatte, zeigte sich dann endlich der Desktop und er startete das Überwachungsprogramm der Kameras. Beide Monitore blieben schwarz.

Verflucht. Diese bescheuerte Spätschicht hatte ihm einen Strich durch die Rechnung gemacht. Die Nachbarin war nach so einem anstrengenden Tag sicher schon ins Bett gegangen. Das hatte er zwar geahnt, aber dennoch hatte er gehofft, nicht recht zu behalten.

Gregor schaltete die Kamera in ihrem Schlafzimmer auf Infrarot um, doch wie erwartet gab es für ihn nichts Interessantes zu sehen. Auf der zum Bett umgewandelten Couch, die sie glücklicherweise an der für ihn richtigen Stelle aufgestellt hatte, erkannte er bloß den weißen Hügel ihrer Bettdecke, unter der sie lag und vermutlich längst schlief.

Vielleicht sogar ... nackt! Seine Hände zitterten bei dem Gedanken daran.

Was für ein Glück, dass er sich im letzten Moment entschlossen hatte, die Kameras doch nicht abzumontieren. Dass der Vermieter sie bei der Renovierung nicht entdeckt hatte, machte ihm Mut und mittlerweile glaubte er nicht mehr, dass die neue Mieterin sein Überwachungssystem bemerken würde. Zumindest nicht, solange sie nicht den schrecklich kitschigen Stuck aus Styropor an der Decke im Schlafzimmer abmontierte. Da Frauen genau auf solchen Chichi standen, ging Gregor nicht davon aus, dass dies der Fall sein würde. Und selbst wenn. Die Kameras funktionierten kabellos und die Programme auf seinem Computer waren schneller gelöscht, als die neue Nachbarin die Polizei informieren konnte. Gregor fühlte sich vollkommen sicher und ärgerte sich sogar ein wenig, dass er nicht zusätzlich eine weitere Kamera im Wohnzimmer installiert hatte.

Da sich drüben im Schlafzimmer nichts tat, suchte er im Internet nach dem Namen seiner Nachbarin, um etwas mehr über sie zu erfahren. Winter. Wie Sommer, nur eine andere Jahreszeit. Er musste noch immer grinsen, wenn er daran dachte. Leider gaben die Suchergebnisse nicht viel her. Neben einem Eintrag auf einem Portal für Freiberufler - auf dem Profilbild war eindeutig sie zu sehen - fand er nur Informationen zu ihren Aktivitäten während ihrer Studienzeit.

Sie war zwei Jahre lang in der Fachschaft für Studienanfänger zuständig gewesen und hatte in derselben Zeit Tutorien geleitet, wie er dem Vorlesungsverzeichnis der Uni Hamburg entnahm. Offensichtlich war Elsa Winter ein schlaues Mädchen. Genau wie seine Daphne. Das war wohl sein bevorzugter Typ Frau.

Ein wenig enttäuscht stand er auf und ging in die Küche, um sich ein Leberwurstbrot zu schmieren. Er war viel zu hungrig und zu ungeduldig, um jetzt eine Pizza in den Ofen zu schieben. Währenddessen versuchte er sich mit dem Gedanken zu trösten, dass Elsa Winter erst am Vormittag in die Wohnung nebenan eingezogen war. Er brauchte nur ein wenig Geduld, dann würde er schon auf seine Kosten kommen. Zwar würde niemand seine Daphne ersetzen können, doch er war längst bereit, sich auf etwas Neues einzulassen.

Als er mit dem Brot, zwei Gewürzgurken und zwei Minimaiskolben auf seinem Teller zurück ins Wohnzimmer kam, war einer der Monitore in grellgrünes Licht getaucht. Beinahe hätte er seinen Teller fallen lassen, so sehr zitterten mit einem Mal seine Hände. Er stürmte auf den Schreibtisch zu, stellte sein Nachtessen neben die Tastatur und änderte mit wenigen Klicks die Einstellungen der Kamera. Nun sah er ihr Schlafzimmer vor sich.

Anscheinend war sie aufgestanden, denn ihr Bett war leer, die Decke zurückgeschlagen. Wenn man genau hinschaute, konnte man anhand der Falten im Laken noch erahnen, wo sie bis gerade eben gelegen hatte. Er nahm eine der Gurken und stopfte sie sich in den Mund. Dabei stellte er sich vor, wie er schnell nach drüben huschte und sein Gesicht auf die Matratze drückte, um ihren Geruch einzuatmen. Das Zittern in seinem Körper wurde stärker.

»Ganz ruhig«, flüsterte er als bestünde die Gefahr, dass sie ihn hörte. »Heute wird sowieso nichts mehr passieren.«

Das sagte er sich immer wieder, doch er war kaum in der Lage, seine Aufregung zu zügeln. Er fragte sich, was sie wohl anhatte. Ob sie wohl der Typ dafür war, nackt zu schlafen? Oder vielleicht trug sie ein schönes Negligé. Ungeduldig starrte er auf den Monitor.

Als sie endlich zurück ins Schlafzimmer kam, hätte er beinahe lautstark gejubelt. Leider war sie weder nackt noch trug sie ein aufreizendes Nachthemdchen. Ein weites T-Shirt bedeckte ihren Oberkörper. Unter dem weißen Stoff konnte er ihre kleinen Brüste erahnen, die perfekt nach vorne standen. Am unteren Ende des Shirts schauten schlanke und dennoch muskulöse Beine hervor, die im schwachen Licht der Nachttischlampe nahezu makellos wirkten.

Als sie sich umdrehte, konnte er die Falte unter ihrem Hintern ausmachen. Keuchend stieß Gregor die Luft aus seinen Lungen. Wie gerne würde er mit seinem Finger an dieser Stelle entlangfahren. Zärtlich in die straffe Haut kneifen, bloß um sie dann zur Entschuldigung wieder sanft zu streicheln. Bestimmt trieb Elsa viel Sport. Das hatte er sich gestern bereits gedacht, als er sie unten im Hausflur getroffen hatte.

Wie es wohl wäre, sie zu berühren, mit ihr zu ringen, ihre Muskeln zu spüren?

Er konnte sich kaum noch beherrschen, als sie sich auf ihr Bett setzte, sich ihre feuerroten Haare aus dem Gesicht strich und etwas in ihr Handy tippte. Dann schwang sie geschmeidig ihre Beine auf die Matratze, drapierte die Bettdecke über ihrem Körper und schaltete das Licht aus.

Kurz überlegte Gregor, wieder auf Infrarot umzustellen, doch er hatte für den Moment eigentlich genug. In seiner Hose war es bereits so eng, dass er das Gefühl hatte, sie müsse jeden Moment auf der Vorderseite aufreißen. Er stopfte sich den Rest seines Leberwurstbrotes in den Mund, wischte sich die Hände an seinem Pullover ab und öffnete den Knopf und den Reißverschluss seiner Hose.

Kapitel 6

»Wie abgeschmackt ist alles ohne dich, die Welt sieht mir aus wie eine kalte leere Stube [...]«

G.C. Lichtenberg

Mit der Tasse in der Hand saß Elsa auf dem Fußboden im Wohnzimmer und starrte die Kisten an. Es war bereits der zweite Kaffee und bisher hatte sie sich nicht aufraffen können, weiter auszupacken. Eigentlich konnte sie sich heute Morgen zu gar nichts aufraffen, und doch nervte es sie, dass sie einfach nur untätig herumsaß. Entschlossen versuchte sie, sich an die Ruhe in ihrer Umgebung zu gewöhnen. Ihr fehlte der schnaufende Atem von Henjek, der englischen Bulldogge. Außerdem vermisste sie das Geräusch seiner Krallen, wenn er durchs Wohnzimmer tapste. Ja, der Hund gehörte Pascal, doch über die Jahre war er für Elsa zu einem Familienmitglied geworden, und es war ihr fast schwerer gefallen, Henjek zu verlassen als die Trennung von Pascal durchzuziehen.

Elsa seufzte. Heute war so ein Tag, an dem man sich bestenfalls mit der kompletten Staffel einer guten Serie im Bett verkroch und lediglich aufstand, um sich eine Riesenportion Nudeln mit Käse zu machen oder dem

Pizzaboten die Tür zu öffnen. Elsa hatte allerdings weder einen Fernseher mit DVD-Player noch Internet, um sich über einen Streaming-Dienst etwas anzuschauen. So blieb ihr nichts übrig als ihr Untätigsein zu akzeptieren.

»Also los. Zwei Kisten und dann gehe ich irgendwo was frühstücken«, versuchte Elsa sich selbst zu motivieren, nachdem auch die zweite Tasse Kaffee ausgetrunken war.

Als sie aufstand, fiel ihr Blick auf die Bilder, die sie gestern achtlos auf dem Boden hatte liegen lassen. Der Anblick von Pascal versetzte ihrem Herzen erneut einen Stich. Das musste ein Ende haben. Auch wenn sie dagegen war, sie wegzuwerfen, so musste sie die Bilder zumindest für einige Zeit aus ihrer Sichtweite verbannen. Einen geeigneten Platz dafür hatte sie sogar bereits entdeckt.

Der oberste Boden im Einbauschrank im Flur befand sich dank der Deckenhöhe im Altbau etwa auf drei Metern. Wenn sie die Fotos bis ganz nach hinten schob, hätte sie ihre Existenz mit etwas Glück bald vergessen und sie würden ihr erst beim nächsten Umzug wieder in die Hände fallen.

Im Flur öffnete Elsa die Lamellentür, holte sich aus der Küche einen Stuhl und kletterte darauf. Obwohl sie sich so weit reckte, wie es ihre Größe zuließ, kam sie nur bis an das vorletzte Fach. Sie legte die Bilder auf das Regalbrett und gab ihnen einen Schubs, sodass sie beinahe bis an die Rückwand schlitterten. Das musste reichen. Sie wollte gerade wieder vom Stuhl heruntersteigen, als ihr ein kleines schwarzes Buch auffiel, das neben den Bilderrahmen lag. Ein Moleskin, das würde sie überall erkennen.

Im ersten Moment wunderte sie sich, wann sie eines ihrer Notizhefte dorthin gelegt hatte. Dann wurde ihr klar, dass es einer der Vormieter dort vergessen haben musste, denn sie hatte bisher nichts in den Flurschrank geräumt. Zu gerne würde sie einen Blick hineinwerfen, um festzustellen, wem es gehörte. Ohne Hilfsmittel kam sie jedoch nicht an das Büchlein heran. Sie stieg von dem Stuhl und ging zurück in die Küche. Dort öffnete sie den schwarzen Besteckkoffer, den sie von ihrer Oma geerbt hatte, und nahm die Suppenkelle heraus. Mit ein wenig Glück würde sie sich damit das Buch angeln können. Allerdings hatte sie die Tiefe des Einbauschranks unterschätzt und musste zusätzlich den Koffer auf den Stuhl legen, damit sie das Büchlein erreichte.

Mit ihrer Beute setzte Elsa sich an den Schreibtisch und strich über den weichen Einband. Ob sie es öffnen sollte? Vielleicht war es ein Tagebuch mit den geheimen Gedanken seines Besitzers oder ein Notizheft wie ihre Plotbüchlein, deren Inhalt nun wirklich niemanden etwas anging. Aber sie hatte sich doch nicht die Mühe gemacht, den Schrank hochzukraxeln, bloß um sich das Buch von außen anzuschauen. Natürlich wollte sie sich durch den Inhalt wühlen, der hoffentlich Aufschluss über den Besitzer gab. Das brachte schon ihr Beruf mit sich. Als Autor musste man einen gewissen Grad an Neugierde mitbringen.

»Ich werde bloß schauen. Sobald es irgendwie nach etwas Intimem aussieht, klappe ich das Teil wieder zu«, sagte sie laut und ihre Stimme hallte in dem fast leeren Raum wider. »Außerdem wird es niemand je rausfinden«, fügte sie hinzu, um sich selbst zu beruhigen. Dann klappte sie das Buch auf.

Bevor sie jedoch einen Blick auf die erste Seite werfen konnte, klingelte es an der Tür. Elsa sprang auf, schnappte sich den Hausschlüssel und stürmte ins Treppenhaus. Letzte

Nacht hatte sie lange wach gelegen und sich vorgenommen, zumindest einen der Männer, die seit zwei Tagen ständig ihre Klingel belagerten, näher zu begutachten.

Unten angekommen riss sie die schwere Haustür so schwungvoll auf, dass sie an die Wand krachte. Der Typ auf der Straße fuhr erschrocken zusammen und ließ seine Zigarette fallen. Es war derselbe Kerl, den sie vorletzte Nacht auf der anderen Straßenseite gesehen hatte. Als er sich bückte und sie aufhob, sah Elsa einen leichten Schweißfilm auf seinem haarlosen Kopf. Kein Wunder, dass er schwitzte, wenn er bei diesen sommerlichen Temperaturen ein viel zu dickes Tweed-Jackett trug.

»Oh«, sagte Elsa und tat überrascht. »Ich wollte Sie nicht erschrecken. Suchen Sie jemanden?«

Der Mann schaute beschämt auf den Boden und scharrte mit dem Fuß über die Platten auf dem Bürgersteig. »Wolrat. Daphne Wolrat. Bei ihr hatte ich eigentlich geklingelt«, murmelte er schließlich. »Darf ich?« Er machte Anstalten, an Elsa vorbei in den Hausflur zu gehen.

Sie stellte sich ihm in den Weg. »Ach, Frau Wolrat«, wiederholte sie den Namen und fragte sich, wo sie diesen schon einmal gehört hatte. »Die ist schon länger ausgezogen.«

Nun schaute der Kerl ihr doch ins Gesicht. Er legte seine Stirn in Falten und schüttelte den Kopf. »Wie bitte? Das ist unmöglich ... Unseren letzten Termin hat sie ohne Absage einfach ausfallen lassen und jetzt das?«

»Ihren Termin?«, wunderte sich Elsa. Vielleicht waren es gar keine verschmähten Liebhaber, die ständig bei ihr klingelten. »Nun, da kann ich Ihnen leider auch nicht weiterhelfen. Mir fällt gerade ein, dass ich meinen Geldbeutel drinnen vergessen habe.« Damit drehte Elsa sich um und wollte die Haustür zumachen.

»Einen Moment bitte«, sagte der Mann. Seine Stimme hatte mittlerweile einen jammernden Unterton angenommen. »Wissen Sie denn zufällig, wo sie hingegangen ist? Sie hat überhaupt nichts davon erzählt, dass die Praxis umzieht. Und auf ihrer Homepage steht auch kein Wort darüber.«

Eine Praxis also. So langsam kam etwas Licht ins Dunkle der Vormieterin. Doch seit wann duzte man seine Ärztin oder Therapeutin? Und warum hatte Daphne Wolrat ihre Patienten nicht informiert, dass sie demnächst an einem anderen Ort praktizierte?

»Tut mir leid«, sagte Elsa schließlich, weil der Mann noch immer vor ihr stand und sie fragend anschaute. »Leider hat Frau Wolrat niemanden im Haus informiert, wohin sie gegangen ist. Sie müssen mich jetzt auch wirklich entschuldigen, ich muss weiter. Viel Glück noch bei der Suche.«

Ohne eine weitere Antwort abzuwarten, knallte Elsa ihm die Tür vor der Nase zu und ging zurück in ihre Wohnung. Dort schaltete sie ihren Laptop ein und schob das Notizbuch zur Seite. Dafür war später noch genug Zeit. Jetzt wollte sie erst mal wissen, was für eine Praxis Daphne Wolrat hier im Haus betrieben hatte. Es war auffällig, dass bisher lediglich männliche Patienten auf der Suche nach ihr waren.

Zu ihrer Enttäuschung gab Google nicht viel her. Der erste Eintrag war eine Webseite, deren Inhalt anscheinend irgendjemand gelöscht hatte. Dasselbe war bei einem Facebook-Profil auf diesen Namen der Fall: kein Profilbild oder Ähnliches, das Aufschluss über die Person hinter dem Namen geben konnte. Enttäuscht schloss Elsa den Browser, um nicht zu viel Datenvolumen von ihrem Internetstick zu verbrauchen.

Offensichtlich hatte Daphne Wolrat die Arbeit in ihrer Praxis aufgegeben und vergessen, einige ihrer Patienten darüber zu informieren. Dass kein Wort davon auf ihrer Homepage zu finden war, kam Elsa seltsam vor.

Sie überlegte, ob der Name Daphne eher auf eine jüngere oder ältere Frau hinwies. Vielleicht war sie in Rente gegangen und hatte die Webseite einfach löschen lassen, weil sie nicht wusste, wie man einen Internetauftritt verwaltete. Dagegen sprach allerdings das Facebook-Profil. Eine Frau im Rentenalter war doch nicht in einem sozialen Netzwerk angemeldet.

Elsa klappte den Laptop zu und stand auf. Es gab noch einen anderen Weg, mehr über ihre Vormieterin herauszufinden. Pappel war ihr zwar nicht unbedingt sympathisch gewesen, doch er konnte Elsa sicher einiges über Daphne Wolrat verraten. Mit einem mulmigen Gefühl klingelte sie also an seiner Tür. Sie wollte unter keinen Umständen, dass er glaubte, sie wäre in irgendeiner Weise an ihm interessiert. Am besten sagte sie ihm, dass Frau Wolrat ihren Kalender in der Wohnung vergessen hatte und Elsa vorhatte, ihr diesen vorbeizubringen.

In der Wohnung von Gregor Pappel blieb es still, was Elsa irgendwie erleichterte. Er war offensichtlich nicht zu Hause, deshalb ging sie eine Etage nach unten und versuchte es bei Familie Benz. Zumindest ließ das Regal voller

Kinderschuhe darauf schließen, dass hier eine Familie wohnte. Es dauerte nicht lange, bis hier jemand die Tür öffnete. Vor ihr stand eine junge Frau, die ihre Haare zu einem unordentlichen Knoten zusammengebunden hatte und ein Kleinkind auf dem Arm trug. Fragend schaute die Frau sie an.

»Guten Tag Frau Benz. Mein Name ist Winter. Ich bin vor Kurzem in die Wohnung über Ihnen gezogen.«

»Ah«, machte die Frau und setzte ihr Kind auf dem Boden ab, welches sich sofort umdrehte und mit tapsigen Schritten in einen der Räume rannte. »Dann herzlich willkommen im Haus, würde ich sagen.«

Die Begrüßung klang nicht besonders freundlich und auch sonst machte die Frau nicht gerade den Eindruck als hätte sie große Lust, sich mit Elsa zu unterhalten.

»Ich will Sie gar nicht lange stören, hab da nur eine kurze Frage zu Ihrer ehemaligen Nachbarin.«

»Dann aber schnell bitte. Sie sehen ja, ich habe meine Tochter hier.« Wie zum Beweis ihres Zeitmangels stapfte die Frau ungeduldig von einem Bein aufs andere.

»Wissen Sie zufällig, wohin es meine Vormieterin verschlagen hat? Ich habe da einen Kalender gefunden, den ich der Dame gerne zukommen lassen würde.«

»Sie meinen die Wolrat, die Therapeutin? Die wollte doch mit uns überhaupt nichts zu tun haben. Verabschiedet hat sie sich jedenfalls nicht. Keine Ahnung, wo die jetzt ist. Ihr Schild hat sie jedenfalls nicht abgemacht.«

»Wie meinen Sie das? Der Name auf der Klingel ist längst umgeändert.«

»Ist Ihnen nicht aufgefallen, was? Man geht so blind durch den Alltag. Direkt neben der Haustür. Ich habe mich schon gefragt, ob sie doch noch mal zurückkommt, aber jetzt wohnen Sie ja hier.«

Elsa horchte auf. Das Schild musste sie vollkommen übersehen haben. Warum hatte der Vermieter es bislang nicht abgeschraubt, wenn die Praxis geschlossen war?

»Würde mich wie gesagt auch wundern, hätte sie nach dem, was passiert ist, weiter in ihrem Job gearbeitet ...« Aus dem Wohnzimmer ertönte ein Poltern gefolgt von dem wütenden Brüllen des Kleinkindes. Frau Benz drehte sich um und rief: »Inka, ich habe dir schon hundertmal gesagt, dass die Legosteine nicht zum Rumwerfen sind.« Dann wandte sie sich wieder an Elsa. »Sie sehen ja, was hier los ist. Ich muss leider.«

»Einen Moment bitte. Was meinen Sie mit, ›nach dem, was passiert ist‹?«

»Na, sie wurde doch überfallen. Von einem ihrer«, die Benz formte mit ihren Fingern Anführungszeichen, »Patienten. Der hat sie beinahe erwürgt und sie vorher grün und blau geschlagen. Sie konnte gerade eben so gerettet werden. Danach war sie nie wieder hier, hat nur ein Umzugsunternehmen geschickt, das oben ausgeräumt hat. Jetzt muss ich mich aber wirklich um meine Tochter kümmern.«

»Ein Überfall? Das ist ja schrecklich. Weshalb hängt das Schild denn noch dort? Solche Männer möchte ich ungerne vor meiner Tür haben.«

»Fragen Sie mich doch nicht. Aber so oft, wie ich schon mit kaputter Heizung hier gesessen habe, wäre es keine

Überraschung, sollte das Teil in ein paar Monaten noch hängen. Der Vermieter ist eine absolute Schnarchnase, wenn es nicht gerade um das Eintreiben der Miete geht.«

Das waren ja rosige Aussichten. Aber momentan interessierte Elsa viel mehr, was mit Daphne Wolrat passiert war. »Weiß man denn, warum? Wurde sie ausgeraubt?«

»Als ob uns jemand informiert hätte. Allerdings kann mir schon denken, was da los war. Wer solche Männer behandelt ...« Wieder formte sie mit ihren Fingern Anführungszeichen. »Wundern muss man sich da jedenfalls nicht.«

»Was meinen Sie denn mit ›solche Männer‹?«, fragte Elsa, doch die Nachbarin schüttelte nur mit dem Kopf.

»Im Endeffekt geht mich das Alles nichts an. Jedenfalls glaube ich nicht, dass sie irgendwo einfach eine neue Praxis aufgemacht hat. Ich muss dann auch wirklich rein zu meiner Tochter.« Ohne eine weitere Reaktion von Elsa abzuwarten, drehte Frau Benz sich um und schlug Elsa die Tür vor der Nase zu.

Die stand noch einen Moment ratlos davor und ging schließlich zurück in ihre Wohnung. Das Bild, das mittlerweile von Daphne Wolrat in ihrem Kopf entstanden war, verwirrte sie. Eine wie auch immer geartete Therapeutin, der die Männer hinterherrannten, von denen sie einer sogar überfallen hatte und die offenbar nicht gerade den besten Ruf bei den Nachbarn genoss.

Erneut versuchte Elsa es mit Google. Dieses Mal suchte sie nach Zeitungsberichten von Überfällen in ihrem Viertel und wurde tatsächlich bald fündig. Geschockt las sie, was Daphne Wolrat in vermutlich genau diesem Zimmer widerfahren war. Danach nahm sie ihr Handy und wählte die Nummer von Achim. Jetzt brauchte sie unbedingt jemanden, mit dem sie darüber reden konnte. Er versprach ihr, sich sofort auf den Weg zu ihr zu machen.

Erleichtert legte Elsa das Handy auf ihren Schreibtisch. Dabei fiel ihr Blick auf das Notizbuch. Das hatte sie vollkommen vergessen. Nachdem, was sie über ihre Vormieterin erfahren hatte, interessierte sie sich jetzt natürlich besonders für dessen Inhalt. Endlich schlug sie es auf und begutachtete die erste Seite.

Kapitel 7

»Der Mensch ist ein Ursachen suchendes Wesen; ›der Ursachensucher‹ würde er im System der Geister genannt werden können.«

G.C. Lichtenberg

»Eine Sexualtherapeutin?«, rief Achim aus und klatschte in die Hände, als habe ihm jemand gerade einen Witz erzählt.

Elsa legte den Zeigefinger auf die Lippen und machte: »Schh.« Sie hatte ihnen einen Kaffee gemacht und Achim davon berichtet, was sie bisher dank der Nachbarin und des Internets herausgefunden hatte.

»Solche Berufe kennt man doch sonst nur von RTL zwei. Pufftester, Sexualtherapeuten und Camgirls. Jetzt wundert mich auch nicht mehr, dass die Männer reihenweise vor deiner Tür stehen und sich nach ihrer Daphne verzehren.«

»Wenn man die Umstände betrachtet, ist es auch nicht verwunderlich«, sagte Elsa und drehte ihren Laptop so, dass Achim den Bericht auf dem Monitor erkennen konnte.

»Überfall auf Frankfurter Therapeutin in ihrer Praxis«, las er die Überschrift vor. »Du meinst, das war hier?

In deiner Wohnung?«

Elsa nickte. »Vermutlich genau an der Stelle, wo wir gerade sitzen.«

Achim schüttelte sich und rieb sich mit den Händen über die Oberarme. »Grässliche Vorstellung. Ist sie ...« Er streckte die Zunge seitlich heraus und zeichnete mit dem Zeigefinger einen Schnitt quer über seinen Hals nach.

»Nein. So wie es die Zeitungen berichten, hat sie schwer verletzt überlebt. Sie musste von dem herbeigerufenen Notarzt wiederbelebt werden.«

Mit zusammengekniffenen Augen überflog Achim die Webseite und schüttelte dann den Kopf. »Die arme Frau. Von einem ihrer Patienten beinahe erwürgt zu werden ... Warum hatte sie denn keine Mitarbeiter in ihrer Praxis?«

»Das habe ich mich auch schon gefragt. Wäre der Nachbar nicht gewesen, hätte ihr niemand geholfen. Jetzt sehe ich den komischen Rollkragentyp von nebenan mit anderen Augen.«

»Aufmerksame Nachbarn sind in der Großstadt wirklich selten. Was ich schon für Orgien gefeiert habe und es hat nie jemand mal nachgefragt, ob es Lust- oder Schmerzensschreie sind.«

Elsa verzog das Gesicht und hob abwehrend die Hände. »Zu viel Information, Achim. Jedenfalls ist es für mich verständlich, dass sie niemanden über die Schließung ihrer Praxis informiert hat. Zumindest ihre Patienten nicht.«

Achim nahm einen Schluck aus seiner Tasse und starrte einige Momente abwesend in die Luft. »Weißt du, was mich wundert?«, fragte er dann. »Seit wann duzen sich Patienten und Therapeut? Die Männer vor deiner Tür haben sie doch beim Vornamen genannt, sagtest du.«

»Darüber habe ich auch schon nachgedacht. Bis ich dann in ihren Terminkalender geschaut habe.«

»Du hast was? Wie bist du denn daran gekommen?«

Elsa nickte mit dem Kopf in Richtung Flur. »Den haben wohl die Umzugshelfer, die sie geschickt hat, übersehen. Er lag im Flurschrank. Und sie hat sich darin nicht nur die Namen ihrer Patienten notiert, sondern auch ... sagen wir mal den Inhalt der jeweiligen Sitzung. Zumindest in Stichpunkten.«

Achim schaute sie erwartungsvoll an. »Jetzt mach es nicht so spannend«, sagte er, als sie nicht weitersprach.

»Sieh es dir am besten selbst an.« Elsa schob ihm das kleine schwarze Büchlein über den Tisch.

Achim schlug die erste Seite auf und kicherte amüsiert. »Ralf, Erektionsstörungen. Penisstimulation durch Saugpumpe bei gleichzeitiger Entspannungsmassage des Beckenbereiches«, las er vor. »Na, wenn die Daphne ein Kerl wäre und die Krankenversicherung das zahlt, hätte ich ihr auch mal einen Besuch abgestattet.«

»Was du da vorgelesen hast, ist noch lange nicht alles. Von Verspannungsproblemen in der Prostatagegend bis zum Problem der Atemnot während des Geschlechtsverkehrs, diese Daphne hatte wohl schon jede sexuelle Störung auf ihrer Couch. Es gibt ja nichts, was es nicht gibt.«

»Mich wundert viel eher, dass eine Sexualtherapeutin tatsächlich mit ihren Patienten ins Bett geht. Ich dachte, es ginge dabei eher um Gespräche.«

»Vielleicht hat sie mit denen ja auch nur über solche

Sachen gesprochen. Aus den Aufzeichnungen geht jedenfalls nicht hervor, ob sie die Techniken auch praktisch durchgeführt hat.«

»Na ja. Wenn du mal hier schaust ...« Achim drehte den Kalender wieder so, dass Elsa ihn sehen konnte, und deutete auf ein Kästchen, das mit grünem Marker hervorgehoben war.

Anwendung erl. Techniken bei Unbekannten, stand dort in geschwungener Schrift und in Klammer dahinter *19:00 Uhr, Vicky, 40 Grad, Bornheim.*

»Also für mich klingt das schon danach, als hätte sie mit ihren Patienten etwas eingeübt, was diese dann an einer ›Fremden‹ ausprobieren sollen.« Er lachte. Als Elsa nicht einstimmte, legte er ihr seine Hand aufs Knie. »Hör mal, das mag ja alles irgendwie schockierend und für dich lebensfremd sein. Aber immerhin weißt du nun, dass diese Kerle nichts von dir wollen, sondern wirklich nur auf der Suche nach *ihrer* Daphne sind.«

»Dafür würde ich nicht meine Hand ins Feuer legen. Einige von denen hatten anscheinend so richtige Probleme. Ich möchte nicht als Ersatzgespielin herhalten müssen.«

»Diejenigen, die zur Therapie gehen, sind doch nicht die Gefährlichen. Sie machen ja immerhin was. Und sie haben Zeit und Geld investiert, damit sie Hilfe von einer professionellen Sexpertin bekommen. Die gehen doch nicht hin und vergewaltigen irgendwelche Frauen.«

»Hoffentlich. Lieber wäre es mir allerdings, ich könnte die Frau irgendwie erreichen und zumindest fragen, vor wem ich mich in Acht nehmen soll.« *Und sie fragen, ob sie für eine Reportage über ihr Leben zur Verfügung stehen würde,* fügte Elsa in Gedanken hinzu. Mit passenden Insiderinfos gespickt war die Geschichte sicher ein Artikel, der im Honorarbereich von tausend Euro lag. Zeitschriften für die gelangweilte Hausfrau über fünfzig würden sich mit ihren Angeboten überschlagen.

»Google is your friend.«

»Sag bloß. Auch ich habe im Informationszeitalter studiert. Ihre Homepage ist vom Netz genommen, Xing und Facebook-Profil sind leer. Es ist nichts zu finden über Daphne Wolrat.«

Achim hob seine Augenbrauen und zog Elsas Laptop zu sich ran. »Nichts leichter als das. Bloß weil man eine Internetseite löscht, heißt das noch lange nicht, dass sie aus dem World Wide Web verschwunden ist. Schau mal hier.« Er ließ seine Finger über die Tastatur fliegen und präsentierte ihr dann das Ergebnis. »Es gibt Datenbanken, die speichern ältere Versionen von Webseiten. Mit ein wenig Glück kannst du dich durchklicken als wäre die Seite noch aktuell.«

Herzlich willkommen bei Daphne Wolrat, Ihrer Beratungsstelle für ein erfülltes Sexualleben, verkündete die Überschrift, neben der eine schwarzhaarige Schönheit in die Kamera lächelte.

»Bestimmt ein Model«, sagte Elsa und Achim nickte zustimmend.

»Hier, geh mal auf Therapieangebot«, sagte er und deutete auf den Bildschirm.

Elsa folgte mit der Maus seinem Finger und klickte auf den Link. Während Elsa darauf wartete, dass die Seite lud, griff Achim sich sein Handy und tippte hektisch auf dem

Display herum. Dann sprang er auf.

»Ich muss dich leider alleine schnüffeln lassen. Wenn ich nicht in einer halben Stunde in Offenbach bin, kann ich mein Date vergessen.«

»Dann mach dich lieber auf die Socken«, sagte Elsa und stand ebenfalls auf, um Achim an die Tür zu begleiten.

»Übrigens schnüffle ich nicht, ich betreibe investigativen Journalismus«, rief sie ihm hinterher, als er bereits auf der Treppe war. Achim lachte und verschwand aus ihrem Sichtfeld.

Elsa ging zurück ins Wohnzimmer und klickte auf den Reiter *Über mich.* Sie war nicht daran interessiert, welche exakten Therapieangebote bei Daphne gebucht werden konnten. Der Eindruck, den sie aus dem Terminkalender gewonnen hatte, reichte aus, um sich ein Bild zu machen.

Leider gab es auf der Seite über Daphne Wolrat nichts Interessantes herauszufinden, außer vielleicht, dass sie anscheinend doch die schlanke, schwarzhaarige Frau auf der Homepage war und sie eine Ausbildung als Heilpraktikerin mit einer Zusatzqualifikation als Entspannungspädagogin absolviert hatte. Ein Hinweis auf eine Privatadresse gab es nicht, was Elsa so auch schon befürchtet hatte. Wenn sie die sexuellen Störungen fremder Männer behandelte, würde sie ihre Angaben auch nicht frei zugänglich im Internet veröffentlichen.

Das hieß dann wohl, dass Elsa den Artikel über eine vom eigenen Patienten überfallene Sexualtherapeutin vergessen konnte. Sie schloss den Browser und öffnete ihr Manuskript. Zwar hatte sie sich einige Tage Ruhe verordnet, aber von irgendetwas musste sie nun mal leben. Je schneller sie wieder schrieb, desto eher war sie wieder in ihrem Rhythmus.

Nach weniger als einer geschriebenen Seite gab sie jedoch wieder auf. Daphne Wolrat und ihre Geschichte gingen ihr einfach nicht aus dem Kopf. Sie wollte wenigstens wissen, was genau mit der Frau passiert war, mehr über die Geschichte erfahren.

Erneut nahm sie sich den Kalender vor. Ihr Blick blieb an den hervorgehobenen Einträgen hängen. Immer war es Vicky, mit denen sich die Patienten in stets derselben Bar in Bornheim treffen sollten. Wenn sie so eng mit der Therapeutin zusammengearbeitet hatte, war sie vielleicht eine Möglichkeit, an Daphne heranzukommen.

Einen Versuch war es zumindest wert, und diese Vicky zu finden, dürfte auch nicht allzu schwer werden. Anscheinend trieb sie sich mehrmals die Woche in einer Bar namens Vierzig Grad herum und würde dort bestimmt bekannt sein. Elsa speicherte die Adresse auf ihrem Handy, klappte den Laptop zu und ging ins Schlafzimmer, wo sie ihre Klamotten in Ermangelung eines eigenen Schrankes auf einer Kleiderstange aufgehängt hatte.

Etwas wirklich Ausgehtaugliches war nicht darunter, doch für den Anlass genügte auch ihre ein wenig zu enge, schwarze Jeans mit einer dunkelblauen kurzärmeligen Bluse. Wenn sie noch die Stiefeletten dazu kombinierte, die sie sonst nur zu Lesungen trug, war sie zumindest schick genug, um in einer Bar nicht negativ aufzufallen. Nachdem sie sich umgezogen hatte, ging sie noch schnell ins Bad, um das erste Mal seit Monaten wieder ein richtiges Make-up aufzulegen. Als sie zufrieden das Ergebnis im Spiegel betrachtete, hoffte sie, dass sie unten auf der Straße niemandem von Daphnes ehemaligen Patienten begegnete. Immerhin war sie einigermaßen vorzeigbar und vertraute auch nicht wirklich Achims These, dass keiner von diesen Männern Frauen gegen ihren Willen begrapschte. Und auch bei ihrem Nachbarn war sie sich diesbezüglich nicht wirklich sicher und wollte ihm darum in diesem Aufzug besser nicht auf dem Flur begegnen. Deshalb eilte sie, ohne Licht zu machen, die Treppen hinunter und verschwand in Richtung U-Bahn.

Kapitel 8

»Er kann sich einen ganzen Tag in einer warmen Vorstellung sonnen.«

G.C. Lichtenberg

Gregor war schon den ganzen Tag innerlich unruhig. Egal was er anpackte, er schaffte es einfach nicht, sich zu konzentrieren. Immer wieder wanderten seine Gedanken zu Elsa und sein Blick zum Monitor. Er wusste genau, dass sie zu Hause war, doch sie hatte sich noch nicht einmal blicken lassen. Nur vorhin, als dieser hagere Typ zu Besuch gekommen war. Gregor glaubte, dass der Kerl schwul war, doch er wusste nicht, ob er sich das nur einredete, um später nicht zu enttäuscht zu sein.

In ihr Schlafzimmer waren die beiden zumindest nicht gegangen, was aber rein gar nichts zu bedeuten hatte. Außerdem war der Tag noch jung und er hoffte inständig, dass jeden Moment die Tür aufgehen und Elsa mit ihrem Besuch ins Bett steigen würde. Er traute sich sogar kaum auf die Toilette und trank absichtlich nichts, da er Angst hatte, etwas zu verpassen.

Irgendwann, das wusste er, würde sich seine Geduld auszahlen. Genau so war es bei Daphne gewesen. Als Gregor wenige Monate nach Eröffnung ihrer Praxis mitbekommen hatte, was genau sie nebenan therapierte, hatte er die Kameras installiert. Im Flur, um zu spionieren, welche Männer die Therapeutin in Anspruch nahmen und in dem Zimmer mit dem Bett. Selbstverständlich hatte er gehofft, dass eine Sexualtherapeutin mit ihren Patienten auch ins Bett ging. Wozu sonst sollte sie einen zusätzlichen Raum mit einem Doppelbett in ihrer Praxis haben? Dass alles ganz anders war als in seiner Vorstellung, erfuhr er erst später. Im Behandlungsraum, der jetzt Elsa Winters Wohnzimmer war, gab es keinen Stuck und somit kein Versteck für eine Kamera. Wochenlang hatte Gregor sich vor den Monitoren gelangweilt, bis endlich diese andere Frau ins Spiel gekommen war. Mittlerweile hatte er eine recht ordentliche Anzahl an Filmchen zusammengesammelt und einer davon - sein allerliebster - war sogar mit seiner Daphne.

Eine Bewegung auf dem Bildschirm erregte Gregors Aufmerksamkeit. Es sah ganz danach aus, als würde er noch heute für seine Ausdauer belohnt, denn Elsa Winter betrat tatsächlich das Schlafzimmer. Einen Moment stand sie regungslos im Raum und schaute in eine Ecke, die er wegen des Kamerawinkels nicht einsehen konnte. Wahrscheinlich lagerte sie dort ihre Klamotten. Dass sie kurze Zeit später eine Hose und eine Art Oberteil aufs Bett warf, bestätigte seine Vermutung. Elsa überkreuzte ihre Arme vor dem Bauch und griff an den Saum ihres Shirts.

»Ja, Kleines, zieh dich aus«, raunte er und leckte sich über die Lippen. Endlich etwas Action. Er öffnete vorsorglich seine Hose, schob sie bis zu den Kniekehlen herunter und drückte die Aufnahmetaste.

Bevor er jedoch richtig loslegen konnte, war alles schon wieder vorbei. Mehr als ihren Rücken bekam er nicht zu sehen, denn nachdem sie ihr T-Shirt ausgezogen hatte, verließ sie mitsamt den Klamotten den Raum und ging - das erkannte er auf der Flurkamera - ins Bad. Wie konnte man nur so prüde sein und sich nicht mal in seinem eigenen Schlafzimmer umziehen? Wer bitte ging dafür denn extra ins Bad? Wenn er doch nur dort auch eine Kamera hätte.

Irgendwann in den nächsten Wochen, so nahm er sich vor, musste er wenigstens in diesem Raum noch eine anbringen. Irgendwo im Spiegelschrank oder der Lampe würde sich schon ein Plätzchen finden lassen. Und wenn er Elsa Winter dann erst dort ausspähte, konnte ihm auch gestohlen bleiben, ob sie Männerbesuch bekam oder nicht.

Für den Moment musste er sich allerdings mit seiner Vorstellung zufriedengeben. Er schloss die Augen, malte sich aus, wie die Rothaarige mit dem frechen Bob unter der Dusche stand und sich ihre orangefarbenen Schamhaare mit einem Duschgel reinigte. Bestimmt waren sie orange.

Er sah es vor sich, wie er heimlich das Bad betrat, sich auf den Toilettendeckel setzte und beobachtete, wie sich ihr Schatten hinter dem Duschvorhang räkelte. Ein leises Stöhnen entfuhr ihr. Ob sie ihn wohl bemerkt hatte?

Gregor grinste und schüttelte den Kopf. Nein. Das hatte sie natürlich nicht. Alles hier entsprang seiner Fantasie und es würde genau so ablaufen, wie er es sich ausdachte. Also beschäftigte sie sich nun ausgiebig mit ihren Brüsten. Dabei wurde sie immer wilder und fuhr mit den Händen über ihren Körper.

»Ja, weiter so«, flüsterte er außer Atem.

»Gregor? Bist du es?«, fragte die Elsa in seiner Vorstellung.

Ja, jetzt durfte sie ihn entdecken. Er war bereit für sie.

»Ich bin es«, antwortete er.

»Oh. Endlich. Ich habe schon so lange auf dich gewartet«, raunte sie und öffnete den Duschvorhang.

Ihr makelloser Körper war feucht und glänzte, die roten Haare hingen ihr ins Gesicht und verliehen ihr ein wildes Aussehen. Sie lächelte ihn an und winkte ihn mit dem Zeigefinger zu sich heran.

»Komm zu mir unter die Dusche. Wir müssen uns gegenseitig sauber machen, bevor du mich ficken kannst.«

Gregor stand auf. Er war nackt und sein Penis ragte steil nach oben. »Oh, du süße Elsa«, flüsterte er und spritzte seinen Samen von unten an die Schreibtischplatte.

Kapitel 9

»Wir tun alle Augenblicke etwas, das wir nicht wissen […]«

G.C. Lichtenberg

Schon bei ihrer Ankunft in Bornheim bereute Elsa, die hohen Schuhe angezogen zu haben. Irgendjemand hatte ihr mal den Tipp gegeben, den zweiten und dritten Zeh mit Pflaster aneinander zu kleben, weil es dann nicht so schnell wehtun würde. Bisher merkte sie nichts davon, dass dieser Trick tatsächlich half. Ihre Fußballen schmerzten und sie kam sich vor wie ein Affe auf Stelzen, so ungelenk stöckelte sie über den Bürgersteig in die Richtung, die ihr Handy vorgab. Sie konnte nur hoffen, dass sie in der Bar einen Sitzplatz bekam, was an einem Samstagabend unter Umständen gar nicht so leicht war. Auf keinen Fall konnte sie es länger als zwei Stunden stehenderweise in diesen Schuhen aushalten.

Ihre Befürchtung bestätigte sich, als sie das Vierzig Grad betrat. Die Bar war gut besucht. Neben wenigen Männern, die vereinzelt an Tischen saßen, war das Publikum vor allem weiblich. Einige der Frauen schienen Elsa skeptisch hinterherzuschauen, wie sie durch den Raum an die Theke ging. Es war, als würde ihnen Elsas Anwesenheit überhaupt nicht passen. An der Bar angekommen setzte sie sich auf den einzigen noch freien Hocker und wartete, bis der Kellner kam, um ihre Bestellung aufzunehmen. Sie bestellte sich einen Whiskey Sour und beobachtete die Leute um sie herum ein wenig genauer.

Es hatte sich bereits zu ihr herumgesprochen, dass die Leute aufgrund der vielen Banken in Frankfurt einen ganz bestimmten Style hatten. Schicker und weniger lässig als in anderen Großstädten, so sagte man. Allerdings kam ihr das, was die Frauen um sie herum so trugen, doch sehr aufgetakelt für eine Kneipe vor. Denn nichts Anderes war das im Internet als Bar bezeichnete Vierzig Grad. Die Einrichtung war altbacken und unmodern mit der braunen Holzvertäfelung, im Hintergrund dudelte leise Musik aus den Achtzigern. Hinter der Theke wurden die Spirituosen von einer bunten Lichterkette beleuchtet. Bis auf diese war es ziemlich düster im Gastbereich. Eigentlich wirkte die gesamte Aufmachung wie die einer der zahllosen Frankfurter Apfelweinkneipen. In einer solchen hatte sie Lesungen während der Buchmesse gehalten, weswegen ihr der Kontrast zwischen den High Heels und Megaminis und dem Interieur besonders auffiel.

Und noch etwas bewirkten die Outfits der anderen Frauen. Während Elsa an ihrem Whiskey nippte, stellte sie fest, dass eigentlich keiner der Anwesenden sympathisch genug aussah, um ihn nach Vicky zu fragen. Die Männer musterten sie alle interessiert und etwas zu gierig, während die Frauen nach einem abschätzigen Blick sich schnell wieder abwendeten.

Elsa nahm noch einige Schlucke von dem Cocktail, um sich Mut anzutrinken. Als zusätzliche Motivation stellte sie sich das Honorar für den Artikel vor. Ein Interview mit dem Opfer, vielleicht sogar mit Bildern von ihr. Das würde ihr etwas Luft verschaffen und sie könnte das Buch in Ruhe fertigstellen. Dafür musste sie bloß ihre falsche Zurückhaltung überwinden. Diese Menschen hier waren Fremde, und sobald sie wusste, wo Daphne Wolrat zu finden war, würde sie keinen von denen je wiedersehen. Was interessierte sie es, was die Leute hier von ihr dachten?

Etwas zu energisch stellte Elsa ihr Glas auf dem Tresen ab und verschüttete etwas von ihrem Whiskey. Sie winkte dem Barmann, um ihn nach einem Lappen zu fragen und entschied, genau bei ihm mit den Nachforschungen anzufangen.

»Darf ich dich einen Moment aufhalten?«, fragte sie ihn, als er ihr eine Serviette hinhielt.

»Bist du doch gerade schon dabei, Süße«, sagte er und grinste süffisant. »Womit kann ich dir behilflich sein?«

Elsa schluckte ihren Unmut über das Wort Süße hinunter und lächelte ebenfalls. »Ich bin auf der Suche nach einer gewissen Vicky. Du kennst sie bestimmt, sie ist häufiger hier, erzählt man.«

»Ach jetzt verstehe ich. Und ich dachte schon, du hättest dich verlaufen. Wüsste ehrlich nicht, dass jemals eine Frau nach ihr gefragt hat.« Er musterte sie über den Tresen hinweg von oben bis unten. »Siehst auch offen gesagt gar nicht aus wie eine von denen.«

Elsa wunderte sich, was er wohl damit meinte, ging jedoch nicht weiter darauf ein. Unruhig rutschte sie auf dem Barhocker herum und schaute zur Tür. Je eher sie hier verschwand desto besser.

»Wie ich sehe, liege ich richtig«, sagte sie und trank ihren restlichen Whiskey in einem Zug aus. »Ist sie heute Abend hier?«

Der Barkeeper nickte zu Elsas leerem Glas. »Trinkst du noch einen?«

»Verrätst du mir dann, wo ich sie finden kann?«

»Na klar«, sagte er, nahm das Glas und verschwand in der anderen Ecke. Kurze Zeit später kam er mit einem frischen Whiskey zurück und stellte ihn vor Elsa. Auch für sich hatte er einen Drink mitgebracht und prostete ihr zu.

»Und? Wo finde ich sie?« Elsa ließ ihren Blick durch den Raum schweifen.

»Schätze mal, im Moment gar nicht. Bis jetzt ist sie noch nicht aufgetaucht«, sagte er und zuckte mit den Schultern.

»Großartig«, murmelte Elsa. »Vielen Dank auch für deine großartige Hilfe.«

Sie nahm einen großen Schluck von dem Whiskey, legte einen Zwanziger auf den Tresen und stand auf. Sich mit dem Typen weiter zu unterhalten, machte wenig Sinn.

»Bist aber schnell eingeschnappt«, rief ihr der Barkeeper hinterher.

»Ich verschwende bloß nicht gerne meine Zeit«, sagte Elsa. Dennoch blieb sie stehen und schaute ihn erwartungsvoll an.

Er seufzte und nickte mit dem Kopf in Richtung Tür. »Siehst du den Tisch rechts? Das ist Steffi, die zieht ab und zu mit Vicky um die Häuser. Vielleicht hat die eine Ahnung, wo sie sich herumtreibt.«

Elsa setzte ein strahlendes Lächeln auf und zwinkerte ihm zu. »Na bitte, geht doch. Beim nächsten Mal gibt es vielleicht sogar Trinkgeld dafür.«

»Glaubst du doch selbst nicht«, sagte er und widmete sich einem anderen weiblichen Gast.

Elsa machte sich auf den Weg zu besagtem Tisch. Im schummrigen Licht einer Stehlampe saßen eine überschminkte Frau in einem viel zu kurzen Rock und ein Mann, der gerade damit beschäftigt zu sein schien, die Löcher in ihrer Netzstrumpfhose zu zählen. Im Gegensatz zu ihr hob er nicht mal den Kopf, als Elsa die beiden erreichte und direkt neben der mutmaßlichen Steffi stehen blieb. Diese schenkte Elsa einen missbilligenden Blick und befasste sich wieder mit ihrem Begleiter.

»Entschuldige, wenn ich euch beide störe, ich habe da nur eine kurze Frage«, sagte Elsa und setzte sich auf den freien Stuhl am Tisch.

»Und deswegen musst du uns hier belagern? Schon mal drüber nachgedacht, dass ich keinen Bock habe, mit dir zu labern?«

»Musst du auch gar nicht lange. Sag mir einfach schnell, wo ich Vicky finden kann.«

Der Typ, der seine Hand verdammt weit oben auf Steffis Oberschenkel platziert hatte, verdrehte genervt die Augen und schaute demonstrativ auf die Uhr. Steffi flüsterte ihm etwas ins Ohr, woraufhin er grinste und sich entspannt zurücklehnte.

»Wie kommst du darauf, dass Vicky was mit Frauen anfängt? Wenn überhaupt, dann bedienen wir einen zu zweit und machen es uns gegenseitig. Aber wir sind doch hier kein Lesbenclub. Oder siehst du andere Kundschaft als Kerle?«

Elsa schaute sich um und verstand langsam, wo sie hineingeraten war. Das Vierzig Grad war keine normale Bar, das war eine Kneipe, in der Männer sich gegen Bezahlung eine Frau für den Abend suchten. Sowohl Steffi als auch der Barkeeper glaubten anscheinend, dass sie ebenfalls auf der Suche nach einer Begleitung war und deshalb nach Vicky fragte.

»Deswegen bin ich nicht hier«, wiegelte sie ab. »Ich will nur mit ihr reden.«

»Wow, du willst so viel Geld fürs Reden raushauen? Na, Vicky wird sich ärgern, dass sie mit dem Kerl gegangen ist, wenn sie es so viel einfacher hätte haben können.«

Elsa seufzte. »Sie ist also bei einem Job? Wie lange dauern die ...« Ihr fiel kein passendes Wort dafür ein. »Wird sie heute noch mal wiederkommen?«

Steffi zuckte mit den Schultern und verzog das Gesicht. »Keine Ahnung. Wir haben jetzt auch genug geplaudert. Ich richte ihr gerne aus, dass eine junge Lady nach ihr gefragt hat. Lass Stephen doch deine Karte da, dann kann Vicky sich melden, sollte sie an dir und deiner Kohle interessiert sein.«

Elsa lehnte dankend ab. Ganz bestimmt wollte sie niemandem in dieser Bar ihre Adresse geben. Wenn sie Vicky heute nicht aufspürte, musste sie sich eben etwas Anderes einfallen lassen. Sie hatte jedenfalls nicht vor, noch einmal alleine hierher zu kommen.

Als Elsa gerade gehen wollte, legte sich eine schwere Hand auf ihre Schulter. Sie drehte sich um und schaute den Kerl, der hinter ihr stand, fragend an.

»Kann man sich anschließen?« Seine Fahne wehte ihr ins Gesicht und Elsa wich angewidert zurück.

»Wohl kaum. Hier gibt es genug andere, die bestimmt gerne bereit sind, die Nacht mit dir zu verbringen.«

Der Kerl zog geräuschvoll seine Nase hoch. Der Griff um ihre Schulter wurde fester. »Bist dir wohl zu fein, du Rostkopf, hm? Dabei sagt man doch immer, je rostiger das Dach desto feuchter der Keller. Hab ich noch nie erlebt, dass eine von euch wählerisch ist.« Er packte mit der freien Hand in seine Hosentasche und zog einen grünen Schein heraus. »Geld stinkt nicht. Also das hier wäre deine Anzahlung. Zwei Stunden, den Hunni vorher, einen danach.«

Da Elsa den Kopf schüttelte, steckte er ihr das Geld kurzerhand in die Gesäßtasche ihrer Jeans und nutzte die Gelegenheit, mit seinen Fingern ihren Hintern zu betatschen. Elsa drehte sich um, sodass sein Handgelenk verbogen wurde. »Lass deine dreckigen Pfoten von mir«, presste sie durch die Zähne und betonte dabei jedes Wort.

Der Kerl baute sich vor ihr auf, grapschte mit seiner rechten Hand nach ihrem Kinn und holte tief Luft. Sein Gesicht war vor Wut rot angelaufen. Bevor er jedoch einen Ton herausbrachte, war Stephen, der Barkeeper, an ihrer Seite und drängte sich zwischen sie.

»Mach mir hier keine Probleme, Norbert. Du hast gehört, was die Kleine gesagt hat. Auch bei uns bedeutet ein Nein, dass du deine Finger bei dir zu behalten hast. Für heute Abend hast du genug. Bis du ausgenüchtert bist, will ich dich hier nicht mehr sehen.«

Das Gesicht des Kerls nahm plötzlich den Ausdruck eines gestraften Kindes an. Er ließ die Schultern hängen und sagte leise: »Aber du hättest hören sollen, wie sie mit mir geredet hat.« Seine Stimme wurde lauter und er versuchte, an Stephen vorbeizukommen. »Die kleine Schlampe glaubt wohl, sie kann sich alles erlauben. Bloß weil wir Männer dafür zahlen. Dabei ist sie es doch, die es nötig hat. Hätte sie mal einer richtig gebumst, dann müsste sie hier nicht darum betteln, dass die Männer es ihr besorgen.«

Elsa öffnete den Mund, um etwas zu sagen, doch die Worte blieben ihr im Hals stecken. Die Selbstverblendung des Betrunkenen machte Elsa sprachlos. Perplex schaute sie dabei zu, wie der von Stephen nach draußen bugsiert wurde. Wenige Momente später stand der Barkeeper wieder neben ihr und legte ihr beruhigend seine Hand auf die Schulter.

»Deswegen kommen keine Frauen hierher, die nicht in dem Business arbeiten. Lesben-Dates werden meist online oder so verabredet. Was hältst du davon, wenn ich dir noch einen Drink mache, während du jemanden anrufst, der dich sicher nach Hause bringt? Am besten jemand mit Eiern zwischen den Beinen.«

Elsa war immer noch zu durcheinander, um zu antworten, und nickte lediglich. Alleine ging sie garantiert nicht nach dort draußen. Allerdings hatte sie niemanden außer Achim in der Nähe, den sie anrufen konnte. Da sie erwartete, dass er noch mit seinem Date beschäftigt war, würde sie ihn ganz sicher nicht anrufen. Eher würde sie sich ein Taxi bestellen, das sie direkt vor der Tür abholen konnte.

Der Barkeeper stellte ein Glas vor Elsa, dessen Inhalt eine wesentlich dunklere Farbe aufwies als die vorherigen Whiskey Sour. Beim ersten Nippen bestätigte sich Elsas Vermutung, dass diesem Drink sehr viel mehr Whiskey beigemischt war. Sie prostete Stephen zu und nahm dankbar einen weiteren Schluck. Der Alkohol tat seine Wirkung und langsam merkte sie, dass sie ruhiger wurde.

Während sie auf das Taxi wartete, machte Elsa sich auf ihrem Handy Notizen. Falls aus der ganzen Geschichte tatsächlich ein Artikel werden sollte, würde sie das Vierzig Grad und seine Besucher auf jeden Fall darin erwähnen. Selbstverständlich ohne Nennung von Klarnamen. Aus dem Augenwinkel bemerkte sie, wie sich eine junge Frau auf den Barhocker neben ihr setzte und etwas abrückte. Elsa beschäftigte sich zum Schein weiterhin mit ihrem Smartphone und beobachtete, wie die Frau mit dem Barkeeper tuschelte. Zwischendurch schaute sie immer wieder zu Elsa. Schließlich stand sie auf und zog den Hocker zurück an seine ursprüngliche Position.

»Ich habe gehört, du suchst nach mir?« Erwartungsvoll betrachtete sie Elsa.

Das war also Vicky. Ihren Beruf konnte sie nur schwer leugnen, denn sie sah aus, als wäre sie direkt aus Pretty Woman entsprungen. Ihre Augenlider waren in einem leuchtenden Smaragdgrün geschminkt, die Haare viel zu blond gefärbt und an den Spitzen war Spliss zu erkennen. Der Minirock war kurz davor, alles preiszugeben. Man sah deutlich den Spitzenbund der halterlosen Strümpfe darunter hervorblitzen.

Elsa beschloss, gleich zum Punkt zu kommen. »Es geht um Daphne Wolrat«, sagte sie ohne Umschweife.

Vicky zog die tätowierten Augenbrauen hoch. »Keine Ahnung, wovon du redest.«

»Ich glaube schon, dass du sie kennst. Laut ihrem Kalender hatten einige ihrer Patienten Dates mit dir.«

»Darüber werde ich auch gerade mit dir sprechen.« Sie schwang ihre Beine von dem Hocker, nahm einen Lippenstift aus ihrer Handtasche und wandte sich ab. Offensichtlich war das Gespräch für sie beendet.

»Mich interessiert überhaupt nicht, welcher Deal zwischen euch abgemacht war«, sagte Elsa über Vickys Schminkspiegel hinweg. »Es geht mir nur darum, sie zu finden.«

»Und mich interessiert nicht, was du willst«, rief Vicky aus. Dann lehnte sie sich zu Elsa herüber und sagte mit gesenkter Stimme: »Nicht hier. Verschwinde sofort, sonst werde ich Stephen sagen, dass er dich rausbefördern soll.«

»Schon gut. Ich bin ja gleich weg.« Elsa fragte sich, warum Vicky so aggressiv reagierte. Sie hatte allerdings nicht vor, sich mit dem Barkeeper anzulegen, also kippte sie ihren Whiskey zur Hälfte herunter und nahm ihre Tasche. Sie winkte Stephen zu, der freundlich zwinkerte, und ging vor die Tür.

Zum Glück war Norbert nirgends zu sehen. Dafür wartete aber auch noch kein Taxi auf sie. Um irgendwie beschäftigt zu wirken, kramte sie ihr Handy aus der Tasche und hielt es sich ans Ohr. So würde hoffentlich niemand auf die Idee kommen, sie anzusprechen. Die Methode schien zu funktionieren. Ein Mann, der an ihr vorbeiging, schaute sie zwar interessiert an, belästigte sie aber nicht weiter.

»Tu so, als hätte ich nichts gesagt und geh mir in etwas Abstand hinterher«, sagte eine weibliche Stimme hinter Elsa.

Im Reflex wollte sie sich umdrehen, verkniff es sich jedoch und murmelte lediglich: »Okay.«

Das war Vickys Stimme gewesen. Anscheinend wollte

sie nun doch mit ihr reden. An der Ecke bog ein Taxi in die Straße ein.

»Verdammt«, sagte Elsa und machte zwei Schritte in die Richtung, in die Vicky verschwunden war. Die zog sie am Ärmel in einen Hauseingang neben der Bar, wo sie ihr eine Karte in die Hand drückte.

»Ruf mich an, und dann sehen wir, ob ich dir irgendwie helfen kann. Komm aber nie wieder auf die Idee, vor Stephen oder anderen Mädels darüber zu sprechen.«

Bevor Elsa antworten konnte, verschwand Vicky die Straße entlang.

Das Taxi wurde langsamer und Elsa winkte dem Fahrer zu. Vickys Karte steckte sie in ihre Tasche.

Kapitel 10

»Unser Leben hängt so genau in der Mitte zwischen Vergnügen und Schmerz [...]«

G.C. Lichtenberg

Die Fahrt im Taxi verbrachte Elsa damit, sich weinerliche Sprachnachrichten von Achim anzuhören, die er ihr im Minutentakt zusendete. Sein Date war eine Katastrophe gewesen und nun aalte er sich in Selbstzweifeln. Der Taxifahrer hörte grinsend alles mit, wie Elsa im Rückspiegel erkannte. Zunächst hatte sie sich ein wenig für Achim geschämt, doch im Endeffekt konnte es ihr egal sein. Erstens würde sie vermutlich den Fahrer nie wiedersehen und zweitens war es schließlich Achim, dessen Gejammer durch den Wagen tönte.

Dennoch war sie froh, als sie endlich bei ihrer Wohnung angekommen waren und sie aussteigen konnte. Nachdem das Taxi davongefahren war, vergewisserte sich Elsa, dass ihr weder Norbert noch andere Männer aus der Bar gefolgt waren, und schloss dann die Haustür auf. Mittlerweile hatte Achim, der sich anscheinend mit Alkohol über seine Enttäuschung hinwegtrösten wollte, angekündigt, bei Elsa vorbeizuschauen. Da sie seine Launen noch von ihrer gemeinsamen Studienzeit her kannte, hatte sie wenig Lust darauf, jetzt die Seelentrösterin zu spielen. Genauso wusste sie jedoch auch, dass er sich nicht würde abwimmeln lassen.

Kurze Zeit, nachdem Elsa ihre Wohnung betreten hatte, klingelte es schon. So schnell, wie Achim vor ihrer Tür aufgetaucht war, so lange brauchte er, bis er es die Treppen in den dritten Stock hochgeschafft hatte. Elsa musste ihm zwischenzeitlich sogar einmal wieder das Licht einschalten. Schwankend erreichte er endlich den letzten Treppenabsatz und fiel ihr direkt in die Arme.

»Warum interessieren sich eigentlich immer bloß die Arschlöcher für mich?«, fragte er, während Elsa ihm beruhigend den Rücken tätschelte. »Langsam gebe ich die Hoffnung auf, dass der Mann meines Lebens in Frankfurt existiert.« Er hielt sich die Hand vor den Mund und rülpste. »Genügend Testobjekte durfte ich zumindest schon begutachten.«

»Und genug getankt hast du auch. Wie wäre es, wenn du erst mal reinkommst? Es muss nicht das ganze Haus mitbekommen, dass du bereits die halbe Stadt im Bett hattest.«

»Stimmt. Bis auf das mit dem Alkohol. Ich brauche dringend einen Schnaps. Hast du Tequila oder so etwas da?«

Elsa schüttelte den Kopf und schloss die Tür hinter sich. Momentan war sie froh, dass sie einen funktionierenden Kühlschrank besaß und so ihren Morgenkaffee wie gewohnt mit Milch trinken konnte. Einen Alkoholvorrat hatte sie sich noch nicht zugelegt. Für Achims Zustand war diese Tatsache mit Sicherheit auch besser, denn was er jetzt benötigte war Wasser statt noch mehr Hochprozentigem.

»Keinen Seelentröster? Nicht mal Wein oder so?«

»Gar nichts. Aber ich kann dir einen Kaffee und etwas Ablenkung anbieten.«

Sie schickte Achim ins Wohnzimmer und gesellte sich kurz darauf mit zwei vollen Tassen zu ihm. Während Achim es sich mit seiner auf ein paar Kissen gemütlich machte, erzählte Elsa ihm, was sie in der Bar erlebt hatte. Anstatt die Sache jedoch ernstzunehmen oder sich gar Sorgen zu machen, amüsierte er sich köstlich über ihre Geschichte. Lachend schlug er sich auf die Oberschenkel und verschüttete dabei beinahe seinen Kaffee. Elsa warf ihm einen strafenden Blick zu, was ihn kurz dazu brachte, sich zu beruhigen.

»Ich lache dich ja nicht aus«, sagte er, als würde das seinen Ausbruch entschuldigen. »Aber wenn ich mir vorstelle, wie du aufgetakelt in eine Bar kommst ...«

»Übertreib nicht. Es ist ja nicht so, als wäre ich da im Kostüm oder in voller Disco-Montur aufgetaucht.«

»... und wie du dich zwischen all den leichten Mädchen tummelst und dich nicht mal wunderst, was die Ladys in deinem Umfeld so tragen ...« In seinen Augen standen bereits Tränen, so sehr versuchte er, sich zusammenzureißen.

»Selbstverständlich kam mir das komisch vor. Aber ich vermute doch nicht gleich, dass ich mich in einer Art Bordell befinde.«

Nun prustete Achim wieder los. »Es tut mir so leid, aber wenn ich mir dein Gesicht so vorstelle, als du endlich realisiert hast, in was du da reingeraten bist. Köstlich, zum Schreien«

»Siehst du. Und du behauptest, dass du mich nicht auslachst. Du solltest wenigstens dazu stehen. Außerdem war es gar nicht so lustig, wie du es darstellst. Einer der Männer hat mich tatsächlich für eine Prostituierte gehalten. Der wurde dann auch richtig sauer, nachdem ich ihm einen Korb gegeben habe.«

»Zum Glück ist ja alles noch mal gut gegangen und du sitzt putzmunter hier«, sagte Achim und lehnte sich zu Elsa hinüber. Mit seinem Knie erwischte er beide Kaffeetassen, die scheppernd umkippten und ihren Inhalt über Elsas Bein ergossen. Bei dem Versuch, der Flüssigkeit auszuweichen, kippte Achim zur Seite und landete mit seinem Hintern direkt in der Pfütze. Das Lachen verging ihm beim Anblick der braunen Flecken auf seiner weißen Hose.

»Mist, verdammter. Die Hose ist nagelneu«, rief er und wischte sich über die Jeans.

»Keine Sorge, meinem Boden und mir geht es gut«, sagte Elsa und rappelte sich hoch. »Sei froh, dass es kein Rotwein war.«

»Das ist alles nur passiert, weil du keinen Schnaps mehr für mich hattest. Hätte hier ein Glas Tequila gestanden, wären wir jetzt nicht mit Kaffee besudelt. Hoffentlich bekomme ich das je wieder raus.«

»Ich glaube eher, das wäre nicht passiert, wenn du ein oder zwei Schnäpse weniger zu dir genommen hättest.« Elsa stand auf, um aus der Küche einen Lappen zu holen.

»Eine Waschmaschine hast du noch nicht, oder? Das hier muss sofort ausgewaschen werden, sonst kann ich die Hose in die Tonne treten. So ein Mist, wirklich. Wie kann ich nur so ein Pechvogel sein? Der ganze Abend ist eine einzige

Aneinanderreihung von Katastrophen.«

Elsa ließ seine Frage unbeantwortet. Achim war schon immer eine Dramaqueen gewesen, und wenn man ihm seine fünf Minuten ließ, beruhigte er sich in der Regel schnell wieder. Ging man allerdings auf ihn ein und bedauerte ihn gar, legte er erst richtig los und jammerte, als hätte sich die ganze Welt gegen ihn verschworen.

Dieses Mal half das Ignorieren allerdings nicht. Achim hatte beschlossen, dass er der größte Pechvogel der Welt war, und fluchte vor sich hin. Selbst in der Küche konnte Elsa ihn noch hören. Als sie mit dem Spültuch zurück ins Wohnzimmer kam, lag die Hose auf dem Boden und ihre Schlafzimmertür stand offen. Sie folgte Achim und fand ihn, nur mit seinen hautengen Boxershorts bekleidet, vor der Kleiderstange. Seine Weste und das Hemd lagen auf dem Bett. Mit den Fingern fuhr er an den Bügeln entlang, als würde er sich gerade eines von Elsas Kleidern aussuchen.

»Huch. So schnell geht das bei mir normalerweise aber nicht«, sagte sie an den Türrahmen gelehnt und grinste anzüglich.

Achim zuckte zusammen und drehte sich um. »Ich muss mir was zum Anziehen von dir leihen. So pitschnass kann ich ja nicht nach draußen gehen.«

»Umziehen ist in der Tat eine gute Idee«, sagte Elsa und öffnete den obersten Knopf ihrer Hose, da auch sie im Kaffee gesessen hatte. »Darf ich dir etwas raussuchen? So viele Sachen habe ich nicht, da wäre es gut, wenn du etwas nimmst, das ich die Woche nicht direkt brauche.«

»Mach das, mir ist eh gerade schwummrig«, murmelte Achim und ließ sich auf Elsas Bett fallen.

»Wenn du kotzen musst, verschwindest du gefälligst aus dem Schlafzimmer.« Da auch ihre Bluse am Saum feucht war, zog sie sie ebenfalls aus und nahm sich ein T-Shirt von dem Stapel, den sie auf einem Stuhl neben der Kleiderstange gelagert hatte. Als sie es gerade über den Kopf gezogen hatte, klingelte es an ihrer Tür. »Nicht schon wieder. Wenn der Vermieter das verdammte Schild nicht bald abschraubt, mindere ich die Miete, darauf kann er sich verlassen.« Elsa zog sich noch eine dünne Strickjacke über das Shirt und ging in den Flur, um den Hörer der Gegensprechanlage danebenzulegen. Dann blieb sie abrupt stehen.

Durch das Strukturglas an ihrer Wohnungstür sah sie, dass im Hausflur das Licht brannte. Und etwas Anderes entdeckte sie auch. Die dunkle Silhouette eines Mannes zeichnete sich durch die Scheibe ab. Der unerwünschte Besuch stand bereits vor ihrer Tür.

Kapitel 11

»Er hatte schon längst den stillen Vorsatz bei sich gefaßt etwas zu tun […]«

G.C. Lichtenberg

Der Geruch nach verbrannter Zwiebel und angekokeltem Teig zog durch den Flur in Gregors Wohnzimmer. Gebannt starrte er auf einen der beiden Monitore und schnupperte. Als er realisierte, dass seine Pizza im Ofen die Ursache war, sprang er auf. »So eine Scheiße«, rief er und stürmte in die Küche, wo bereits Qualm aus dem Ofen drang. Hastig schaltete er die Heißluft aus und öffnete dann das Fenster. Sein Abendessen konnte er nun wohl vergessen, er hatte die letzte Tiefkühlpizza verbrennen lassen.

Obwohl er wusste, dass sein Kühlschrank nicht viel hergab, warf er einen Blick hinein und nahm sich das Glas mit den Gewürzgurken und eine Scheibe Käse heraus. Er war ohnehin zu aufgeregt, um irgendwas herunter zu bekommen. Schon wieder war dieser Kerl bei der Nachbarin zu Besuch und mittlerweile zweifelte Gregor an seiner ersten Annahme. Die beiden hatten sich zur Begrüßung innig umarmt und waren seitdem im Wohnzimmer verschwunden. Gregor hatte sich zwar gestern während Elsas Abwesenheit in ihre

Wohnung geschlichen und die Flurkamera so umgestellt, dass er einen Teil des Raums einsehen konnte, doch alles, was er entdeckte, war der Rücken von seiner Nachbarin. Sie war angezogen und machte keinerlei Anstalten, sich ihrem Besucher zu nähern.

Auf der einen Seite enttäuschte es Gregor, dass sie sich nicht die Kleidung vom Leib rissen und ihm im Schlafzimmer eine richtige Show boten. Bisher hatte er keine Gelegenheit gehabt, einen Blick auf Elsa Winter zu werfen. Zumindest nicht so, wie Gott sie geschaffen hatte. Auf der anderen Seite war er erleichtert, denn komischerweise verursachte ihm die Vorstellung, wie sie sich mit einem Mann in den Laken wälzte, Magenschmerzen. War das etwa eine Art von Eifersucht, die er empfand? Angesichts der kurzen Zeit, die er Elsa Winter kannte, war das lächerlich. Doch trotz der wenigen Tage, die sie nun nebenan wohnte, dachte er an nichts Anderes mehr.

Gregor stopfte sich zwei der eingelegten Gurken in den Mund, schob die Käsescheibe hinterher und ging zurück ins Wohnzimmer. Auf dem Monitor war der männliche Besucher zu sehen, wie er ohne Hose und oben ohne im Schlafzimmer von Elsa Winter stand. Der Anblick versetzte Gregors Herzen einen Stich und vor Aufregung begannen seine Hände zu zittern. Wenn der Kerl bereits ausgezogen war, konnte sie nicht weit sein.

Und tatsächlich erschien sie wenige Sekunden später an seiner Seite. Während der Besuch sich aufs Bett legte, stand sie vor der Ecke, die Gregor nicht einsehen konnte, und zog sich die Bluse aus. Eifersüchtig schielte Gregor zu dem Kerl auf dem Bett, der sich gar nicht für die Schönheit seiner Freundin zu interessieren schien. Er hatte diese wundervolle Frau überhaupt nicht verdient. Wenn sie Gregors Geliebte wäre, er würde keine Sekunde lang seinen Blick von ihr lassen.

Plötzlich sprang Gregor von seinem Stuhl auf. Er rannte zurück in die Küche, schnappte sich eine Tasse aus dem Küchenschrank und stürmte in den Hausflur. Ehe er sich darüber im Klaren war, was er tat, drückte er seinen Finger auf die Klingel von Elsa Winter.

»Was machst du da bloß«, flüsterte er sich selbst zu, doch es war zu spät. Im Wohnungsinneren hörte er, wie sich Schritte näherten. Er konnte die Statur von Elsa Winter durch die Scheibe erkennen. Sie blieb stehen. Dann drehte sie sich um und verschwand im Dunkeln.

Gregor atmete erleichtert aus. Wenn er jetzt wieder in seine Wohnung ging, würde sie überhaupt nicht mitbekommen, dass er es war, der bei ihr geklingelt hatte. Er drehte sich um und hatte gerade seine Diele erreicht, als hinter ihm die Tür aufging.

»Herr Pappel. Das waren Sie?«

»Ja, entschuldigen Sie bitte die späte Störung. Da bei Ihnen noch Licht war ...«

Elsa Winter schenkte ihm ein bezauberndes Lächeln und winkte ab. »Schon gut, das macht gar nichts. Ich hatte bloß Angst, dass es wieder einer dieser Herren ist, die in letzter Zeit ständig vor meiner Tür stehen. Was wollten Sie denn?«

»Von welchen Herren sprechen Sie?«

»Von Frau Wolrats Patienten. Offensichtlich hat sie nicht allen Bescheid gegeben, dass sie ihre Praxis schließt und nun sind eben diese Kerle auf der Suche nach ihr.«

Gregor lief ein kalter Schauer über den Rücken. Mit den Männern, die Daphne Wolrat regelmäßig besucht hatten, war nicht zu spaßen. Vor allem nicht, wenn es sich dabei um Emil Reinhold handelte. Was wenn er ...? Nein. Der saß im Gefängnis und war sicher noch nicht wieder entlassen worden.

»Und?«, fragte Elsa Winter und schaute Gregor erwartungsvoll an.

»Sie meinen, was ich dazu sage?«

Elsa Winter lachte und ihre Stimme klang glockenhell. In den Augenwinkeln bildeten sich kleine Fältchen und die Grübchen in ihren Wangen waren so zart, dass Gregor sich zurückhalten musste, nicht nach drüben zu gehen und sie anzufassen.

»Was Sie von mir wollten, meine ich«, sagte sie und deutete auf die Tasse in seiner Hand.

»Ach so. Oh. Also eigentlich ... Zucker. Ich brauche Zucker. Meine Mutter hat morgen Geburtstag und ich habe ihr einen Kuchen gebacken. Der ist mir leider verbrannt und für einen neuen Versuch ist mir der Zucker ausgegangen.« Am liebsten hätte er sich für diese dämliche Antwort geohrfeigt. Peinlicher ging es wohl kaum, sich als Muttersöhnchen zu entlarven. Leider war er ein schlechter Lügner und etwas Besseres war ihm auf die Schnelle nicht eingefallen.

Elsa Winter schien sich nicht daran zu stören. Sie lächelte noch immer. »Daher kommt also der Geruch. Ich hätte ja schwören können, dass es eine Pizza war«, sagte sie und nickte mit dem Kopf in Richtung seiner Wohnung. »Das ist aber wirklich nett von Ihnen. Dass Sie Ihrer Mutter einen Kuchen backen, meine ich. Da freut sie sich sicher. Wie viel brauchen Sie denn?«

Gregor überlegte fieberhaft, welche Menge an Zucker in einen normalen Rührteig wohl gehörte. Noch nie im Leben hatte er etwas anderes als eine Pizza gebacken und hatte keine genaue Vorstellung von Rezepten jeglicher Art. »Ach. Ich denke, eine Tasse müsste schon reichen.« Da sie die Stirn in Falten legte, fügte er schnell hinzu: »Ein bisschen habe ich ja auch noch, ich habe nur noch nicht gewogen, wie viel es ist.«

Halt jetzt einfach die Klappe. Je mehr du redest, desto dümmer stehst du da, ermahnte er sich in Gedanken.

»Ist Rohrzucker auch in Ordnung?«

Gregor zuckte mit den Schultern. Hätte er sich nicht etwas Anderes, Glaubhafteres einfallen lassen können? Eine Prise Salz für seine Nudeln oder ein Pflaster zum Beispiel. Irgendwas, von dem er Ahnung hatte. Er sah nun wirklich nicht aus wie ein Mann, der gerne kochte.

»Na, ich würde sagen, Sie versuchen es, und wenn es schiefgeht, kaufen Sie Ihrer Mutter morgen einen schönen Kuchen und richten ihr einen schönen Gruß von mir aus. Ich nehme alle Schuld auf mich.«

»Okay«, sagte Gregor, dessen Stimme kaum mehr als ein heiseres Krächzen war. Elsa Winter war nicht nur wunderschön, sie war auch noch unheimlich nett.

Während er darauf wartete, dass sie mit dem Zucker zurückkam, meldete sich sein schlechtes Gewissen. Daphne Wolrat hatte ihr Geld damit verdient, dass sie wildfremden Männern auf die ein oder andere Weise sexuelle Bedürfnisse befriedigt hatte. Auch wenn sie sich

Therapeutin nannte, das, was Gregor über seine Kameras beobachtet hatte, war weit über den Job einer herkömmlichen Psychologin hinausgegangen. Dass er sie dabei ausspioniert hatte, war ihm nie wie etwas Verbotenes vorgekommen. Aber Elsa Winter war eine gute Seele, sie war freundlich zu ihm und sie hatte es nicht verdient, dass er ihr bei ihren intimsten Handlungen zuschaute.

Endlich kam sie mit der Tasse in der Hand zurück. Jetzt, als er sie wieder vor sich sah, verstummte die Stimme seines Gewissens. Es stand außer Frage, dass er sie weiter beobachtete, und mochte es auch unmoralisch und falsch sein. Er konnte gar nicht anders.

»Hier«, sagte sie und schaute ihn ernst an. Noch immer stand sie mit der Tasse in der Hand da.

»Ach. Vielen Dank. Sie sind meine Rettung, wirklich. Wenn etwas übrig bleibt, bringe ich Ihnen gerne ein Stück zum Probieren.«

»Hauptsache, Sie lassen ihn kein zweites Mal verbrennen.« Sie verabschiedete sich von ihm und ließ ihn alleine im Hausflur stehen.

Gregor wartete noch, bis das Licht ausging, und lauschte den Geräuschen aus der Wohnung von Elsa Winter. Dann ging er zurück ins Wohnzimmer, stellte die Tasse voll Zucker neben seiner Tastatur ab und schubste die Maus, um den Bildschirmschoner abzuschalten. Im Schlafzimmer war es mittlerweile dunkel, sodass er auf Infrarot umschaltete. Die erwartete Sexszene blieb aus. Der Besuch von Elsa Winter lag alleine in ihrem Bett und hatte die Decke zwischen seinen Beinen eingeklemmt. Anscheinend war er eingeschlafen, während Gregor Elsa Winter an der Tür in

Beschlag genommen hatte.

In Gedanken lobte er sich für den schlauen Einfall mit dem Zucker. Ja, die Sache mit der Mutter war sicher peinlich. Doch er hatte nun einen Grund, ein weiteres Mal bei Elsa Winter zu klingeln. Und beim nächsten Mal würde er darauf achten, dass sie keinen Besuch hatte.

Kapitel 12

»Wir korrigieren unsere Empfindungen immer durch Schlüsse.«

G.C. Lichtenberg

Nachdem sie die Tür geschlossen hatte, blieb Elsa noch einen Moment im Türrahmen zum Wohnzimmer stehen und beobachtete den Hausflur. Anstatt zurück in seine Wohnung zu gehen, wartete ihr Nachbar Pappel, bis das Licht erlosch. Erst dann hörte sie, wie drüben die Tür ins Schloss fiel. Erleichtert atmete sie auf und ging zu Achim ins Schlafzimmer.

»He's a creep. He's a weirdooo«, sang Elsa und lachte, als sie um die Ecke bog. Von Achim kam lediglich ein lang gezogenes Schnarchen als Antwort. Er lag noch immer quer über ihrem Bett und war eingeschlafen.

Elsa zog ihre Bettdecke unter seinem Hinterteil hervor und warf sie über ihn. »Wehe, du machst mir nachher keinen Platz«, murmelte sie und löschte das Licht.

Dann ging sie zurück ins Wohnzimmer und schaltete den Laptop ein. Der Gedanke an Daphne Wolrat und die Möglichkeit, einen Artikel über ihr Schicksal zu schreiben, ließ sie nicht los. Die Internetseite, die Achim im Google-

Cache gefunden hatte, war noch immer geöffnet. Elsa klickte auf den Reiter *Impressum*. Wie erwartet sah sie dort ihre eigene Adresse. Wenn Daphne mit sexuell gestörten Männern arbeitete, würde sie den Teufel tun und ihre private Adresse irgendwo im Internet angeben. Immerhin existierte diese Seite nicht mehr, so musste Elsa nicht befürchten, dass noch weitere Männer auf der Suche nach einer Sexualtherapeutin bei ihr vor der Tür landeten.

Sie klickte sich noch ein wenig durch die Seite, fand aber nichts, das sie irgendwie weitergebracht hätte. Neben den Therapieangeboten, die sich rein an Männer richteten, hatte Daphne Wolrat zusätzlich einmal im Monat etwas angeboten, das sich an Frauen richtete.

Für ihren *Sexy Kaffeeklatsch* hatte sie offensichtlich den Nebenraum eines etwas außerhalb gelegenen Cafés gemietet, um sich dort mit Frauen zu treffen und sich mit ihnen über ihre erotischen Fantasien auszutauschen. Vielleicht hatte sie sich dort auch Anregungen für ihre männlichen Patienten geholt, überlegte Elsa. Ob es sich wohl lohnte, dem Café einen Besuch abzustatten, um etwas mehr über Daphne Wolrat herauszufinden?

Elsa schüttelte den Kopf. Noch einmal würde sie nicht in irgendein Etablissement fahren, bloß um dann festzustellen, dass man sie für eine Prostituierte hielt. Bei dem Gedanken daran fiel ihr die Visitenkarte ein, die ihr Vicky zugesteckt hatte. Im Taxi hatte sie die kleine Karte in ihre Handyhülle gesteckt, wo Elsa sie nun hervorholte. In türkisfarbener Schrift standen nur der Name und eine Handynummer darauf. Kurzerhand wählte sie die Nummer und wartete das Freizeichen ab. Es dauerte nicht lange, bis sich am anderen Ende der

Leitung eine Frauenstimme meldete.

»Vicky hier, was kann ich für dich tun?«, flötete sie in den Hörer und klang so ganz anders als vorhin in der Bar.

»Guten Abend Vicky. Hier ist Elsa Winter. Sie haben mir vorhin Ihre Karte gegeben. Ich bin die, die auf der Suche nach Daphne Wolrat ist.«

Elsa hörte ein Seufzen, dann ein Rascheln. »Scheint Ihnen wohl wirklich wichtig zu sein, wenn Sie keine Zeit verlieren. Seien Sie froh, dass ich gerade keinen Kunden habe. Was wollen Sie denn wissen?«

Elsa begann zu erklären, was sie über Daphne Wolrat in Erfahrung gebracht hatte, wurde jedoch von Vicky unterbrochen, als sie auf die unerwünschten Besucher zu sprechen kam.

»Also bevor Sie hier Ihre Zeit verschwenden, will ich Ihnen gleich sagen, dass ich keine Ahnung habe, wohin Daphne verschwunden ist. Ihre private Adresse kenne ich nicht. Wir haben uns immer in ihrem Büro getroffen und das haben Sie ja längst gefunden.«

Das hatte Elsa befürchtet. Es schien, als würde niemandem die Privatadresse von Daphne Wolrat bekannt sein. »Warum haben Sie mir denn eigentlich Ihre Karte gegeben?«

Am anderen Ende der Leitung blieb es einen Moment still. Die Frage schien Vicky zu überraschen. »Wie meinen Sie das?«, fragte sie schließlich.

»Anscheinend wollen Sie gar nicht mit mir sprechen und außerdem behaupten Sie, überhaupt nichts zu wissen. Weshalb haben Sie mir dann Ihre Telefonnummer gegeben?«

»Weil man es sich auch mal anders überlegt, Miss Marple«, sagte Vicky. Sie klang wie ein patziges Kind.

»Sie kennen Miss Marple?« Nun war Elsa die Überraschte.

»Ist klar. Eine Nutte, die auf englische Krimikultur steht. Das passt wohl nicht in Ihre Schublade, hm?«

»So war das nicht gemeint«, versuchte Elsa Vicky zu beruhigen.

Selbstverständlich hatte sie genau das impliziert, doch es war offensichtlich etwas einfach gedacht. Auch Prostituierte waren normale Frauen, die Interessen wie jeder andere Mensch auch hatten. »Fangen wir noch mal von vorne an. Wenn Sie mir nicht sagen wollen, wo Daphne wohnt -«

»Kann. Ich kann es nicht sagen, weil ich es verdammt noch mal nicht weiß.«

»Ja, das habe ich verstanden. Aber vielleicht können Sie mir etwas über die Arbeit von Daphne Wolrat erzählen.«

Am anderen Ende der Leitung blieb es einen Augenblick still und es schien, als würde Vicky die Situation abwägen. »Was wollen Sie denn wissen?«, fragte sie schließlich.

»Zum Beispiel wie die Verbindung zwischen Frau Wolrat und Ihnen aussieht.«

»Wenn Sie versprechen, nicht mehr im Vierzig Grad aufzutauchen. Ich komme echt in Teufels Küche, sollte jemand herausfinden, dass ich ab und zu mal meine Kunden dorthin bestellt habe. Das dürfen wir eigentlich nicht.«

Dieses Zugeständnis fiel Elsa nicht sonderlich schwer. Sie hatte nicht vorgehabt, jemals wieder zurück in diese Bar zu gehen. »Versprochen. Sie werden mich dort nicht mehr sehen.«

»Also schön. Hören Sie gut zu, denn ich erkläre es nur ein Mal.« Vicky atmete geräuschvoll ein und pustete dann die Luft wieder aus. Anscheinend rauchte sie gerade eine Zigarette. Endlich fuhr sie fort. »Daphne ist Therapeutin, das haben Sie ja schon rausgefunden. Sie behandelt - oder behandelte - Männer mit Störungen. Entweder haben sie keinen hochgekriegt oder sind plötzlich nicht mehr fertig geworden und haben ihren Frauen was vorgetäuscht oder was auch immer. Auf jeden Fall nichts, wovor Sie Angst haben müssen, die sind alle harmlos.«

»Sie kennen also einige der Männer?«

»Klar. Manche von Daphnes Methoden sind, sagen wir mal etwas außergewöhnlich gewesen und mussten deshalb möglicherweise in der Praxis getestet werden. Dafür war ich dann zuständig, so etwas macht eine Therapeutin natürlich nicht. Daphne hat dabei nur zugeschaut und Hilfestellungen gegeben. Mit der hat es manchmal sogar richtig Spaß gemacht. Das kenne ich sonst gar nicht aus meinem Job. Wirklich schade, dass sie nicht mehr arbeitet.«

»Kennen Sie auch den Mann, der Daphne Wolrat überfallen hat?«

Wieder schwieg Vicky für einen Moment. Sie schien sich ihre Antworten genau zu überlegen. »Wie soll Ihnen diese Info helfen, die Kerle vor Ihrer Tür loszuwerden?«

Vicky war cleverer als Elsa sie eingeschätzt hatte. »Erwischt. Jetzt muss ich wohl mit der Wahrheit rausrücken.«

»Das wäre auch mein Vorschlag, wenn Sie nicht wollen,

dass ich jetzt auflege.«

Elsa überlegte einen Moment und beschloss, tatsächlich ehrlich zu sein. Sie wollte es sich auf keinen Fall mit Vicky verscherzen. »Ich bin Journalistin und würde gerne etwas darüber schreiben, was Daphne Wolrat zugestoßen ist.«

»Nicht zufassen. Ihr Geier werdet immer einfallsreicher, wenn es darum geht, an Informationen zu kommen.«

»Die Sache mit der Wohnung stimmt. Und auch dass die Patienten bei mir Schlange stehen. Deswegen bin ich überhaupt auf Daphne Wolrat gekommen.« Elsa schaute besorgt in Richtung Schlafzimmer, aus dem ein lautes Husten drang. Hoffentlich übergab Achim sich nicht gerade in ihr Bett. Sie stand auf und ging in die Küche, um eine Schüssel aus einer der Kisten herauszusuchen.

»Nun, ich glaube kaum, dass Daphne Bock auf ein Interview hat. Sie ist sicher froh, wenn sie diesen Vorfall so schnell wie möglich vergessen kann.«

»Was genau - Mist.« Das Telefon, das Elsa sich zwischen Kopf und Schulter geklemmt hatte, war ihr in die Kiste gefallen. »Einen Moment«, rief sie Vicky zu und wühlte zwischen ihren Tupperboxen und den Kochlöffeln nach dem Handy. Endlich bekam sie es zu fassen. Sie hielt es sich ans Ohr, nahm die größte Frischhaltebox, die sie finden konnte und ging zum Schlafzimmer. »Vicky, sind Sie noch dran?«

»Ja, aber wie ich schon gesagt habe. Ich weiß ja selbst nichts. Irgendeiner ihrer Patienten ist anscheinend durchgedreht und ist auf sie losgegangen. Erst hat er ihr die Nase gebrochen und sie dann so lange gewürgt, bis sie bewusstlos war. Ohne ihren Nachbarn, der den Lärm gehört hat und dazwischen gegangen ist, wäre sie wohl nicht mehr am Leben.«

Achims Husten, der zum Glück wirklich kein Würgegeräusch gewesen war, hatte mittlerweile aufgehört und er schnarchte wieder leise vor sich hin. Zur Sicherheit stellte Elsa das Behältnis neben das Bett und ging leise zurück ins Wohnzimmer.

»Das habe ich alles in der Zeitung nachlesen können. Mehr Details haben Sie nicht für mich? Ich wäre unter Umständen auch bereit, dafür zu zahlen.« Elsa hatte keine Ahnung, ob sich diese Ausgabe lohnte und hoffte, sich nicht zu weit aus dem Fenster gelehnt zu haben.

»Wissen Sie, irgendwie kann ich Sie gut leiden. Klar, ich könnte Ihre Kohle nehmen und mir irgendwas aus den Fingern saugen, damit Sie zufrieden sind. Doch weil Sie so nett sind, sage ich Ihnen jetzt noch mal was und dann ist das Gespräch für mich durch: Daphne hat seit diesem Abend nie mehr mit mir geredet. Alles, was ich weiß, können Sie auch herausfinden. Es ist nämlich rein gar nichts. Und die Typen, mit denen Daphne zu tun hatte, sind nichts für Sie und ihr feines Journalistenleben. Vergessen Sie die Story einfach und suchen sich was Einfacheres aus.« Damit beendete Vicky das Gespräch, ohne auf eine Antwort von Elsa zu warten.

Wütend warf Elsa das Handy auf den Kissenberg. Sie fragte sich, ob Pappel der heldenhafte Nachbar war, von dem Vicky gesprochen hatte. Wie hätte dieser Winzling mit seiner schmächtigen Figur es schaffen sollen, einen Überfall zu verhindern? Allerdings konnte es die alleinerziehende Mutter aus der Wohnung unter ihnen wohl erst recht nicht gewesen sein und über ihnen befand sich nur der

Dachboden. Also doch der Creep?

Vielleicht hatte sie sich in ihm getäuscht. So schlecht konnte ein Mensch schon nicht sein, der seiner Mutter freiwillig einen Geburtstagskuchen buk, anstatt einfach eine Tiefkühltorte zu besorgen. Elsa nahm sich vor, das nächste Mal netter zu ihm zu sein.

Kapitel 13

»[…] und wer weiß nicht wie schwer es ist einen Trieb zu unterdrücken.«

G.C. Lichtenberg

Ungeduldig wartete Gregor an der Kasse, bis er endlich an der Reihe war. Er konnte es kaum erwarten, wieder nach Hause zu kommen und mit dem Backen anzufangen. Mit den zwei Tafeln Schokolade hatte er unterm Strich alle Zutaten für den Kuchen zusammen. Mehl und Backpulver hatte er sich mit der gleichen Ausrede, die er bei Elsa vorgebracht hatte, von der Nachbarin im Erdgeschoss geliehen - dieses Mal sogar mit einer Mengenangabe - und Öl hatte er ohnehin zu Hause. Wo er Eier an einem Sonntag herbekommen sollte, wusste er nicht, doch dank des Trends zu veganer Ernährung hatte er etliche Rezepte für Kuchenteig ohne Ei gefunden.

Endlich stand er vor der Kassiererin. Neben die dunkle Schokolade stellte er noch zwei Fläschchen Kräuterschnaps. Allein der Gedanke an das, was er vorhatte, ließ ihn schwitzen. Später musste er sich ganz sicher etwas Mut antrinken. Er bezahlte seine Waren und verließ die Tankstelle. Auf dem Weg nach Hause wurde er immer schneller, sodass er, als er bei seiner Wohnungstür ankam, völlig außer Atem war. Eilig schlüpfte er durch die Tür und ging sofort in die Küche.

Dort legte er die Schokolade zu den anderen Zutaten und weckte sein Tablet aus dem Ruhezustand. Bevor er das Rezept aufrief, wählte er sich in seine Überwachungskamera ein. In Elsas Wohnung war niemand zu sehen. Hoffentlich war sie nachher überhaupt zu Hause, wenn er den Kuchen rüberbrachte. Vorausgesetzt er gelang ihm.

Wie im Rezept vorgegeben, rührte er die verschiedenen Zutaten zusammen, bis tatsächlich ein zäher brauner Teig entstand. Da er keine Kuchenform besaß, kippte Gregor ihn stattdessen in eine Auflaufform aus Keramik, die er damals mit dem anderen Geschirr aus dem Schrank seiner Mutter geräumt hatte. Diese schob er dann in den vorgeheizten Ofen und stellte sich den Timer auf dem Handy. Er entschied sich für zehn Minuten weniger als angegeben. Es kam ihm nicht gerade realistisch vor, dass diese kleine Menge Teig wirklich vierzig Minuten brauchen sollte, bis sie durchgebacken war. Der Kuchen durfte auf keinen Fall verbrennen.

Während Gregor im Wohnzimmer den Ablauf des Gesprächs immer wieder und wieder durchging, breitete sich langsam ein angenehmer Duft nach Schokolade in der Wohnung aus. Er fragte sich, wann er zum letzten Mal etwas Ähnliches gerochen hatte. Es musste irgendwann in seiner Jugend gewesen sein, als seine Mutter noch nicht so viel getrunken hatte, dass sie ab mittags komatös auf dem Sofa vor sich hin schnarchte.

Er stand auf und ging in die Küche, wo er sich im Schneidersitz vor den Ofen setzte. Wie gebannt starrte er auf die Form, in der sich langsam der Teig anhob und aufging. Faszinierend, dass aus den wenigen Zutaten, die er zusammengerührt hatte, ein echter Kuchen wurde. Und er duftete immer besser. Am liebsten hätte er ihn direkt aus dem Ofen genommen und komplett verschlungen. Aber er war für Elsa, wenigstens ein großes Stück. Jede Frau liebte doch Schokolade, oder? Wenn sie erst feststellte, dass er in Sachen Kochen und Backen nicht vollends unfähig war, musste sie einfach ihre Zurückhaltung ihm gegenüber aufgeben.

Als sein Handy das Ende der Backzeit verkündete, holte er den Kuchen aus dem Ofen und stellte ihn auf die Anrichte. Da er es kaum abwarten konnte, schnitt er ein kleines Stück vom Rand ab und steckte es sich in den Mund. Zunächst schmeckte er gar nichts, der Kuchen war viel zu heiß und verbrannte ihm die Zunge. Er ging an den Kühlschrank, fand darin aber bloß Bier, also hielt er seinen Mund unter den Wasserhahn und kühlte seine Zunge mit kaltem Wasser, bis das Brennen nachließ. Dann versuchte er ein weiteres Stück, doch sein Geschmacksinn war wohl fürs Erste außer Gefecht gesetzt. Dafür stellte er aber fest, dass der Kuchen recht trocken war. Egal. Vielleicht fiel es ihr ja überhaupt nicht auf.

Nun musste er nur noch dafür sorgen, dass zumindest er vorzeigbar war. Duschen, ein wenig den Bart auf eine Drei-Tages-Länge stutzen und das gute Aftershave auftragen, das er für besondere Anlässe im Badezimmerschrank aufbewahrte. David Beckham machte dafür Werbung und Gregor war sich sicher, dass Frauen verrückt nach diesem Duft waren. Später würde er eine Extraportion davon auflegen, damit Elsa es auf jeden Fall bemerkte.

Heute war er besonders gründlich beim Duschen, auch wenn es natürlich aussichtslos war, zu hoffen, dass Elsa an diesem Abend auch nur in die Nähe seines Körpers kam. Aber es war ihm ein Bedürfnis und gab ihm einen winzigen Schub an Selbstbewusstsein, das er gleich dringend brauchte. Nach der Dusche holte er den Langhaarschneider aus dem Regal und ärgerte sich, dass er das Rasieren nicht vorher erledigt hatte. Nun musste er sich nach der Rasur zumindest noch einmal abbrausen, wenn er verhindern wollte, dass ihn während des restlichen Abends die kleinen Barthärchen kitzelten und piekten. Als er damit fertig war, benetzte er seine Hände mit dem Aftershave, klatschte es sich auf die Wangen und den Hals und tupfte sich noch etwas auf die Brustmitte.

Während er vor seinem Schrank stand und die Klamotten auswählte, ging Gregor im Kopf zur Sicherheit durch, was er später sagen wollte. Er zog einige Polohemden aus dem Fach für T-Shirts, die in die nähere Auswahl kamen, und warf sie aufs Bett. Eigentlich war es warm genug, sodass er keinen Pullover anziehen musste. Betrachtete er allerdings seine Ärmchen im Spiegel, hielt er kurzärmelig für keine gute Idee. Nichts an ihnen wirkte männlich und stark. Im Vergleich zum Rest seines Körpers waren sie viel zu schmächtig und trotzdem schwabbelig, da er so gut wie keine Muskeln hatte. Also war ein Pullover, und wenn es ein dünner war, heute Pflicht. Ganz hinten im Schrank fand er schließlich einen aus etwas leichterem Stoff, der sogar als schick durchgehen konnte. Fertig angezogen überprüfte er die Zusammenstellung noch einmal im Spiegel. Viel mehr konnte er nicht aus sich machen, zumindest nicht mit dem, was sein Kleiderschrank hergab.

Zufrieden mit dem Ergebnis ging er in die Küche und schnitt ein großes Stück aus der Mitte der Auflaufform heraus. Er legte es auf einen Teller und suchte in den Schubladen nach der Alufolie. Dort fand er nur die leere Verpackung. Verärgert schleuderte Gregor sie in die Ecke auf der Arbeitsplatte. So oft hatte er sich schon vorgenommen, ordentlicher zu werden, aber gerade in der Küche fiel ihm das besonders schwer. Hier hielt er sich nur so selten auf, sodass es ihm egal war, wie der Raum aussah. Da ihm nichts einfiel, was er stattdessen zum Abdecken verwenden konnte, nahm er den Teller so, wie er war, und ging nach draußen.

Drüben in der Wohnung war alles still und Gregor befürchtete schon, dass Elsa überhaupt nicht zu Hause war. Dennoch klingelte er und hörte kurz darauf Schritte. Seine Hände wurden feucht und er bemühte sich um ein Lächeln, als Elsa die Tür öffnete.

»Hallo, wie gut, dass ich Sie erwische. Wie versprochen, habe ich Ihnen hier ein Stück Kuchen mitgebracht«, plapperte er drauflos und ärgerte sich prompt, dass er seine Nervosität nicht im Griff hatte. Da Elsa nicht antwortete, fügte er schnell hinzu: »Habe ich doch versprochen, dass ich Ihnen was davon aufhebe.« Gregor hielt ihr den Kuchen entgegen und versuchte dabei, das Zittern seiner Hand zu unterdrücken.

»Aber das wäre doch nicht nötig gewesen. Vielen Dank. Sie sind früh zurück«, sagte sie und nahm ihm den Teller ab.

»Wie meinen Sie das, so früh?«

»Na, vom Geburtstag Ihrer Mutter. Es ist gerade mal vier Uhr.«

Verdammter Mist. Die Zeit hatte er überhaupt nicht beachtet. Kein Geburtstagskaffee der Welt war bereits vor vier Uhr beendet. Fieberhaft suchte er nach einer Antwort. Diese Richtung des Gesprächs hatte er nicht eingeplant. »Ach, ja wissen Sie. Also meine Mutter, sie ist nicht mehr die Fitteste. Wir haben gemeinsam zu Mittag gegessen und zum Nachtisch gab es meinen berühmten Schokoladenkuchen mit Sahne. Dann muss sie sich immer hinlegen. Weil es nämlich so ist, sie verträgt nicht mehr so viel, verstehen Sie?«

Elsa schaute auf den Kuchen und lächelte. »Wenn er so berühmt ist, freue ich mich besonders darauf, ihn zu probieren.«

»Ist nur ein bisschen trocken geraten. Wegen des Fehlversuchs hatte ich keine Eier mehr.«

»Vielleicht habe ich ja noch ein wenig Schlagsahne im Kühlschrank. Ich werde Sie auf jeden Fall wissen lassen, wie er mir geschmeckt hat.«

Gregor nickte und wünschte, er könnte sich unauffällig den Schweiß von der Stirn wischen. Bestimmt glänzte er wie eine ölige Bowlingkugel. Hätte er sich doch wenigstens vorher die Haare ein wenig über die kahle Stelle auf seiner Stirn gekämmt.

»Gibt es sonst noch was?«, fragte Elsa, die bereits wieder in ihrer Diele stand, bereit, die Tür zu schließen.

»Ach. Also um ehrlich zu sein, ja.« Gregor atmete tief durch und nahm all seinen Mut zusammen. Dennoch schaffte er es nicht, Elsa ins Gesicht zu schauen. Stattdessen starrte er seine Schuhe an. Er brauchte dringend ein paar Neue. Mit diesen Gesundheitstretern konnte er keine Frau von seinen Qualitäten überzeugen. »Nun, es ist ja so, dass

Sie noch gar keine Küche haben. Bestimmt haben Sie schon lange nichts Richtiges mehr gegessen.« Mein Gott, was redete er denn da für einen Quatsch? Er hatte sich doch alles zurechtgelegt. Jetzt musste er da irgendwie durch.

»Wie kommen Sie darauf, dass ich noch keine Küche hätte?«

»Ich habe es bloß vermutet. Weil ja noch gar keine Handwerker oder so da waren.« Gregor spürte, wie sich der Schweiß auf seiner Stirn sammelte und ein Tropfen sogar an seiner Schläfe entlangrann. »Also ,was ich eigentlich dachte und Ihnen anbieten wollte, ist Folgendes: Vielleicht hätten Sie Lust, mal mit mir essen zu gehen. Ich kenne da einen guten Inder, ein gemütliches kleines Lokal. Dann könnte ich Ihnen bei der Gelegenheit gleich etwas von der Stadt zeigen. Frankfurt hat wirklich schöne Ecken.« In Wirklichkeit wusste Gregor bloß von der Homepage, wie es in dem Restaurant aussah. Aber er wusste, dass das Essen gut war, denn einmal im Monat ließ er sich das sündhaft teure Butterbeef nach Hause liefern.

»Das ist aber eine nette Einladung«, sagte Elsa und Gregor hob seinen Blick. Jetzt, da die Frage raus war, fiel die Anspannung von ihm ab. »Leider muss ich sagen, dass ich beim Essen ziemlich eigen bin. Ich mag überhaupt keine scharfen Gerichte, Curry geht gar nicht und außerdem bin ich Vegetarierin ...«

»Ach, Indisch ist kein Muss. Ich bin nicht wählerisch, was das Essen angeht. Direkt auf dem Eck gibt es einen Italiener, der macht eine hervorragende Arrabiata.«

»Hören Sie. Ich will wirklich nicht unhöflich sein ...«

Gregor schloss die Augen. Die Vervollständigung dieses

Satzes kannte er bereits.

»... aber ich glaube nicht, dass es eine gute Idee ist, wenn wir essen gehen. Eigentlich geht es Sie ja nichts an, aber ich komme gerade erst aus einer langen Beziehung und bin aus Hamburg weggezogen, um zu mir zu finden und allein zu sein. Deswegen versuche ich momentan, mich nur auf meine Arbeit zu konzentrieren und ... wie soll ich das sagen? Nicht zu viel mit anderen Menschen in Kontakt zu kommen.«

Und ganz besonders nicht mit mir, fügte Gregor stillschweigend hinzu. Klar. Wie hatte er auch nur im Entferntesten daran denken können, dass sie mit ihm einen Abend verbringen würde? Was konnte er ihr schon mit seinem kleinbürgerlichen Leben und seinem nichtssagenden Aussehen bieten? Er zuckte mit den Achseln und sagte: »Schon gut, das verstehe ich. Lassen Sie sich den Kuchen schmecken.« Damit drehte er sich um und ging zurück in seine Wohnung. Elsa rief ihm noch irgendwas hinterher, doch er blendete es aus.

Mit hängenden Schultern schlurfte er ins Wohnzimmer und setzte sich an seinen Schreibtisch. Dort fegte er wütend mit der Hand die Maus von der Tischplatte. Alle Frauen waren gleich, die Hübschen wie die Hässlichen. Die Hübschen hatten eben ihre Nasen weit oben im Himmel und glaubten, sie könnten sich alles erlauben. Bloß, weil er nicht aussah wie David Beckham aus der Aftershave-Werbung, hieß das nicht, dass er nicht auch eine Freundin verdient hatte.

Je mehr er darüber nachdachte, desto wütender machten ihn die Abfuhr und die damit verbundene Demütigung.

»Warte nur«, presste er zwischen den Zähnen hindurch. »Bald wirst du dir wünschen, freiwillig mit mir ausgegangen zu sein.«

Kapitel 14

»Habe keine zu künstliche Idee vom Menschen, [...] halte ihn weder für zu gut noch zu böse.«

G.C. Lichtenberg

Einen kurzen Augenblick verspürte Elsa ein schlechtes Gewissen und fragte sich, ob sie zu barsch zu Pappel gewesen war. Schließlich war die Einladung eigentlich sehr nett, denn sie hatte tatsächlich seit einiger Zeit nichts Anderes als Nudeln mit Butter und Käse gegessen, die sie ohne Probleme auf der Induktionsplatte zubereiten konnte. Dann fiel ihr Blick jedoch auf ihr Handy, das auf ihrem Schreibtisch lag, und sie schob die Gedanken an Pappel beiseite.

Zum wiederholten Mal las sie die Nachricht, die ihr Pascal heute Morgen geschickt hatte.

Hey El. Hoffe, du hast dich schon etwas eingelebt. Es fühlt sich schrecklich an, zu wissen, dass du so weit weg bist. Ich vermisse dich. P.

Dieses verdammte Arschloch. Warum zum Teufel hielt er sich nicht an ihre Abmachung? Zwei Wochen Funkstille. Mindestens. Er hatte es nicht mal geschafft, sich eine Woche lang nicht zu melden. Und traf sie damit genau ins Herz. Natürlich vermisste sie ihn. Es fehlte ihr, jeden Morgen nach dem Aufwachen als Erstes in Pascals Gesicht zu schauen und von ihm den Kaffee ans Bett gebracht zu bekommen. Ganz besonders schmerzte es sie, dass sie hier niemanden hatte, mit dem sie richtig reden konnte. Pascal und sie hatten sich blind verstanden, und auch wenn sie nicht immer derselben Meinung gewesen waren, so hatten die Gespräche mit ihm sie doch stets weitergebracht.

Erneut setzte Elsa zu einer Antwort an, löschte aber nach wenigen Worten den gesamten Text. So gerne wollte sie wütend sein, ihm schreiben, dass er für immer aus ihrem Leben verschwinden sollte und ihn auffordern, sofort ihre Nummer aus seinem Telefon und seinem Gedächtnis zu löschen. Doch sie brachte es nicht übers Herz. Sie schaffte es nicht, die gemeinsame schöne Zeit auszublenden. Wie so oft fragte sie sich, ob wirklich ein Fehltritt ausreichte, um all das wegzuwerfen. Da schlug Pascal mit seiner heutigen Nachricht natürlich genau in die richtige Kerbe.

Obwohl es ihr schwerfiel, beschloss Elsa, nicht zu antworten. Jedenfalls nicht heute. Und damit sie aufhörte, die ganze Zeit darüber nachzudenken, brauchte sie dringend Ablenkung. Sie suchte sich den Mietvertrag heraus, da sie sich für heute vorgenommen hatte, den Vermieter wegen des Schildes anzurufen. Wenn das erst mal abmontiert war, würde sie auch hoffentlich vor den Männern ihre Ruhe haben. Außerdem würde sie ihn bei der Gelegenheit gleich nach der Adresse von Daphne Wolrat fragen, damit sie das Notizbuch zurückgeben konnte. Dass sie außerdem die Zustimmung der Therapeutin und ein exklusives Interview für den Artikel brauchte und deshalb die Anschrift wollte, würde sie ihm natürlich verschweigen.

Erst nach dem siebten Klingeln hob Herr Paulsen ab.

Er klang so mürrisch, dass Elsa am liebsten sofort wieder aufgelegt hätte.

»Guten Tag Herr Paulsen, hier spricht Winter. Die neue Mieterin aus der Karlstraße. Es tut mir sehr leid, Sie am Sonntag zu belästigen …«

»Ja, mir tut es auch leid«, murmelte er und zog geräuschvoll die Nase hoch.

»Ich will Sie überhaupt nicht lange stören, aber es geht um das Schild meiner Vormieterin.«

»Was soll damit sein?«

»Nun, es hängt noch immer an der Hauswand …«

»Richtig. Bisher bin ich noch nicht dazu gekommen, es abzunehmen.«

»Ja, das wäre auch eigentlich kein Problem. Es ist aber so, dass ständig ehemalige Patienten von Frau Wolrat bei mir klingeln, weil sie nicht mitbekommen haben, dass die Praxis nicht mehr existiert.«

»Mhm«, machte er, als habe er noch immer nicht verstanden, was ihr Anliegen war.

»Deswegen wäre es wirklich sehr nett, wenn Sie sich zeitnah darum kümmern würden.«

Im Hintergrund raschelte es und Herr Paulsen brummte etwas vor sich hin, was nach einer widerwilligen Zusage klang.

»Dann wäre da noch etwas«, sagte Elsa vorsichtig und machte sich auf einen weiteren Schwall schlechter Laune gefasst.

Herr Paulsen seufzte allerdings nur leise. »Dann schießen Sie mal los.«

»Ich habe mich gefragt, ob Sie mir die Privatadresse von Daphne Wolrat geben würden.« Herr Paulsen holte bereits Luft, um Einspruch zu erheben, deswegen sprach Elsa schnell weiter: »Hier liegt nämlich Post für sie und außerdem hat sie einen Kalender vergessen. Die Sachen würde ich ihr gerne nachsenden.«

»Nein!«

»Sie meinen ...«

»Genau, was ich sage. Nein. Ich werde doch nicht einfach jedem Wildfremden die Adresse einer ehemaligen Mieterin geben. Es existiert so etwas wie Datenschutz in Deutschland, Frau Winter.«

Elsa war perplex. Sie hatte nicht damit gerechnet, so direkt abgewiesen zu werden. Nicht mal eine Sekunde hatte Herr Paulsen darüber nachgedacht. »Aber glauben Sie nicht, dass Frau Wolrat gerne ihre Post bekäme? Offensichtlich hat sie vergessen, einen Nachsendeauftrag einzurichten«, versuchte sie noch einmal ihr Glück.

Herr Paulsen blieb hart. »Sie können mir die Sachen selbstverständlich schicken, dann leite ich sie postwendend weiter.«

»Und wenn es wichtig ist?« Elsa kam sich vor wie ein Teenager, der um eine halbe Stunde mehr Ausgehzeit feilschte.

»Bestimmt wären Sie auch nicht begeistert, würde ich Ihre Adresse einfach weitergeben, oder? Wenn Sie möchten, dass die Post bei der Empfängerin ankommt, senden Sie die Sachen an meine Adresse. Ansonsten heben Sie sie auf und warten ab, ob Frau Wolrat von sich aus auf Sie zukommt.«

»Gut, ich habe verstanden. Geben Sie mir ihre

Telefonnummer? Dann rufe ich sie an und frage sie selbst, wie es ihr lieber ist.«

Herr Paulsen schwieg. Anscheinend dachte er zumindest darüber nach.

»Die Nummer könnte ja auch in dem Kalender gestanden haben.«

»Also gut. Ich gebe Ihnen die Mobilnummer und hoffe für Sie, dass Frau Wolrat wirklich Wert auf ihre Sachen legt. Nehmen Sie sich etwas zu schreiben.«

Herr Paulsen diktierte ihr die Nummer und verabschiedete sich. Innerlich jubelte Elsa, auch wenn sie es sich womöglich auf alle Zeit mit ihrem Vermieter verscherzt hatte. Ihr Blick fiel auf den Teller, den sie vorhin neben sich auf dem Schreibtisch abgestellt hatte. Sie brach ein Stück Kuchen ab und steckte ihn sich in den Mund. Er war innen drin noch lauwarm, was Elsa verwunderte. Hatte Pappel nicht erzählt, dass er bereits am Mittag bei seiner Mutter gewesen war und dort mit ihr den Kuchen gegessen hatte? Das Stück von dem Kuchen wirkte eher so, als wäre er soeben erst frisch gebacken worden. Dann war da noch die Sache mit der Küche vorhin. Der Kerl wurde ihr immer suspekter und sie war froh, dass sie vorhin auf ihren Bauch gehört und die Einladung ausgeschlagen hatte.

Die Lust auf Pappels Kuchen war Elsa vergangen. Sie stand auf, um ihn in der Küche in den Müll zu werfen. Als sie am Fenster vorbeiging, warf sie einen Blick nach draußen und entdeckte auf der anderen Straßenseite einen Mann im schwarzen Jackett. Er stand da und starrte zu ihr hinauf. Anscheinend war es derselbe, den sie spätabends unter der Woche schon einmal dort gesehen hatte. Es wurde wirklich

Zeit, dass der Vermieter dieses verflixte Schild abnahm und sie damit die Männer endgültig loswurde.

Genervt öffnete sie das Fenster, pfiff durch die Zähne und winkte dem Mann.

»Verschwinden Sie hier, die Praxis von Frau Wolrat ist geschlossen«, rief sie ihm zu.

Der Mann tat, als verstünde er nicht, wovon sie sprach und hob fragend seine Hände.

»Sie haben richtig gehört. Suchen Sie sich eine neue Therapeutin.«

Das hatte gesessen. Offensichtlich besorgt, dass jemand etwas davon mitbekommen haben könnte, schaute er sich um, schüttelte dann den Kopf und schimpfte etwas in Elsas Richtung. Schließlich verschwand er die Straße runter.

»Da geht er hin«, sagte Elsa zufrieden zu sich selbst. Jetzt, da die ganze Straße davon wusste, dass er die Sexualtherapeutin besucht hatte, würde er sich bestimmt nicht noch einmal vor dem Haus blicken lassen. Am liebsten wäre sie gleich nach unten gegangen, um das Schild mit irgendetwas zu überkleben oder abzuhängen, damit niemand mehr auf die Idee kam, bei ihr zu klingeln. Allerdings hatte sie bisher weder Klebeband noch etwas Anderes gefunden, mit dem sie das Schild unkenntlich hätte machen können, ohne es zu zerstören. Das musste also wohl bis zum Montag warten.

Elsa griff sich ihr Telefon, wählte die Nummer von Achim, klemmte sich das Handy zwischen Ohr und Schulter und ging in die Küche, wo sie den Kuchen in den Mülleimer warf. Auch bei Achim dauerte es eine Weile, bis er endlich ans Telefon ging. Anscheinend hatte an diesem Sonntag niemand Lust, mit ihr zu telefonieren.

»Nicht mal von seinem Kater kann man sich in Ruhe erholen, ohne dass du einen wieder hochscheuchst«, meldete sich Achim. Seine Stimme klang so, als habe sie ihn aus dem Schlaf gerissen.

»Auskurieren konntest du dich heute Nacht genug. In meinem Bett, falls du dich erinnerst. Ich hatte ganze dreißig Zentimeter Platz und kaum Decke für mich. Du schuldest mir was.«

»Aber doch nicht heute.«

»Mach dir keine Sorgen. Bis morgen hat es schon noch Zeit.«

»Puh. Warum genau wolltest du noch mal unbedingt nach Frankfurt ziehen?«

Elsa grinste, als sie sich sein motziges Gesicht vorstellte. Während Achim noch ein wenig weiter darüber lamentierte, wie schlecht es ihm ging und dass er ab jetzt dem Alkohol abschwören würde, warf Elsa ihre Kaffeemaschine an und brühte sich einen Espresso. »Jetzt hör endlich auf, dich so anzustellen«, unterbrach sie ihn schließlich. »Du sollst für mich nur etwas nachsehen. Und vielleicht etwas aufschreiben, mal sehen.«

»Wenn's weiter nichts ist.« Mit einem Mal klang er ziemlich munter. »Schieß los, was brauchst du von mir?«

»Eine Adresse.«

»Aha«, machte Achim und klang belustigt dabei. »Du weißt aber schon, dass ich, nur weil ich bei der Telekom arbeite, noch lange nicht die Auskunft bin.«

»Deswegen habe ich ja von einem Gefallen gesprochen.

Weil ich deine Hilfe brauche.« Elsa nahm einen Schluck von dem noch viel zu heißen Espresso und verzog das Gesicht. Nachdem sich gestern Pappel und heute Morgen auch Achim an ihrem Zucker bedient hatten, war nun keiner mehr für sie übrig.

»Versprechen kann ich nichts. Erst mal benötige ich Details.«

Elsa erzählte ihm von dem Anruf bei ihrem Vermieter und wie sie an Daphne Wolrats Handynummer gekommen war. »Es ist eine Telekom-Vorwahl. Mit der kommst du doch ganz bestimmt an die Kontaktdaten ran.«

»Moment. Davon abgesehen, dass ich in der PR-Abteilung sitze und nicht in der Kundenbetreuung, ist mir nicht ganz klar, worin dein Problem liegt. Du hast eine Telefonnummer, dann ruf dort an. Wozu brauchst du unbedingt die Adresse?«

»Komm schon Achim. Du weißt genau, dass es immer besser ist, persönlich bei den Leuten vorbeizugehen. Insbesondere, wenn es um ein so vertrauliches Thema geht.«

»Sorry, aber man hat eben nicht bei jeder Story die besten Voraussetzungen. Mach etwas draus.«

»Jetzt sei doch nicht so.« In diesem Moment verfluchte Elsa Achims Homosexualität. Sie hätte so gut ihre weiblichen Reize einsetzen können, um ihn zu überzeugen. »Kannst du wirklich gar nichts für mich tun?«

Achim atmete hörbar tief ein und pustete die Luft zwischen seinen Lippen durch. »Du stellst mich da vor eine Aufgabe. So einfach komme ich nicht an die Kundendaten ran, dafür müsste ich jemand aus der anderen Abteilung bitten. Außerdem bekomme ich echte Probleme, wenn das rauskommt. Ich verstoße damit gegen den Datenschutz.«

»Jetzt hör aber mal auf, du klingst ja fast wie der Vermieter. Glaubst du vielleicht, ich verpfeife dich?«

»Nein, natürlich nicht. Aber irgendwas wirst du ihr ja sagen müssen, woher du ihre Adresse hast.«

»Das lass mal meine Sorge sein. Mir wird schon was einfallen. Ist das ein Ja?«

»Ich kann dir das nicht versprechen und ich will auch nicht, dass du mich dazu drängst. Auf jeden Fall muss ich eine Nacht darüber schlafen.«

»Na gut. Dann trotzdem danke.« Elsa verabschiedete sich von Achim und legte auf. Sie rief noch einmal die Internetseite von Daphne Wolrat auf und suchte nach einer Adresse. Vielleicht hatte sie ja irgendetwas übersehen. Doch auch dieses Mal fand sie keinerlei Hinweise darauf, wo sie die Therapeutin finden konnte.

Das Handy, das sie auf den Schreibtisch gelegt hatte, vibrierte. In der Hoffnung, dass Achim es sich doch anders überlegt hatte, griff sie danach. Doch dann sah sie Pascals Nummer auf dem Display. Elsa erstarrte für einen Moment und ließ ihren Finger über dem grünen Hörersymbol schweben. Schließlich entschied sie sich dagegen, den Anruf anzunehmen. Sie warf das Handy zurück auf die Tischplatte, wo es verstummte. Dann ging sie ins Schlafzimmer, wo sie ihre Sportkleidung anzog. Ohne ein weiteres Mal auf ihr Telefon zu schauen, verließ sie die Wohnung. Sie musste jetzt dringend raus und den Kopf freibekommen, selbst wenn das Joggen bedeutete.

Kapitel 15

»Vergleichung zwischen Hunger und Neugierde.«

G.C. Lichtenberg

Der Kragen von seinem Poloshirt fühlte sich mit einem Mal furchtbar eng an. Gregor öffnete den obersten Knopf, während er gebannt auf den Monitor starrte. Zum ersten Mal zog sich Elsa im Schlafzimmer aus. Sonst war sie immer ins Bad gegangen, doch diesmal stand sie in Slip und BH mitten im Raum. Auch jetzt verzückte ihn wieder ihre athletische Figur, die er unter ihren Klamotten bereits hatte erahnen können. Geschickt bog sie gerade ihre Arme auf den Rücken, um sich den BH zu öffnen. In einer fließenden Bewegung warf sie ihn aufs Bett. Gregor erhaschte dabei einen Blick auf ihre blanken Brüste und stöhnte leise.

Sie waren noch viel schöner als er sie sich in seiner Vorstellung ausgemalt hatte. Da sie viel kleiner als die von Daphne waren, standen sie straff und nahezu unbeweglich nach oben. Auch die Nippel waren viel zarter und nicht von solch dunklen und großen Warzenhöfen umgeben. Damals, als die Psychologin mit ihrem Liebhaber in den Raum kam, in dem es normalerweise die Nutte mit den Kerlen trieb, hatte er geglaubt, Daphne sei die schönste Frau der Welt. Jetzt wusste er, dass es zumindest eine andere gab, die locker mit ihr mithalten konnte.

Die Show ging leider viel schneller zu Ende, als er gehofft hatte. Elsa zog sich gerade eine enge Sporthose und ein BH-ähnliches Top über. Dann erschien sie im Flur, schlüpfte in ein Paar Turnschuhe und verschwand im Treppenhaus.

Wie benommen blieb Gregor sitzen und versuchte, das Bild möglichst genau in sein Hirn einzubrennen. Die langen Beine, die Muskeln, die man sogar auf 240p erkennen konnte, die glatte Haut über dem Hintern und dann ihre Brüste, diese Hammerbrüste. Sie hatten nicht mal gewackelt, als sie den BH aufs Bett geworfen hatte. Er stellte sich vor, wie er sie anfasste, knetete und sie komplett in den Mund nahm. Ja, genau das könnte man mit diesen wunderbaren, kleinen und knackigen Dingern von Elsa Winter tun. Und irgendwann, das nahm er sich vor, würde er es tun.

Aber so lange konnte er nicht untätig warten. Sie hatte sich für den Sport umgezogen, was bedeutete, dass sie bestimmt für eine halbe Stunde oder sogar länger weg sein würde. Das war seine Gelegenheit, nach drüben zu gehen und sich ein wenig ausführlicher umzusehen. Beim letzten Mal hatte ihn die Kamera zu lange aufgehalten, sodass er sich nicht getraut hatte und direkt wieder zurück in seine Wohnung gegangen war.

Gregor wischte sich die feuchten Hände ab, stand auf und rückte die Hose etwas zurecht. Dann ging er in den Flur und öffnete den Wandschrank. Er kniete sich auf den Boden und lehnte sich mit dem Oberkörper in den Schrank.

Dort drehte er die Hebel, von denen die Spanplatte an ihrer Position gehalten wurde, um neunzig Grad und entfernte die provisorische Abdeckung. Nachdem er auch die Dämmung aus Styropor zur Seite gestellt hatte, nahm er den Brieföffner und fuhr damit in den Schlitz zwischen der Mauer und der Platte in Elsas Wohnung. Mittlerweile war er geübt darin. Es dauerte nicht lange, bis er auch dort die Hebel geöffnet hatte und nach drüben kriechen konnte.

Zum Glück hatte sie den Schrank noch nicht eingeräumt, sodass er freien Zugang hatte. Er öffnete die Schranktür und ging zielstrebig ins Schlafzimmer. Der BH lag genau dort, wo sie ihn nach dem Ausziehen hingeworfen hatte. Mit zitternden Fingern griff er ihn sich und drückte ihn an sein Gesicht. Er presste seine Nase an den Stoff, saugte Elsas Geruch in sich ein und ließ seine Lippen über die festen Bügel wandern. Es war beinahe, als könnte er ihre zarte Haut spüren. Als er genug hatte, legte er den BH wieder sorgfältig aufs Bett und schaute sich im Raum um.

Wie vermutet befand sich in der Ecke, die Gregor mit der Kamera nicht einsehen konnte, ihr Kleiderschrank. Oder das, was man als Schrank bezeichnen mochte, denn er bestand lediglich aus einer mobilen Kleiderstange und zwei Stühlen, auf denen Unterwäsche und T-Shirts verteilt waren. Einen Wäschekorb entdeckte er nicht, der musste wohl im Bad stehen.

Bevor er allerdings dort nachschaute, ging er noch einmal zum Bett. Er kniete sich davor auf den Boden, legte seine Wange auf die Matratze und fuhr mit den Händen über die Bettdecke. Mit geschlossenen Augen malte er sich aus, wie Elsa darunter lag. Sie war nackt und sie schlief, während er ihren Körper betastete. Dann wachte sie langsam auf, hob die Decke an und lud ihn ein, zu ihr ins Bett zu kriechen. Sein Atem ging immer schneller, bis er sich zusammenriss und aufstand. Er musste sich dieses Gefühl aufheben, es später in der Realität genießen und nicht an seine Vorstellung verschwenden. Später würde er seinen eigenen, persönlichen Film drehen, mit ihm als Hauptdarsteller. Bis dahin würde er sich mit einem getragenen Höschen begnügen. Damit er ihren Geruch immer nah bei sich haben konnte.

Auf dem Weg ins Bad stieß er mit dem Fuß an Elsas Schreibtischstuhl. Er drehte sich und riss dabei die Maus vom Tisch. Der Monitor des Laptops wurde hell. Bis Gregor die Maus vom Boden genommen hatte, zeigte sich darauf das Bild der Seite, die Elsa zuletzt angesehen hatte.

Es war die Internetseite von Daphne Wolrat, geöffnet mit Google-Cache.

Jegliche Erregung verschwand in diesem Moment aus Gregors Körper. Warum zur Hölle interessierte Elsa sich für die Therapeutin? Sogar so sehr, dass sie sich nicht mit den normalen Suchergebnissen von Google zufriedengab und stattdessen in der Vergangenheit einer ihr unbekannten Frau wühlte. Er öffnete die Chronik und sah, dass Elsa tatsächlich alle Unterseiten durchgeklickt hatte. Für einen Moment verspürte er so etwas wie Scham. Dafür, dass er nach einer Frau verrückt war, die sich in ihrem Beruf mit der Sexualität fremder Männer beschäftigte. Doch dann machte er sich bewusst, dass Elsa natürlich gar nichts von seinen Gefühlen wissen konnte. Außerdem würde sie Daphne bald ablösen, das spürte Gregor. Sein Blick ging nach rechts unten auf dem Bildschirm zur Uhr.

Anscheinend war er viel länger im Schlafzimmer gewesen, als er geglaubt hatte. Bereits eine halbe Stunde war vergangen, seit er sich daran gemacht hatte, den Schrankdurchgang zu öffnen. Wenn er nicht riskieren wollte, erwischt zu werden, musste er dringend zurück nach drüben. Er überlegte kurz, wo etwa die Maus gelegen haben könnte und entschied sich dann für die Stelle zwischen Notizbuch und Laptop. Nur aus Neugierde öffnete er das Büchlein und erstarrte.

Er wusste genau, wessen Schrift das war, würde sie überall erkennen. Die feinen Schwünge, die N's, die sich kaum von den U's unterscheiden ließen und die i-Punkte, die eher Striche als Punkte waren. Es handelte sich eindeutig um einen Terminkalender von Daphne Wolrat. Deswegen also das Interesse an ihrer Vormieterin.

Gregor fragte sich, was dort wohl alles drinstand. Doch jetzt hatte er keine Zeit mehr, in dem Kalender zu lesen. Er war schon viel zu lange hier. Das Büchlein mitzunehmen war auch keine Option, das würde Elsa mit Sicherheit merken. Er musste also noch einmal wiederkommen. Vielleicht heute Nacht, wenn sie schlief. Und dann ...

Schnell verdrängte er den Gedanken und verließ das Wohnzimmer. Bevor er zurück zum Wandschrank ging, machte er einen Abstecher ins Bad. Wenigstens hier hatte er Glück. Der Wäschekorb war voll und es würde Elsa bestimmt nicht auffallen, wenn plötzlich eine Unterhose weniger darin lag. Er suchte eine schlichte aus, die sie hoffentlich nicht sofort vermisste, und legte die restliche Wäsche zurück in den Korb.

Den Slip stopfte er in seine Hosentasche und steckte sich anschließend den Kopf ihrer elektrischen Zahnbürste in den Mund. Gierig schmeckte er ihre Zahnpasta und stellte sich dabei vor, wie er sie morgens nach dem Zähneputzen leidenschaftlich küsste. Schließlich stellte er sie zurück an ihren Platz, leckte sich über die Lippen und ging in den Flur. Jetzt war es wirklich höchste Zeit, zu verschwinden. Er kroch rückwärts in den Einbauschrank und zog die Türen hinter sich zu. In seiner eigenen Wohnung angekommen, baute er die Rückwand von Elsas Schrank ein. Das Verschließen der Hebel durch die Schlitze ging wie immer schneller als das Öffnen. Im Handumdrehen hatte er alles wieder in den ursprünglichen Zustand gebracht.

Zurück in seiner Diele lehnte Gregor sich an die Wand und streckte die Beine aus. Er legte seinen Kopf in den Nacken, damit er den Slip von Elsa auf seinem Gesicht ablegen konnte. Dann schloss er die Augen und ließ seiner Fantasie freien Lauf.

Kapitel 16

»Wenn einmal eine Schwäche [...] so weit gediehen ist, daß ein Entschluß etwas zu seiner eigenen Besserung anzufangen unmöglich wird, so ist der Mensch verloren.«

G.C. Lichtenberg

Eine ganze Weile saß Gregor dort, bis er sich aufraffte und ins Wohnzimmer ging. Jetzt ärgerte er sich darüber, dass er vor lauter Feigheit so früh zurück in seine Wohnung gegangen war. Elsa war immer noch nicht nach Hause gekommen, zumindest nicht, während er auf dem Boden gesessen und in ihr Höschen geatmet hatte. Er hätte mehr als genug Zeit gehabt, sich in Ruhe Daphnes Notizbuch vorzunehmen.

Ihm wurde schmerzlich bewusst, wie sehr er sie vermisste und wie er sich nach irgendeiner Art Kontakt zu ihr sehnte. Selbst in ihrem verflixten Terminkalender zu stöbern, war besser als die komplette Funkstille der letzten Monate. Vielleicht hatte er ja Glück und fand darin sogar ihre Privatadresse.

In diesem Moment war Gregor sich sicher, dass er heute Nacht noch einmal in die Wohnung von Elsa einsteigen würde. Er hatte quasi überhaupt keine andere Wahl, denn vorher würde er keine Ruhe finden. Damit er später fit war und nicht vor lauter Müdigkeit irgendeinen dummen Fehler beging, musste er sich jetzt ausruhen. Zum Glück hatte er noch genug Überstunden auf seinem Konto, sodass er sich ohne Probleme den Rest der Woche freinehmen konnte. Er ließ die Rollläden im Wohnzimmer herunter und legte sich auf die Couch. Entgegen seiner Erwartung dauerte es nicht lange, bis er eingenickt war.

Als Gregor aufwachte, fühlte er sich wie gerädert. Er schaute auf die Armbanduhr: fast drei Stunden waren vergangen. Sein Genick war wegen der ungünstigen Position völlig steif und schmerzte bei jeder Bewegung. Außerdem hatte er unter der Wolldecke so geschwitzt, dass sein Polohemd unter den Achseln und am Rücken durchnässt war. Bevor er später nach drüben ging, musste er unbedingt duschen, schon allein, um etwas wacher im Kopf zu werden. Er blieb noch eine Weile auf der Couch liegen und schwelgte in seinen Gedanken an die wunderschöne Daphne.

Sollte er jemals zwischen ihr und Elsa entscheiden müssen: Er wusste nicht, wen er wählen würde. Beide hatten ihre eigenen Vorzüge, doch Daphne war sicherlich die interessantere Frau. Mit ihrer kühlen Art und ihrer Klugheit war sie etwas ganz Besonderes, da konnte die Schönheit von Elsa nicht mithalten. Allerdings war da ihr Beruf, der Gregor Kopfzerbrechen bereitete. Dem gegenüber stand Elsas hübscher Körper, ihre Sportlichkeit, die im Vergleich zu Daphnes weiblichen Kurven einen ganz anderen Reiz hatte.

Vielleicht war diese Anziehung, die Elsa auf ihn ausübte, sogar noch wichtiger als ein ansprechender Charakter. Schließlich wollte er eine Frau begehren und sich nicht ständig mit ihr unterhalten.

»Entschuldigung, so war das nicht gemeint«, sagte er laut, als habe Daphne etwas von seinen Gedanken mitbekommen. »Selbstredend bist du auch wunderschön. Viel fraulicher als Elsa. Und deine Haut …«

Gregor sprang auf und hastete ins Bad. Jetzt brauchte er wirklich dringend eine Dusche. Er ließ sich von dem warmen Wasserstrahl massieren und stellte sich dabei vor, wie Daphne und Elsa ihm Gesellschaft leisteten. Allein die Gedanken an die nackten und feuchten Körper der beiden Frauen reichten aus, um ihn kommen zu lassen. Während sein Unterleib zuckte, ließ er sich auf die Knie sinken und lehnte seine Stirn an die kühlen Kacheln. Irgendwann, da würde sich sein Traum erfüllen und er würde all das genießen können, was er momentan nur in seiner Vorstellung erlebte.

Gegen neun Uhr raffte sich Gregor endlich auf, das Wasser abzustellen und die Dusche zu verlassen. Da er den ganzen Tag noch nichts gegessen und bisher auch versäumt hatte, seine Vorräte an Fertiggerichten und Tiefkühlpizzen aufzufüllen, rief er bei der Pizzeria an der Straßenecke an und bestellte sich ein Nudelgericht. Danach setzte er sich an den Computer und startete die Kameraübertragung.

Durch die neue Positionierung des Objektives konnte er sehen, dass Elsa an ihrem Schreibtisch saß. Zumindest erkannte er ihre Schulter und ihren Arm, und wenn sie sich zurücklehnte, auch einen Teil von ihrem Gesicht. Seit er angefangen hatte, sie zu beobachten, saß sie eigentlich ständig dort, was wenig verwunderlich war, schließlich hatte sie ja noch kein eingerichtetes Wohnzimmer. Vielleicht war sie aber ebenso computerverrückt wie er und brauchte keine großen Besitztümer außer einem Laptop und einem Bett. Leider hatte er bisher nicht herausfinden können, was sie beruflich machte.

Es klingelte zweimal an seiner Tür. Die Nudeln. Elsa hob den Kopf, schaute sich kurz um und widmete sich dann wieder ihrer Tätigkeit. Gregor ging an die Tür und nahm gierig sein Abendessen entgegen. Tortellini mit Schinken-Sahne-Soße. Eines der Gerichte, das seine Mutter einigermaßen schmackhaft hinbekommen hatte. Gregor traute sich bis heute nicht, sich selbst an der Zubereitung zu versuchen. Er erinnerte sich noch genau an die Schläge, die er von seinem Stiefvater bekommen hatte, als er damals die Soße hatte anbrennen lassen. Die Küche war einfach nicht sein Metier, was man schon daran erkannte, dass er sogar schaffte, Fertigpizza verkokeln zu lassen.

Die Erinnerung an seinen Stiefvater hatte ihm den Appetit verdorben, und Gregor ließ sich beim Essen viel Zeit. Es war etwa halb zehn, als er die leere Aluschale in die Tüte für den Verpackungsmüll warf. Elsa saß noch immer an ihrem Schreibtisch und erweckte nicht den Eindruck, als wollte sie ihn so schnell wieder verlassen. Er hatte keine andere Wahl als sich wohl eine Weile in Geduld zu üben. Selbst wenn sie jetzt gleich ins Bett ging, musste er mindestens zwei Stunden warten, bevor er sich nach drüben schleichen konnte. Außerdem war es nun mal so, dass die Zeit besonders langsam verging, wenn man auf etwas wartete. Elsa beim Nichtstun zu beobachten, machte es nicht besser und Gregor entschied, fürs Erste die Übertragung der

Kameras zu unterbrechen.

Um sich irgendwie abzulenken, nahm er sich eins der Bücher von Stephen King, die er sich letzthin auf einem Flohmarkt gekauft hatte, und setzte sich aufs Sofa. Er versuchte wirklich, sich auf die Geschichte zu konzentrieren, doch seine Gedanken drifteten immer wieder ab. Nach nur wenigen Seiten, von deren Inhalt er so gut wie nichts mitbekommen hatte, legte er das Buch zur Seite. Solange er konnte, unterdrückte er den Impuls, an den Computer zu gehen und nachzusehen, ob Elsa noch immer an ihrem Schreibtisch saß. Gegen elf hielt er es schließlich nicht mehr länger aus.

Zu seiner Überraschung war der Platz am Schreibtisch leer. Gregor schaltete auf die Kamera im Schlafzimmer um. Tatsächlich lag Elsa bereits im Bett. Manchmal hatte sogar er Glück. Noch ganze zwei Stunden zwang er sich dazu, abzuwarten. Da Elsa die ganze Zeit über fest zu schlafen schien, startete er das Überwachungsprogramm auf seinem Handy und öffnete den Einbauschrank in der Diele. Die ganze Zeit über ließ er das Display nicht aus den Augen. Elsa rührte sich kein einziges Mal. Offensichtlich hatte sie einen tiefen Schlaf.

Gregor kroch durch das Loch in der Wand und drückte vorsichtig die Schranktüren auf. Danach testete er, ob Elsa nachts ihre Wohnungstür abschloss, was sie nicht tat. Das kam ihm entgegen, denn so konnte er den Durchgang von dieser Seite aus verschließen und später einfach durch die Tür flüchten, wenn Elsa aufwachen und ihn bemerken sollte. Er stellte also die Holzplatte wieder an die dafür vorgesehene Stelle, klappte die Hebel davor und schloss die Türen zum Wandschrank. Auf dem Weg ins

Wohnzimmer achtete er peinlich genau darauf, keine der knarrenden Holzdielen zu erwischen, die sich unter dem Laminat befanden. Er wunderte sich bis heute darüber, weshalb der Vermieter die alten Holzplanken nicht vor dem Verlegen des neuen Bodens entfernt hatte.

Im Wohnzimmer angekommen, stellte er erschrocken fest, dass Elsa bei offener Schlafzimmertür schlief. Da sie ganz leicht schnarchte, konnte er sogar das Geräusch ihres Atems bis hier drüben hören. Gregor blickte unentschlossen zwischen Schreibtisch und Schlafzimmer hin und her, entschied dann jedoch, dass er wenigstens einen Blick riskieren konnte. Langsam schlich er durch den Raum, stellte sich hinter die Tür und streckte seinen Kopf um die Ecke.

Ein Beben breitete sich in seinem Körper aus. Es machte einen gewaltigen Unterschied, ob sich eine Frau auf dem Monitor oder in der Realität vor ihm im Bett räkelte. Natürlich räkelte sich Elsa in diesem Moment nicht und sie war in der Dunkelheit nicht mal wirklich zu erkennen. Doch die Gewissheit, dass sie dort vor ihm lag, nur wenige Armlängen entfernt, steigerte Gregors Erregung ins Unermessliche.

In seiner Vorstellung ging er auf sie zu, legte sich neben sie auf die Matratze.

Dann wachte sie auf, streckte sich und lächelte ihn an. Sie war froh darüber, dass er es endlich gewagt hatte, ihr einen Besuch abzustatten. Viel zu lange hatte sie auf ihn warten müssen. Zum Dank bedeckte sie sein Gesicht mit zärtlichen Küssen, die langsam fordernder wurden.

Gregor seufzte leise. Der Platz in seiner Hose wurde eng. Schweren Herzens löste er seinen Blick von dem grauen Fleck in der Dunkelheit, der Elsas Bettdecke war. Er sollte sich jetzt besser darauf konzentrieren, weshalb er sich hierher geschlichen hatte. Der Kalender lag noch immer neben dem Laptop, wo er ihn heute Nachmittag entdeckt hatte. Gregor griff ihn sich und ging damit in den Flur, denn er musste seine Taschenlampe benutzen, um nach Daphnes Adresse zu suchen.

Seine Hoffnung wurde enttäuscht. Bis auf diverse Notizen über die Männer, die Daphne therapiert hatte, gab es in dem Kalender nichts zu entdecken. Lesen zu müssen, worüber sie mit all den Kerlen gesprochen hatte, versetzte seinem Herzen einen Stich. Noch mehr schmerzte es ihn aber, dass es keinen Hinweis darauf gab, wo er die Frau seines Lebens finden konnte. Frustriert schlich er sich zurück ins Wohnzimmer und legte das Büchlein wieder an seinen ursprünglichen Platz.

Bevor er die Wohnung verließ, warf er einen letzten sehnsüchtigen Blick in Richtung Schlafzimmer. Durch sein eigenes Verschulden war Daphne in unerreichbare Ferne gerückt. Einen solchen Fehler würde er bei Elsa nicht noch einmal begehen. Dieses Mal würde er keine falsche Bescheidenheit an den Tag legen und sich endlich nehmen, was er verdiente. Ganz egal wie weit er gehen musste.

Kapitel 17

»Der gerade Weg ist der kürzeste, aber es dauert meist am längsten, bis man auf ihm zum Ziele gelangt.«

G.C. Lichtenberg

Am Montagmorgen fühlte sich Elsa so ausgeschlafen wie schon lange nicht mehr. Die zweistündige Joggingtour gestern hatte sie so richtig ausgepowert und sie war abends todmüde ins Bett gefallen. Sie streckte sich und griff auf den Boden neben dem Bett, wo sie das Handy vom Boden aufhob. Wie lange sie wohl geschlafen hatte? Das Display vermeldete, dass zwei neue Nachrichten von Pascal eingegangen waren, seit sie gestern Nachmittag das letzte Mal auf ihr Telefon geschaut hatte.

Ohne die SMS zu lesen, klickte Elsa die Meldung weg. Pascal hatte es sich selbst zuzuschreiben, dass sie aus Hamburg weggegangen war, und Elsa wollte sich nicht weiter von seinen selbstbemitleidenden Nachrichten runterziehen lassen. Sie warf das Telefon auf die Bettdecke und stand auf. Es war bereits nach elf, Zeit also, endlich in den Tag zu starten. Nur mit ihrem Schlafshirt bekleidet ging sie in die Küche und schaltete die

Kaffeemaschine ein. Aus dem Schlafzimmer hörte sie das Gitarrenriff von *Smells like Teen Spirit*. Der Song war ihr Klingelton. Vermutlich war das Pascal, der sich erkundigen wollte, ob sie seine Nachrichten nicht bekommen hatte. Auch wenn sie am liebsten sofort nach drüben gestürmt wäre, unterdrückte Elsa den Impuls und versuchte, das Klingeln zu ignorieren. Kurz nachdem es letztlich verstummt war, erklang der Piepton für eine eingegangene Nachricht.

Mit der Kaffeetasse in der Hand ging Elsa ins Wohnzimmer und schloss die Tür zum Schlafzimmer mit einem Fußtritt. Dann setzte sie sich an den Schreibtisch, stellte die Tasse ab und betätigte die Powertaste des Laptops.

»Von dir lasse ich mich nicht länger von der Arbeit abhalten«, murmelte sie und rieb sich über das Gesicht. Vielleicht war sie nicht in der Lage, ihre Gefühle beim Schreiben auszublenden, aber sie konnte sie nutzen. Die Zweifel, ob eine Trennung die richtige Entscheidung war, das schmerzende Ziehen, wenn sie an ihre glücklichen Tage zurückdachte und die noch schmerzhaftere Erinnerung an den einen Moment, der ihre ganze Beziehung wie eine Farce hatte erscheinen lassen.

Eine Trennung war im Plot ihres Romans eigentlich nicht vorgesehen, doch es waren ihre Protagonisten, ihre Geschichte, und wenn sie wollte, dass Liam seine Freundin betrog, dann musste die arme Betty da wohl durch. Elsa öffnete ihr Manuskript, verschob zwei Kapitel zu den gelöschten Szenen und schloss ihre Augen. Auch wenn es wehtat, rief sie sich den Tag, an dem sie Pascal mit der Brünetten erwischt hatte, ganz genau ins Gedächtnis.

Eine kleine Lesereise, die sie durch einige norddeutsche Käffer geführt hatte, endete eine Station früher als geplant, da die Besitzerin der alten Buchhandlung unerwartet verstorben war. Elsa war das gar nicht so unrecht, sie vermisste Pascal und freute sich darauf, ihn mit ihrer vorzeitigen Ankunft zu überraschen. Nun stand sie also vor dem Mehrfamilienhaus im Hamburger Westen und schaute zu ihrem erleuchteten Wohnzimmerfenster hinauf. Sie schloss die Haustür auf und stürmte die Treppe nach oben. In der Wohnung warf sie ihre Tasche in den Flur und ging zum Wohnzimmer.

»Hallo mein Schatz, rate mal, wer es nicht mehr länger ohne dich ausgehalten hat«, sagte sie und schaute um die Ecke. Der Raum war leer.

»Pascal?«, rief sie und öffnete die Tür zum Schlafzimmer. Dort blickte ihr ein blanker Hintern entgegen. Die junge Frau, die dazugehörte, war gebückt und gerade dabei, auf dem Schoß von Elsas Freund zu reiten. Als sie sich aufrichtete, prangten riesige, schlecht gestochene Engelsflügel auf ihrem Rücken.

Hätte Elsa in diesem Moment einen klaren Gedanken fassen können, so wäre ihr die Ironie der Situation vielleicht aufgefallen. Stattdessen stand sie einfach nur fassungslos im Türrahmen und versuchte das Bild der nackten fremden Frau vor dem Hintergrund ihres Schlafzimmers in Einklang zu bringen. Sie bemühte sich, zu verstehen, dass dies gerade wirklich passierte und es sich nicht um einen schlechten Scherz handelte. Pascal, der mittlerweile vom Bett aufgesprungen war und mit kalkweißem Gesicht in der Ecke stand, machte ihr dieses Unterfangen nicht leichter.

Elsa öffnete die Augen und schrieb genau dieses Gefühl nieder. Betty ersparte sie jedoch die Schmach, Liam in ihrer eigenen Wohnung zu erwischen. Er war so dumm, mit seiner Flamme in einen Club zu gehen und dort, berauscht vom Alkohol wild mit ihr auf der Tanzfläche rumzuknutschen. Die Szene fiel Elsa unheimlich schwer und sie stellte fest, dass es vermutlich noch viel schlimmer war, in der Öffentlichkeit und vor allen seinen Freunden gedemütigt zu werden. In ihrem Schlafzimmer hatte wenigstens niemand mitbekommen, wie Elsa letztendlich ausgeflippt war, die Brünette mit den heftigsten Schimpfwörtern belegt und sie dann gemeinsam mit Pascal vor die Tür gesetzt hatte. In einem Club blieb einem gar nichts anderes übrig als die Schmach zu ertragen und sich all die schlimmen Worte für den privaten Rahmen aufzusparen. Zumindest, wenn man vor lauter fremden Menschen keine peinliche Szene aufführen wollte.

Kurt Cobain riss Elsa aus ihrem Schreibfluss. Schon wieder ein Anruf. Sie schaute auf die Uhr ihres Laptops. Über zwei Stunden waren bereits vergangen, seit sie aufgestanden und ins Wohnzimmer gegangen war. In dieser Zeit hatte sie über eintausendfünfhundert Wörter geschafft, so viel wie schon lange nicht mehr an einem Tag. Anscheinend hatte sich die Blockade gelöst.

Nirvana verstummten, nur um direkt danach wieder von vorne mit dem Song zu beginnen. Vielleicht sollte sie doch einfach an ihr Telefon gehen.

»Na endlich, ich habe schon gedacht, dich hat einer von den Typen vor deiner Tür entführt«, hörte sie Achims Stimme. »Da reißt man sich den Hintern für dich auf, weil du mich gestern quasi auf Knien angefleht hast, und du ignorierst zum Dank den ganzen Morgen dein Telefon.«

»Ich war einfach zu sehr in meine Arbeit vertieft«, entschuldigte sich Elsa. »Der Knoten ist geplatzt und ich habe ein ganzes Kapitel zu Papier gebracht.«

»Die Nachricht hast du also auch nicht gelesen?«

»Momentan lese ich gar keine. Pascal schreibt mir ständig und ich will nicht schwach werden. Für den Anfang brauche ich absolute Funkstille, was ihn betrifft.«

»Vernünftig. Meine solltest du jedenfalls anschauen, ich habe nämlich eine Adresse für dich.«

»Nicht dein Ernst! Du hast dich schon darum gekümmert?« Nach seinem Theater gestern am Telefon hatte Elsa nicht mehr daran geglaubt, dass Achim ihr helfen würde.

»Hab ich. Dafür schuldest du mir richtig was, das ist dir hoffentlich klar. Und wehe, mein Name taucht da irgendwo auf. Denk dir lieber was Plausibles aus, wie du an sie rangekommen bist.«

»Was denkst du denn von mir? Natürlich würde ich niemals meine Quellen verraten. Journalisten-Ehrenwort.«

Elsa versprach Achim ein Abendessen in einem Restaurant seiner Wahl, sobald es auf ihrem Konto wieder besser aussah, und verabschiedete sich. Dann rief sie Achims Nachricht ab und gab die Adresse bei Google ein. Die Anschrift von Daphne Wolrat befand sogar im selben Stadtviertel. Bevor sich Zweifel in ihr breitmachen konnten, zog Elsa etwas Anderes an und machte sich auf den Weg zu der Straße, die nur wenige Häuserblocks entfernt lag.

Unter der angegebenen Hausnummer fand Elsa einen modernen Bau, dessen Eingangsbereich hinter einem großen, schmiedeeisernen Tor lag. Da es pro Stockwerk nur eine Klingel gab, war die von Daphne Wolrat schnell gefunden. Elsa trat einen Schritt zurück und schaute hoch zum ersten Obergeschoss. Die Jalousien der Fenster waren allesamt geschlossen und auf dem Balkon vergammelten irgendwelche Frühjahrsblumen in den Kästen. Es sah ganz danach aus, als wäre die Therapeutin länger nicht zu Hause gewesen. Dennoch klingelte Elsa und kurze Zeit später summte zu ihrer Überraschung der Toröffner. Sie ging durch das Tor und drückte die Haustür auf.

Das Treppenhaus war mit beigefarbenen Marmorplatten ausgelegt und roch frisch geputzt. Große Gemälde schmückten die Wände und Elsa fragte sich, weshalb der Hausbesitzer den Hausflur mit solch teuer aussehenden Kunstwerken behängte. Etwas ehrfürchtig stieg sie die Treppe in den ersten Stock hinauf, wo sich die massive Wohnungstür mit Sicherheitsschlössern einen Spalt öffnete.

»Wer sind Sie?«, fragte eine dünne Stimme aus der Wohnung.

»Frau Wolrat?«, erkundigte sich Elsa. Dummerweise hatte Elsa den Kalender auf ihrem Schreibtisch vergessen. Mit ihm wäre ein Gesprächseinstieg wesentlich einfacher gewesen. »Mein Name ist Elsa Winter. Es tut mir leid, wenn ich Sie so überfalle.« Elsa biss sich auf die Zunge. Unsensibler hätte ihre Wortwahl kaum sein können.

»Der Name sagt mir nichts«, antwortete das Stimmchen. Die Tür bewegte sich nicht.

»Kann er auch nicht. Ich wohne in Ihrer ehemaligen Praxis.«

»Und was wollen Sie?« Endlich verbreiterte sich der Spalt ein wenig. Dahinter kam eine ausgemergelte Frau zum Vorschein, die kaum noch etwas mit der Schönheit von der Internetseite gemeinsam hatte. Das schwarze Haar war stumpf und wirkte strähnig, das freundliche Lächeln einer selbstbewussten Frau auf dem Bild war aus dem eingefallenen und leicht faltigen Gesicht gewichen. Ihre Haut wirkte grau und fahl, als hätte sie schon eine ganze Weile die Wohnung nicht mehr verlassen.

»Hätten Sie was dagegen, mich reinzulassen? Es ist eine längere Geschichte«, sagte Elsa und machte einen Schritt nach vorne.

»Ja, das hätte ich. Brechen Sie die Angelegenheit auf das Notwendigste herunter.«

Elsa seufzte. Mit so viel Gegenwehr gleich zu Beginn hatte sie nicht gerechnet. Es dürfte schwer werden, die Frau zu überzeugen. »Ich versuche es. Vor einigen Tagen bin ich in Ihre ehemalige Praxis eingezogen. Der Vermieter hat es zwar geschafft, das Bad und die Küche wohntauglich zu renovieren, hat aber versäumt, das Schild Ihrer Praxis von der Hauswand abzuschrauben.«

»Mit dem Anliegen wenden Sie sich am besten an ihn. Ich kann mir schwer vorstellen, weshalb Sie sich deswegen die Mühe machen und bei mir auftauchen.«

»Das ist noch nicht alles. Die ersten Tage hatte ich selten Ruhe in der Wohnung, weil ständig Männer bei mir geklingelt und sich nach Ihnen erkundigt haben.«

Die Tür schloss sich wieder ein wenig und Daphne

Wolrats Gesicht verschwand im Schatten. »Verzeihen Sie, aber das ist wohl kaum mein Problem. Meine Praxis ist geschlossen und sie bleibt es vermutlich für immer.«

»Frau Wolrat, ich weiß von der schrecklichen Geschichte, die Ihnen widerfahren ist, und es tut mir furchtbar leid«, kam Elsa auf das Thema zu sprechen.

»Vielen Dank auch. Jetzt geht es mir natürlich gleich sehr viel besser.« Die Stimme der Therapeutin nahm neben einem sarkastischen Unterton nun auch endlich Volumen an.

»Wissen Sie, zufälligerweise bin ich freie Journalistin und habe schon Artikel in verschiedenen Magazinen und Zeitschriften veröffentlicht.« Zufälligerweise. Was für eine dämliche Formulierung. Als würde es sich besonders gut treffen, dass ausgerechnet sie in die Wohnung von einem Gewaltopfer gezogen war. »Ihre Erlebnisse haben mich interessiert und ich dachte mir, dass man darüber sicher einen Bericht machen kann. Sie sind eine so starke Frau und sicher für viele ein Vorbild.«

Im Schatten der Tür konnte Elsa erkennen, wie Daphne Wolrat heftig den Kopf schüttelte. »Ich meine, Sie haben sich zurück ins Leben gekämpft«, sprach sie schnell weiter, obwohl sie ahnte, dass es sich um vergebliche Liebesmüh handelte. »Selbstverständlich gibt es die Möglichkeit das alles zu anonymisieren. Ihr Name taucht nirgendwo auf und auf den Fotos können wir Sie verfremden oder sogar ein Modell mit Perücke und dunkler Brille für Sie ausgeben.«

Mit einem Ruck riss Daphne Wolrat die Tür auf. Die spindeldürre Frau machte einen Schritt auf Elsa zu und deutete mit ihrem knochigen Finger auf sie. »Sie müssen verrückt sein, wenn Sie glauben, Sie könnten hier einfach auftauchen und mich ausquetschen. Seit Wochen kann ich nicht schlafen, nicht essen, manchmal schaffe ich es nicht mal, mich zu duschen. Denken Sie, ich wühle für Sie im Dreck und hole alles, was ich mühsam verdränge, wegen Ihrer unverschämten Neugierde wieder nach oben?« Mittlerweile brüllte sie und ihre Stimme überschlug sich vor Aufregung. »Verschwinden Sie. Verlassen Sie sofort das Haus, bevor ich mich vergesse.« Damit drehte sie sich um und schlug Elsa die Tür vor der Nase zu.

Kapitel 18

»Die Neigung der Menschen, kleine Dinge für wichtig zu halten, hat sehr viel Großes hervorgebracht.«

G.C. Lichtenberg

Ernüchtert rührte Elsa in ihrem Kaffee. Ohne ein persönliches Interview und bloß mit indirekt recherchierten Fakten war es wesentlich schwieriger eine Zeitschrift zu finden, die sich für die Story interessierte. Außerdem sähe das Angebot in diesem Fall mit Sicherheit sehr viel schlechter aus. Und doch war sie nicht bereits, schon aufzugeben. Schon allein aus Neugierde, weil sie unbedingt wissen wollte, was hinter dem Überfall steckte, der eine gutaussehende und selbstbewusste Therapeutin in ein Wrack verwandelt hatte.

Auf ihrem Handy suchte sie nach einem Zeitungsarchiv und wurde schnell bei der Universitätsbibliothek fündig. Elsa hoffte, dass Daphne Wolrat sich vielleicht etwas gesprächiger zeigen würde, wenn sie erst ein wenig mehr über den Angriff herausgefunden hatte. Jetzt war sie froh, den Kalender zu Hause vergessen zu haben, denn so hatte sie einen Grund, noch einmal zu Daphnes Wohnung zurückzukehren.

Nachdem sie ihren Kaffee ausgetrunken hatte, machte Elsa sich auf den Weg zur Uni. In der U-Bahn beobachtete sie die Lichter, die in der Dunkelheit des Tunnels an ihr vorbeiglitten, und dachte darüber nach, was sie zu finden hoffte. Der Artikel, den sie im Internet gefunden hatte, war ziemlich kurz gewesen. In drei Sätzen war der Überfall auf eine Frankfurter Therapeutin im Nachrichtenteil abgehandelt worden. Details hatte die Internetseite nicht preisgegeben. Dennoch war er vermutlich genau so ausführlich wie das, was sie in allen anderen Zeitungen finden würde. Nicht mehr als eine Meldung über das Tagesgeschehen in der Stadt, die immer wieder als gefährlichste Deutschlands bezeichnet wurde.

Und dennoch betrat Elsa hoffnungsvoll die Eingangshalle der Bibliothek, wo sie von einer riesigen Prometheus-Statue aus Bronze begrüßt wurde. Es war so ruhig hier, dass man das Quietschen ihrer Turnschuhe auf dem Holzboden hören konnte - trotz der vielen Studenten, die sich auf den verschiedenen Ebenen aufhielten. Elsa bemühte sich, leichtfüßiger zu gehen und hielt auf den Aufzug zu. Mit ihm fuhr sie in das Stockwerk, wo sich das Zeitungsarchiv befand. Ein Schild wies daraufhin, dass bestimmte Bestände aus dem Magazin geholt und deswegen zwei Tage im Voraus bestellt werden mussten. Hoffentlich betraf dies nur die älteren Artikel und nicht die Zeitungen, die erst vor etwas mehr als drei Monaten erschienen waren. Glücklicherweise war hier der Boden mit Teppich ausgelegt, sodass sie sich frei bewegen konnte, ohne gleich mit jedem Schritt auf sich aufmerksam zu machen.

Elsa suchte sich einen freien Computer, rief die Suchmaske auf und schrieb sich den Standort der kleineren regionalen Zeitungen auf einen Zettel. Bei den Bekannteren nachzusehen, war reine Zeitverschwendung, denn für Tageszeitungen mit großen Namen war der Übergriff auf eine Einzelperson kein seitenfüllendes Thema. Die Regale, in denen sie suchen musste, waren über die gesamte Etage verteilt und es dauerte eine Weile, bis sie einen Stapel voll Zeitungen aus dem vergangenen Februar zusammengesucht hatte. Diesen schleppte sie zurück an den Computer, wo sie auch die durchsichtige Plastiktüte stehen gelassen hatte, die sie bei den Schließfächern gegen ihre eigene hatte tauschen müssen. Der Platz war noch immer frei, doch ihre Tasche war verschwunden.

»Das darf nicht wahr sein«, rief sie aus und erntete dafür strafende Blicke von den anderen Besuchern. Elsa hob entschuldigend die Hände und sagte nicht minder laut: »Meine Tasche wurde geklaut. Hat irgendjemand vielleicht etwas gesehen?«

Als Antwort kam lediglich allgemeines Schulterzucken und Kopfschütteln, dann widmete sich jeder wieder seiner Tätigkeit.

»Schönen Dank auch«, murmelte sie und legte die Ordner mit den Zeitungen auf dem Stuhl ab. Zum Glück hatte sie ihr Handy mit ihrer richtigen Tasche unten eingeschlossen. Allerdings besaß der Dieb nun ihren Geldbeutel mit allen Karten. Ein Besuch am Informationsschalter des Archivs brachte Elsa wie auch die Anfrage an die anderen Bibliotheksnutzer nicht weiter.

»Unser Bestand ist elektronisch gesichert, deswegen haben wir keine Überwachungskameras. Tut mir leid.«

»Ist Ihnen denn niemand aufgefallen, der mit meiner

Tüte rausgelaufen sein könnte?«

Die füllige Frau deutete mit ihrer teigigen Hand in den Saal. »Haben Sie sich mal umgeschaut? Ich kann mir nun wirklich nicht jeden merken, der hier ein- und ausgeht, geschweige denn darauf achten, ob er nun eine Tasche hatte oder nicht.«

»Dann muss ich wohl Anzeige erstatten ...«

Die Frau schaute sie streng über die Gläser ihrer Lesebrille hinweg an. »Ja, das müssen Sie wohl. Nicht umsonst haben wir unten die Hinweise, dass jeder selbst für seine persönlichen Gegenstände haftet. Sie hätten ja Ihre Wertsachen einschließen können.«

Elsa musste sich zusammenreißen, um die Mitarbeiterin nicht anzubrüllen. Sie wusste selbst, dass es besser gewesen wäre, alles ins Schließfach zu packen. Aber sie hatte einfach nicht erwartet, in einer Bibliothek beklaut zu werden. Außerdem hatte sie für den Fall, dass sie Kopien brauchte, Geld zur Hand haben wollen. Das hatte sie nun von ihrem Vertrauen in die Menschheit.

Enttäuscht ging sie zurück zu ihrem Platz. Die Mappen mit den Zeitungen hatte natürlich niemand gestohlen. Eigentlich hatte sie die Lust verloren, sich jetzt durch die alten Artikel zu wühlen. Doch sie wusste, später würde sie sich darüber ärgern, die Gelegenheit nicht genutzt zu haben, also riss sie sich zusammen und schlug die erste Mappe auf. Zwischen Februar und den aktuellen Ausgaben wurde kein Angriff auf eine Therapeutin erwähnt. Das Gleiche galt auch für die nächste Zeitung. Erst in der dritten wurde sie fündig.

Der Artikel glich in groben Zügen dem, den Elsa im Internet gefunden hatte. In der nächsten Mappe fand sie sogar einen jüngeren Artikel, der darüber berichtete, dass der Täter vor Gericht gestellt worden war. Offenbar hatte er lediglich eine Freiheitsstrafe bekommen, die er nach nur wenigen Wochen im offenen Vollzug als Freigänger verbrachte. Vermutlich war das der Grund dafür, dass Daphne so ein Häufchen Elend war. Ein Gewalttäter, der auf freiem Fuß war und jederzeit wieder vor ihrer Tür stehen konnte. Angesichts dessen war es ein Wunder, dass sie Elsa am Nachmittag überhaupt die Tür geöffnet hatte.

Die Suche in den restlichen Exemplaren ergab keine neuen Erkenntnisse, weshalb Elsa die Mappen zusammenraffte und sie ins Rückgaberegal stellte. Sie fragte sich, warum einige Fälle von tätlichen Übergriffen medienwirksam auf der Titelseite großer Zeitungen erschienen, wohingegen andere, wie ein am helllichten Tag begangener Mordversuch, gerade mal als Kurznachricht im Lokalteil verschwanden und auf eine Zahl in der Kriminalstatistik reduziert wurden. Auf dem Weg zum Aufzug schaute sie noch einmal beim Informationsschalter vorbei in der Hoffnung, jemand habe ihre Tasche dort abgegeben. Fehlanzeige. Es blieb ihr wohl nichts Anderes übrig, als bei der Polizei Anzeige gegen unbekannt zu erstatten, was ihrer Meinung nach rein gar nichts brachte.

Diese Einschätzung bestätigte ihr auch wenig später der Polizist, in dessen Büro sie saß und ihre Angaben machte.

»Es gibt also niemanden, der etwas gesehen hat?«

Elsa lehnte sich zurück und atmete ruhig aus. Allmählich nervte sie das Gespräch. »Nein. Wie ich schon sagte, hat anscheinend jeder nur auf seinen Computer gestarrt und die Dame am Schalter konnte mir auch nicht weiterhelfen.«

Der Polizist tippe etwas auf seiner frisch aus den Neunzigern in die Gegenwart zeitgereisten Tastatur und starrte dabei mit zusammengekniffenen Augen auf den Röhrenmonitor. Elsa hätte ihm ja gern eine Lesebrille empfohlen, doch er sah nicht so aus, als würde er Ratschläge von jungen Frauen annehmen.

»Gut. Die Sachlage ist folgende: Ihre Anzeige habe ich aufgenommen, aber ich sage Ihnen gleich, dass Sie sich nicht allzu große Hoffnungen zu machen brauchen. Solange es keine Zeugen gibt ... Fragen Sie aber auf jeden Fall in den kommenden Tagen noch mal bei der Fundstelle der Bibliothek nach. Vielleicht haben Sie Glück und die Geldbörse wurde abgegeben, nachdem das Geld rausgenommen wurde.«

»Da bin ich noch gar nicht draufgekommen. Danke Ihnen.«

Der Polizist nickte zufrieden, da er anscheinend nicht die Ironie in Elsas Stimme erkannte. Er beugte sich auf seinem durchgesessenen Schreibtischstuhl nach vorne, stütze sich mit der Hand auf den Knien ab und räusperte sich. »Sie können dann gleich noch das Formular unterschreiben und dann wären wir so weit durch.«

»Darf ich Sie mal etwas ganz Anderes fragen, während der Drucker arbeitet?«

»Meinetwegen«, sagte er, und sein Gesicht verriet, dass er nicht begeistert war.

Dennoch wagte Elsa den Vorstoß. Sie lehnte sich leicht nach vorne und strich sich durch die Haare. Zum ersten Mal seit Jahren wünschte sie sich, sie hätte sie sich weniger kurz schneiden lassen. »Wissen Sie zufällig, ob es irgendeine

Möglichkeit gibt, an Informationen zu einem abgeschlossenen Fall ranzukommen?«

»Welche Art Informationen?«

Elsa lächelte. Immerhin gab er ihr nicht direkt einen Korb. »Nun, etwas mehr Details als diejenigen, die in den Zeitungen zu finden sind. Es geht um einen Überfall auf eine Psychotherapeutin in ihrer Praxis Anfang des Jahres.«

Der Polizist runzelte die Stirn, schaute auf den Monitor und schüttelte dann den Kopf. »Hab ich mir doch gleich gedacht, dass mir die Adresse bekannt vorkommt. War das mit dem geklauten Geldbeutel nur ein Vorwand, um aufs Revier zu kommen und einen von uns auszuhorchen?«

Elsa merkte, wie sie rot wurde. Daran, dass er natürlich anhand ihrer Adresse eine Verbindung herstellen konnte, hatte sie gar nicht gedacht. Aber was war schon dabei? Sie war immerhin eine Reporterin, die für eine Berichterstattung recherchierte. »Das mit dem Diebstahl war keine Lüge. Aber ich dachte mir, dass ich die Gelegenheit nutze, wenn ich schon mal hier bin.«

»Mhm«, brummte der Polizist und verzog das Gesicht, als glaubte er ihr kein Wort.

»Ich bin Journalistin. Wenn mir eine Story quasi vor die Füße fällt, kann ich nicht dran vorbeigehen.«

Der Polizist zog es nun vor, sie zu ignorieren. Aus ihm war wohl nichts mehr herauszubekommen. Elsa unterschrieb wie verlangt das Formular für die Anzeige, wobei der Beamte sie kritisch musterte, und verließ dann das Revier. Genervt machte sie sich auf den Weg nach Hause. Der ganze Tag war reine Zeitverschwendung gewesen. Wäre sie in der Wohnung geblieben, hätte sie sicherlich mehr als zehn Seiten an ihrem neuen Roman geschrieben.

Zu Hause angekommen wartete eine weitere Überraschung auf sie. Irgendjemand hatte das Schild zu Daphne Wolrats Praxis mit schwarzem Filzstift übermalt. Vermutlich einer der Patienten, die es leid gewesen waren, immer wieder vor verschlossener Tür zu stehen. Eigentlich konnte Elsa zufrieden sein, denn ein unkenntlich gemachtes Schild bedeutete mehr Ruhe für sie. Allerdings bestand die Gefahr, dass der Vermieter die Aktion ihr anlasten würde. Bestimmt war er nicht gerade begeistert von einem solchen Schandfleck an der sonst so gepflegten Außenfassade. Elsa nahm sich vor, später mit Nagellackentferner das Schlimmste zu beseitigen.

Sie schloss die Haustür auf, stieß jedoch beim Versuch, sie aufzudrücken, auf einen Widerstand. Jemand musste etwas durch den Briefschlitz geworfen haben, das nun unter der Tür festklemmte. Elsa quetschte sich durch den Spalt, hob den Gegenstand auf und schaute ihn verwundert an. Es war ihr Portemonnaie. Als sie es öffnete, fiel ihr ein zusammengefaltetes Blatt Papier entgegen. Wer auch immer es zurückgebracht hatte, er hatte ihr eine Nachricht hinterlassen.

Kapitel 19

»Sowie nicht jeder träumt, der schläft, so schläft nicht jeder, der träumt.«

G.C. Lichtenberg

Gregor stand am Fenster und drückte sich die Nase an der Scheibe platt. Zuerst hatte er geglaubt, seine Augen hätten ihm einen Streich gespielt. Doch sie war tatsächlich dort unten, vor seiner Haustür. Daphne. Obwohl sie sich vollkommen verändert hatte, erkannte er sie sofort. Ihre Kurven waren verschwunden, ihre Haare schienen an Volumen verloren zu haben und sie wirkte insgesamt ungepflegt, doch all das konnte nicht ihre innere Göttin verbergen. Nun stand sie da und machte etwas an der Hauswand. Vermutlich schraubte sie endlich ihr Praxisschild ab.

Als sie fertig war, kramte sie etwas aus ihrer Handtasche und schaute sich um. Ihr Blick ging auch nach oben und Gregor wich zurück, weil er glaubte, sie könnte ihn sehen. Dann siegte allerdings die Neugierde und er lehnte sich wieder nach vorne. In diesem Moment schob sie etwas durch den Briefschlitz der Haustür und verschwand dann mit schnellen Schritten die Straße entlang.

Gregor zögerte keinen Moment. Er stürzte aus der Wohnung und rannte die Treppen nach unten. Er musste unbedingt wissen, was sie eingeworfen hatte, selbst wenn es sich vermutlich bloß um einen Brief an den Vermieter handelte. Aber vielleicht hatte sie ja ihren Absender draufgeschrieben. Unten angekommen sah es zunächst so aus, als wäre der unter die Haustür geschraubte Plastikkorb leer, in dem die eingeworfenen Briefe landeten. Beim näheren Hinsehen entdeckte Gregor eine Brieftasche. Er nahm sie aus dem Korb und öffnete sie. Ein Zettel fiel heraus, den er aufhob. Während er ihn auseinanderfaltete, warf er einen Blick auf den Personalausweis. Er erstarrte mitten in der Bewegung. Die Geldbörse gehörte der süßen Elsa Winter. Anscheinend hatte sie ihre Brieftasche verloren und irgendjemand war so nett gewesen, sie zu der im Ausweis angegebenen Adresse zu bringen. Vermutlich hatte derjenige auch noch einen Brief geschrieben, wollte sich an seine Elsa ranmachen. Bei dem Foto im Ausweis kein Wunder.

Gregors widmete sich wieder dem Zettel. Er begann mit einer Entschuldigung. Als Gregor die Schrift erkannte, begannen seine Hände zu zittern. Seine Daphne schrieb einen Brief an seine Elsa. Und sie bot ihr an, mit ihr über ihre Geschichte zu sprechen. Das sah gar nicht gut aus für ihn. Einen Moment lang überlegte er, den Zettel zu behalten, entschied sich aber dagegen. Der Vorteil, den er daraus ziehen konnte, überwog das Risiko um ein Vielfaches. Daphne forderte Elsa ausdrücklich auf, noch einmal bei ihr vorbeizuschauen. Sobald sie diese Nachricht erhalten hatte und sich auf den Weg machte, musste er ihr lediglich folgen und schon hatte er die Adresse von seiner geliebten Daphne.

Dann fiel sein Blick auf das Briefende. Sein Herz raste, als er eine Telefonnummer erkannte. Er klopfte seine Hosentaschen ab, auf der Suche nach einem Stift. Selbstverständlich hatte er keinen einstecken.

Ein klimperndes Geräusch ließ Gregor zusammenfahren. Anscheinend stand jemand vor der Haustür und suchte den richtigen Schlüssel an seinem Schlüsselbund. Schnell murmelte er die Nummer vor sich hin, um sie sich einzuprägen. Dann faltete er, die Zahlen weiter wiederholend, den Zettel zusammen. Er steckte ihn ins Scheinfach der Brieftasche und warf sie in Richtung Korb, verfehlte ihn jedoch. Ihm blieb keine Zeit, also drehte er sich um und rannte die Treppen nach oben. Gerade rechtzeitig ließ er den ersten Treppenabsatz hinter sich, als unten die Tür ins Schloss fiel.

Kapitel 20

»Um über gewisse Gegenstände mit Dreistigkeit zu schreiben, ist es fast notwendig, daß man nicht viel davon versteht.«

G.C. Lichtenberg

Elsa saß an ihrem Schreibtisch und starrte den Zettel an. Er war unterschrieben von Daphne Wolrat. Sie entschuldigte sich dafür, Elsa gefolgt zu sein, aber nach den Erlebnissen sei es ihr unmöglich gewesen, einer fremden Frau zu vertrauen. Deshalb habe sie in der Unibibliothek ihren Geldbeutel gestohlen, um sich zu versichern, dass Elsa die war, die sie zu sein behauptete. Danach habe sie ihn zu Elsas Wohnung gebracht und bei der Gelegenheit auch gleich ihr Schild übermalt.

Was Elsa jedoch am meisten überraschte, war ihr Angebot. Daphne Wolrat erklärte sich bereit, mit ihr zu sprechen. Nicht nur dass, sie wollte es sogar möglichst bald tun. Zumindest war sie bereit anzuhören, was Elsa ihr zu sagen hatte. Es bedeutete noch keine Zusage für ein Interview und doch ließ die Nachricht Elsa innerlich aufjubeln.

Sofort rief sie bei der unter der Grußformel notierten Telefonnummer an und lauschte nervös dem Freizeichen. Sie hatte die Befürchtung, die Therapeutin könnte es sich möglicherweise anders überlegt haben. Das war nicht der Fall. Im Gegensatz zum heutigen Morgen war Daphne Wolrat sehr freundlich und lud Elsa ein, direkt am nächsten Vormittag bei ihr vorbeizuschauen.

Auch nachdem sie aufgelegt hatte, konnte Elsa nicht wirklich realisieren, was gerade geschehen war. Sie war ihrem Artikel einen Riesenschritt nähergekommen. Sofort zückte sie ihr Notizbuch und machte sich eine Skizze über den möglichen Artikel. Als Aufmacher konnte sie die Tatsache nehmen, dass ein Mann, der beinahe kaltblütig gemordet hatte, auf freiem Fuß war. Und dann einen Übergang zur Geschichte von Daphne schreiben. Allerdings brauchte sie dafür noch mehr Informationen über den Täter. Ein Interview mit dem heldenhaften Retter würde den ganzen Artikel abrunden und das Angebot verbessern. Mit einer ordentlichen Vergütung war es zu verschmerzen, dass Elsa bei dem Gedanken an Gregor Pappel bereits Gänsehaut bekam.

Zufrieden betrachtete Elsa ihre Notizen. In ihrem Kopf war der Artikel bereits so weit fortgeschritten, dass sie bei den verschiedenen Zeitschriften vorfühlte, ob es sich überhaupt lohnte, das Thema weiterhin zu verfolgen. Nach nur zwei Telefonaten war Elsa zuversichtlich. Selbst ohne den Konkurrenzdruck waren die Angebote der Verlage hervorragend und auf je mehr Interesse sie stieß, desto besser konnte sie verhandeln. Mit ein wenig Geschick würde sie vielleicht zweitausend Euro heraushandeln können. Definitiv ein Grund, ihre Energie in den Artikel zu stecken und den Roman vorerst hintenanzustellen.

Während sie sich bereits ausmalte, wie sie das Gespräch mit Daphne Wolrat angehen würde, fiel ihr Blick auf das Notizbuch. Sie schlug es auf und blätterte zum achtzehnten Februar dieses Jahres. Der Tag, an dem sich der Überfall auf die Therapeutin ereignet hatte. Um halb elf war dort ein Emil Reinhold eingetragen. Der nächste Termin war erst nach drei vergeben. Elsa kramte in ihrer Hosentasche nach dem Zettel mit ihren Aufzeichnungen aus der Bibliothek.

»Treffer«, murmelte sie. Der Angriff hatte am Vormittag stattgefunden.

Sie gab den Namen bei Facebook ein und hatte ein weiteres Mal Glück. In Frankfurt gab es lediglich zwei Profile zu diesem Namen. Einer von beiden war dem Profilbild nach zu urteilen gerade mal sechzehn und wurde außerdem mit dt geschrieben. Der andere passte wie die Faust aufs Auge. Der geschätzte Endvierziger schaute verklemmt in die Kamera und hielt sich wie zum Schutz an seiner Krawatte fest. Die Haut an seinen Wangen hing schlaff herunter, was ihm in Kombination mit den Falten neben den Mundwinkeln das Aussehen einer Bulldogge verlieh. Leider waren die meisten Informationen auf seinem Profil nur für seine Freunde sichtbar oder gar nicht vorhanden, sodass Elsa nichts Brauchbares über ihn herausfand.

Da sie aber auch gerne seine Version der Ereignisse für ihren Artikel haben wollte, zögerte sie nicht lange und schrieb ihm eine Nachricht. Solange sie keinen Namen nannte, verstieß sie nicht gegen den Täterschutz und brauchte seine Einwilligung nicht. Wenn er jedoch einem

Interview zustimmte und sie beide Seiten der Geschichte kennenlernte, möglicherweise sogar etwas mehr zum Motiv erfuhr, würde das Angebot der Zeitschriftenverlage erneut in die Höhe schießen. Es war also jetzt nicht der richtige Zeitpunkt für falsche Scham oder moralische Bedenken.

So präzise wie möglich erklärte Elsa in der Nachricht, wer sie war und was sie von ihm wollte. Dabei verschwieg sie, dass sie wusste, um welche Art Therapeutin es sich bei Daphne Wolrat handelte. Auch dass sie in die ehemalige Praxis eingezogen war, verriet sie nicht.

Die nächsten zwei Stunden verbrachte Elsa damit, die Profile alter Klassen- und Studienkameraden zu durchforsten und einige von ihnen sogar als Freunde hinzuzufügen. Dabei überprüfte sie immer wieder das Chatfenster, ob Emil Reinhold ihre Nachricht bereits gelesen hatte. Mit jedem Mal, bei dem das nicht der Fall war, wurde sie ungeduldiger. Nach den zwei Stunden war sie kurz davor, ihm von ihrem Zweitprofil unter einem Fantasienamen eine Freundschaftsanfrage zu schicken. Da das aber wohl doch zu auffällig gewesen wäre, hielt sie sich zurück und nahm sich vor, mindestens drei Tage vergehen zu lassen, bevor sie es damit versuchte.

Um sich abzulenken, öffnete Elsa das Manuskript und schrieb an einer Szene weiter. Alles, was sie zustande brachte, waren einige Sätze, die sie nach nochmaligem Durchlesen sofort wieder löschte. Immer wieder schweifte sie mit ihren Gedanken ab und es wollte es ihr nicht gelingen, die richtigen Worte zu finden. Also gab sie es auf, speicherte die Datei und schloss nach einer letzten Überprüfung, ob Emil Reinhold nun endlich ihre Nachricht gelesen hatte, den Laptop. Dann stand sie auf, um sich einen Tee zu kochen.

In der Diele sah sie aus dem Augenwinkel eine Bewegung und blieb stehen. Vor ihrer Tür zeichneten sich dunkel die Umrisse von jemandem ab, der im Hausflur stand. Ein Schauer lief ihr vom Hinterkopf über den Nacken. Sie beeilte sich, in die Küche zu kommen. Die Befürchtung, die sie bereits bei der Besichtigung beschlichen hatte, bewahrheitete sich jetzt. Elsa kam sich beobachtet vor - die verdammte Glastür. Dank des Strukturglases blieben die Details zwar verborgen, doch was man erkennen konnte, reichte ihr. Sie hatte keine Lust, dass jeder im Hausflur mitbekam, wenn sie mal nackt durch die Wohnung laufen sollte.

Als sie mit ihrer Teetasse zurück ins Wohnzimmer ging, waren die dunklen Umrisse noch immer im Hausflur zu sehen. In ihrer Vorstellung stand ihr Nachbar Pappel dort und stierte gierig durch das Glas, in der Hoffnung, sie würde etwas tun, das seinen Voyeurismus befriedigte. Elsa nahm sich vor, gleich morgen einen blickdichten Vorhang zu kaufen, den sie vor die Scheibe hängen wollte.

Zurück im Wohnzimmer griff sie sich ihr Notizbuch, stellte ihren Tee auf die Fensterbank und setzte sich mit dem Stuhl vors Fenster. Während sie dem Feierabendtrubel unten auf der Straße zuschaute, überlegte sie, welche Informationen sie Daphne Wolrat entlocken wollte. Selbstverständlich musste sie so viel wie möglich über die Tat selbst erfahren und für den Fall, dass von Emil Reinhold keine Antwort kam, auch über den Täter. Immerhin sollte Daphne als dessen Therapeutin Einiges über sein Leben wissen. Doch diese Fragen musste sie für später aufsparen, wenn sie Vertrauen zu ihr gefasst hatte.

Eine Bewegung vor dem Hauseingang erregte Elsas Aufmerksamkeit. Dort unten stand ein Mann und schien mit einem Tuch über das übermalte Praxisschild zu wischen. Bei genauerem Hinsehen erkannte Elsa, dass es sich um Gregor Pappel handelte. Am liebsten hätte sie das Fenster geöffnet und ihn angeschrien, dass er seine Finger davon lassen sollte, doch sie wollte unter allen Umständen jeglichen Kontakt zu ihm vermeiden. Außerdem machte die Tatsache, dass er das Schild putzte, ihn in ihren Augen noch unsympathischer. Nicht genug, dass er aufdringlich, verschroben und auf eine gewisse Weise unheimlich war. Jetzt sorgte er auch noch dafür, dass Elsa sich vermutlich erst mal weiter mit fremden Männern herumärgern musste, die vor ihrer Tür standen.

Bestimmt hatte er damals ständig im Flur herumgelungert, wenn Daphne Wolrat ihre Patienten behandelte, und war nur deswegen gerade rechtzeitig gekommen, um ihr Leben zu retten. Was für die Therapeutin einen glücklichen Umstand darstellte, fand Elsa höchst beunruhigend. Sie fühlte sich plötzlich beobachtet, als stünde jemand hinter ihr. Um das unangenehme Gefühl loszuwerden, drehte Elsa sich um und schüttelte den Kopf. Sie musste Daphne Wolrat morgen unbedingt nach Pappel fragen.

Kapitel 21

»Die Menschen denken über die Vorfälle des Lebens nicht so verschieden, als sie darüber sprechen.«

G.C. Lichtenberg

Pünktlich um kurz nach elf stand Elsa vor Daphne Wolrats Haustür. Dieses Mal war die Tür zur Wohnung bereits geöffnet, als sie oben ankam und die Therapeutin erwartete sie in der Diele dahinter. Im Gegensatz zu gestern wirkte sie nicht mehr so bleich und verängstigt. Zwar strahlte aus ihrem Gesicht nicht unbedingt die pure Lebensfreude, aber Elsa konnte doch Reste der einst selbstbewussten Frau entdecken, die Daphne Wolrat einst gewesen sein musste. Dazu trug auch die Tatsache bei, dass sie sich offensichtlich die Haare gewaschen hatte und außerdem statt eines Jogginganzuges eine Jeans und eine Bluse angezogen hatte.

»Vielen Dank, dass Sie mich doch noch empfangen«, sagte Elsa und streckte ihr die Hand hingegen.

Daphne Wolrat ignorierte sie und nickte. »Schon gut. Kommen Sie rein.«

Elsa folgte der Einladung und wartete, bis Daphne

Wolrat die Tür geschlossen hatte und vorausging. Die Therapeutin führte sie vorbei an einem Raum mit deckenhohen Regalen an den Wänden. Ein großer Schreibtisch mit einem aufgeklappten Laptop stand in der Mitte. Offensichtlich war das Daphne Wolrats Büro.

Das Wohnzimmer unterschied sich allerdings nicht sonderlich davon. Auch hier dominierten Bücherregale, die auf den ersten Blick ausschließlich mit Romanen bestückt waren. Anstelle des Schreibtisches fanden sich hier zwei moderne Sessel, die um einen massiven Couchtisch aus dunklem Holz aufgestellt waren. Ein Sofa gab es nicht. Anscheinend empfing Daphne Wolrat nicht allzu oft Besuch, sondern beschäftigte sich lieber mit ihren Büchern. Eine Familie schien sie auch nicht zu haben, denn Elsa entdeckte nirgends Bilder. Sie nahm sich vor, dies in ihrem Interview anzusprechen.

Wortlos setzte sich Daphne Wolrat auf einen der Sessel und wies mit der Hand auf den anderen. Sie waren mit Blickrichtung auf den Balkon aufgestellt und man konnte von hier aus genau auf die Skyline des Bankenviertels sehen. Elsa war beeindruckt und fragte sich, was man für eine Wohnung in dieser Größe wohl zahlen musste. Mittlerweile begann ihr Frankfurt wirklich zu gefallen und sie dachte nur noch selten mit Wehmut an Hamburg und Pascal. Lediglich Henjek vermisste sie jede Minute des Tages.

»Ich hoffe, ich habe Sie gestern nicht zu sehr erschreckt«, sagte Elsa, der die Stille unangenehm war.

Daphne Wolrat zuckte mit den Schultern, kommentierte es aber nicht weiter. Stattdessen fragte sie: »Darf ich Ihnen etwas zu trinken anbieten?«

Auf dem Tisch standen zwei Gläser und eine Flasche Wasser bereit. Elsa nickte dankbar und nahm ihr Notizbuch aus der Tasche, wofür sie einen strafenden Blick von der Therapeutin erntete.

Wieder hielt nun die Stille Einzug und Elsa rutschte nervös auf der Sitzfläche hin und her. Seelenruhig nahm Daphne Wolrat ihr Glas, trank einen Schluck und blickte versonnen aus dem Fenster. Dann endlich räusperte sie sich und wandte sich an Elsa.

»Da Sie anscheinend bereits Einiges über mich wissen, sollten Sie verstehen, dass ich vorsichtig bin«, sagte sie und führte erneut das Glas an ihre Lippen. Vermutlich sollte das die Entschuldigung dafür sein, dass sie Elsas Portemonnaie geklaut hatte.

Elsa winkte ab. »Natürlich. Ich muss Ihnen auch zuerst sagen, dass es mir zweifellos schrecklich leidtut, was Ihnen zugestoßen ist.«

»Sie können nichts dafür und ich muss damit leben. Aber bitte, erzählen Sie mir doch noch einmal genau, was Sie von mir wollen.«

»Wie ich gestern schon erwähnte, ist es eine längere Geschichte.« Elsa hatte sich vorgenommen, der Therapeutin die gesamte Wahrheit zu sagen. Sie erzählte also, wie sie in die Wohnung eingezogen und von den ehemaligen Patienten belästigt worden war. Auch verschwieg sie nicht, wie sie von der Nachbarin dann erfahren hatte, dass ein an der Hauswand verbliebenes Schild die Ursache für die Männerbesuche war und dass sie nach den zweideutigen Anspielungen der Nachbarin begonnen hatte, sich im Internet zu informieren und mithilfe eines Bekannten die eigentlich gelöschte Internetseite gefunden hatte.

»Das mit dem Schild sollte sich nun erledigt haben. Bestimmt haben Sie gestern entdeckt, dass ich es übermalt habe. Leider hatte ich kein passendes Werkzeug, aber Ihr Vermieter ist informiert und wird es so schnell wie möglich abmontieren«, sagte Daphne Wolrat, nachdem sie nun wusste, wie Elsa auf ihre Spur gekommen war. Zum Glück erkundigte sie sich nicht danach, woher Elsa die Privatadresse der Therapeutin hatte. Vermutlich ging sie einfach davon aus, dass der Vermieter geplaudert hatte.

»Gut. Zufällig, wie Sie sagten, sind Sie also Journalistin. Und ich nehme an, dass Sie in der Bibliothek waren, um etwas zu meiner Geschichte zu recherchieren. Ebenfalls nehme ich an, dass Sie nicht viel gefunden haben, richtig?«

Elsa senkte verschämt den Blick. »Ich wollte wenigstens sehen, was bereits berichtet wurde. Tut mir leid.«

»Warum wollen Sie ausgerechnet über meinen Fall schreiben? Der Grund, den Sie mir gestern nannten, ist ja augenscheinlich gelogen, denn ich bin alles andere als einfach wieder auf die Füße gekommen.«

Mist. Sie hatte sich ja wirklich jede Dummheit gemerkt, die Elsa gestern von sich gegeben hatte. Fieberhaft überlegte sie, was sie darauf entgegnen sollte. Sie konnte wohl kaum offenlegen, dass ein guter Monatslohn für diesen Artikel winkte, den sie in ihrer jetzigen Situation dringend brauchte.

»Vermutlich eine gesunde journalistische Neugierde«, sagte Elsa schließlich achselzuckend und hoffte, dass die Therapeutin diese zumindest teilweise ehrliche Antwort akzeptierte.

Offensichtlich tat sie das, denn Daphne Wolrat nickte

und stellte ihr Glas auf dem Tisch ab. »Gut. Seit Sie gestern vor meiner Tür standen, beziehungsweise seit ich Ihre Identität überprüft habe, überlege ich, was ich davon hätte.«

»Oh.« Über diese Frage hatte Elsa ebenfalls nachgedacht, war jedoch zu keinem zufriedenstellenden Schluss gekommen.

»Machen Sie nicht so ein Gesicht. Ich erkläre Ihnen gerade, dass ich mich mit Ihnen unterhalten will. Um Erlebnisse zu verarbeiten, ist das Reden häufig ein hilfreiches Mittel. Wer sollte das besser wissen als eine Gesprächstherapeutin? Versprechen Sie sich allerdings nicht zu viel davon, denn ich muss Ihnen gleich verraten, dass ich zum Tathergang nicht unbedingt ausführlich berichten kann.«

»Der Fall ist doch längst abgeschlossen, oder?«

»Richtig. Zu meiner Überraschung fand die Verhandlung bereits kurz nach der Tat statt. Aber ich habe eine dissoziative Amnesie erlitten und kann mich an den Tag des Überfalls nur bruchstückhaft erinnern. Die Tat selbst ist komplett gelöscht.«

»Oh«, machte Elsa schon wieder und kam sich langsam wie ein naives Schulmädchen vor.

»Sie sehen also, dass vermutlich nicht viel für einen Artikel rauskommen wird.«

»Kein Problem«, log Elsa. »Im Endeffekt ist der Angriff auf Sie selbst nur der Aufmacher zu dem Thema. Für die Leser ist es natürlich interessant, etwas aus Ihrem Leben zu erfahren. Wie man nach so einer Tat weiterlebt zum Beispiel. In der Regel bleibt es der Öffentlichkeit verborgen, was so ein Täter alles im Leben seines Opfers zerstört.«

»Das Leben, das er mir für immer genommen hat, auch wenn er mich nicht umgebracht hat?«

Elsa unterdrücke den Impuls, ihr Mitgefühl auszudrücken. Daphne Wolrat machte nicht den Eindruck, als legte sie Wert auf die Mitleidsbekundungen ihres Umfelds.

»Genau. Darauf könnte ich in dem Artikel den Fokus legen, wenn Sie das möchten. Die Spätfolgen einer solchen Tat für das Opfer, während der Täter mit offenem Vollzug davonkommt. Das Missverhältnis zwischen Strafe und Tatfolgen ...«

Daphne Wolrats Gesicht spiegelte eine Mischung aus Einverständnis und Ablehnung wider. Zusammengesunken saß sie in ihrem Sessel und knetete ihre knochigen Hände. Elsa konnte ihr deutlich ansehen, wie sehr sie die Beschäftigung mit dem Überfall mitnahm.

Ein knarrendes Geräusch entschärfte die Situation. Das Handy der Therapeutin lag auf dem Wohnzimmertisch und vibrierte. Daphne Wolrat stand auf, entschuldigte sich und verließ den Raum.

Elsa konnte hören, wie sie draußen mehrere Male »Hallo« sagte. Dann kam sie zurück.

»Muss sich wohl jemand verwählt haben.« Ihre Stimme klang ruhig, doch die geweiteten Augen verrieten Elsa, dass sie der Anruf beunruhigte.

»Ist es Ihnen recht, wenn wir mit Ihrem Berufsleben beginnen?«

Daphne Wolrat nickte. Das Kneten der Hände hatte wieder begonnen.

»Verraten Sie nur, wie viel Sie von sich preiszugeben bereit sind. Nur wenn Sie damit einverstanden sind, wird der Leser erfahren, in welche Richtung Ihre therapeutische Arbeit ging.«

»Ich habe kein Problem damit, zu erzählen, dass ich Männer mit sexuellen Störungen behandelt habe. Es war fünfzehn Jahre lang mein Beruf, zehn davon hatte ich meine eigene Praxis. Im Übrigen waren auch Frauen unter meinen Patienten, wenngleich nicht so viele.«

»Können Sie ein wenig genauer werden, was die Therapie betrifft?«

Daphne Wolrat blühte beim Thema Arbeit wieder etwas auf. Plötzlich saß sie mit rosanen Wangen aufrecht im Sessel und ihre Augen nahmen einen leichten Glanz an. »Exakt so, wie es auf meiner Homepage beschrieben war. Durch Gespräche. Gemeinsam mit den Patienten bin ich auf die Suche nach der Ursache für die jeweilige Störung gegangen. Warum kann sich jemand zum Beispiel bei sexuellem Kontakt nicht öffnen, was sogar so weit geht, dass er unfähig ist, einen Orgasmus zu bekommen?«

Elsa machte sich eilig Notizen. Vor lauter Aufregung konnte sie kaum den Stift richtig halten und ihre Schrift wirkte dadurch unleserlich. Sex war ein Thema, das immer besonders gut bei gewissen Zeitschriften ankam. »Und wenn die Ursache gefunden war? Wie ging es danach weiter?«

»In vielen Fällen hat sich das mit der Störung zu diesem Zeitpunkt erledigt. Ansonsten hatten die Patienten natürlich die Möglichkeit, die Gesprächstherapie fortzuführen und auch den Partner dazu zu holen. Persönlicher sexueller Kontakt gehörte übrigens nicht zu meinen Methoden, falls

Sie darauf hinauswollten.«

Mehr Details wollte sie wohl nicht verraten. Gerne hätte Elsa sie auf Vicky und ihre Rolle bei der Therapie angesprochen, doch dann müsste sie zugeben, dass sie einen entscheidenden Punkt bei der Geschichte verschwiegen hatte. Es war besser, wenn Daphne Wolrat nichts von Elsas Recherche im Vierzig Grad erfuhr.

»Wie ist das mit dem Täter? War er bereits länger bei Ihnen in Behandlung?«

Schon wieder klingelte das Telefon und Daphne Wolrat hob entschuldigend die Hand. Dieses Mal verließ sie nicht den Raum, um den Anruf entgegenzunehmen.

»Hallo, wer spricht da bitte? Hallo?« Anscheinend bekam sie keine Antwort. »Wer ist denn da bitte?« Ihre Miene verfinsterte sich wieder und sie legte auf. Dann schaltete sie das Handy aus und warf Elsa einen fragenden Blick zu. »Wo waren wir?«

»Ob Sie ...« Elsa konnte es sich gerade noch verkneifen, den Namen des Täters zu nennen. Stattdessen fragte sie: »Kannten Sie den Täter schon vorher? War es für Sie absehbar, dass er eine solche Tat begehen würde?«

»Nein. Er war eine Weile bei mir in Behandlung, aber die Störungen meiner Patienten beschränkten sich auf andere Bereiche. Zumindest bei mir in der Praxis war nie jemand, der Gewaltfantasien hegte.«

»Wollen Sie etwas darüber erzählen, was das Problem des Mannes war?«

»Selbstverständlich nicht. Das unterliegt der Schweigepflicht. Es hat jedenfalls nichts darauf hingedeutet, dass er gewalttätig werden würde.«

»Da ich in den Zeitungen zu dem Thema keine Informationen gefunden habe, möchte ich gerne etwas über die Hintergründe der Tat erfahren. Wie kam es dazu?«

Daphne Wolrat schüttelte den Kopf. »Tut mir leid. Mein ehemaliger Patient hat sich vor Gericht ausgeschwiegen. Da meine Erinnerung an diesen Moment bisher nicht zurückgekehrt ist, bleibt sein Motiv wohl für immer im Dunkeln. Oder zumindest so lange, bis sich die dissoziative Amnesie verflüchtigt. Sein Anwalt hatte jedenfalls auf Unzurechnungsfähigkeit plädiert.«

Elsa konnte ihr ansehen, wie leid es ihr tatsächlich tat. Nachvollziehbar, wenn man sich überlegte, dass der Mann, der ihr gesamtes Leben durcheinandergebracht hatte, ihr nicht mal eine Begründung lieferte.

»Und Sie können sich nicht vorstellen, weshalb er so plötzlich auf Sie losging?«

Wieder ein Kopfschütteln, dieses Mal etwas langsamer. »Laut den Aussagen der Nachbarn und meiner Abrechnungstabelle hatte er an dem entsprechenden Tag einen Termin bei mir. Dann ist er aus welchem Grund auch immer auf mich losgegangen und hat mich mit dem Hinterkopf an meinen Aktenschrank geschlagen. Durch den Lärm wurde der Nachbar in der Wohnung gegenüber aufmerksam und hat schließlich die Tür eingetreten. Zu diesem Zeitpunkt lag ich wohl bewusstlos auf dem Boden und mein Patient saß auf mir und hat mich gewürgt.«

Elsa bekam eine Gänsehaut. Die meisten der Fakten kannte sie bereits aus den Zeitungen. Allerdings war es ein Riesenunterschied, der Frau gegenüberzusitzen, der man diese Dinge angetan hatte.

»Ohne seinen Mut, so beherzt einzugreifen, wäre ich wohl tot.«

»Gut, wenn man aufmerksame Nachbarn hat. Stehen Sie noch in Kontakt zu ihm?« Elsa konnte sich den absonderlichen Nachbarn gemeinsam nur schwer mit der verstörten Therapeutin vorstellen.

Daphne Wolrat bestätigte ihr Gefühl und schüttelte den Kopf. »Seit dem Vorfall habe ich nie wieder das Haus betreten. Die Praxiseinrichtung wurde dem roten Kreuz gespendet und die Akten hat ein Umzugsunternehmen für mich abgeholt.«

»Sie konnten sich also nie bei ihm bedanken?«

»Doch. In einem Brief. Ich wollte ansonsten nichts mehr mit diesem Teil meiner Vergangenheit zu tun haben, da ich fälschlicherweise hoffte, ich könne das Trauma so besser verarbeiten. Aber ich muss gestehen, dass er mir ohnehin nie geheuer war. Ständig ist er im Flur aufgetaucht, wenn ich die Praxis abends geschlossen habe. Rein zufällig natürlich, weil er den Müll nach unten gebracht hat oder gerade die Treppe fegte. Eigentlich verging selten eine Woche, in der ich ihn nicht getroffen habe. Für meinen Geschmack einige Zufälle zu viel.«

Elsa seufzte. Das waren ja rosige Aussichten in Bezug auf Pappel. Zumindest für den Fall, dass er sich bei ihr als ebenso aufdringlich herausstellte, wonach es bisher definitiv aussah. »Nach dem Angriff, haben Sie da Ihren Beruf ohne zu zögern aufgegeben?«

»Selbstverständlich. Mein komplettes Vertrauen wurde zerstört. Insbesondere Fremden gegenüber bin ich sehr zurückhaltend und misstrauisch geworden. Für diesen Beruf natürlich denkbar ungeeignet.« Ihre Mundwinkel sanken merklich nach unten. Scheinbar wehmütig starrte die Therapeutin aus dem Fenster.

»Man könnte also sagen, dass der Täter Ihr gesamtes Leben ausradiert hat. Wie geht es Ihnen mit der Strafe, die er bekommen hat?«

»Wie soll es mir damit gehen? Ein ehemals erfolgreicher Unternehmensberater geht nun acht Stunden am Tag in einem Wettbüro arbeiten, um dann seinen Feierabend im Gefängnis zu verbringen. Wenn man es so will, hat er unser beider Leben zerstört.«

»Wäre Ihnen durch eine härtere Bestrafung des Täters eher Gerechtigkeit zuteilgeworden?«

»Wie soll ich das beantworten? Es ist, wie es ist. Bei einer Strafe geht es nun mal nicht darum, dem Opfer Genugtuung zu verschaffen, sondern vor allem um Prävention.«

Beide schwiegen sich eine Weile an und Elsa hoffte, dass Daphne noch irgendetwas preisgab, das sie für ihren Artikel verwenden konnte. Da jedoch nichts mehr kam, klappte sie ihren Moleskin zusammen und verstaute ihn in ihrer Tasche neben dem Kalender von Daphne Wolrat. Den wollte sie noch eine Weile behalten, falls sich beim Schreiben Unklarheiten ergaben. Sie bedankte sich und versprach, der Therapeutin den Artikel vor Veröffentlichung zu schicken, damit sie ihn absegnen konnte.

Auf dem Weg nach Hause trat etwas Ernüchterung ein. Der Besuch hatte nicht viel ergeben und Elsa fehlten eine Menge Informationen, um den Artikel interessant zu machen. Das bedeutete, sie würde kaum um ein Gespräch mit dem Nachbarn herumkommen. Außerdem blieb ihr nichts weiter übrig als auf den Täter zu hoffen, wenn sie mehr Details haben wollte.

Kapitel 22

»Es gibt Menschen, die werden mit einem bösen Gewissen geboren.«

G.C. Lichtenberg

Ungläubig starrte Gregor die Fassade des Hauses an. Er hatte sich auf eine schwierige Verfolgung eingestellt und sich immer wieder vor Augen gehalten, dass er nicht zu enttäuscht sein durfte, wenn er Elsa im Tumult von Frankfurts öffentlichen Verkehrsmitteln verlor. Außerdem war nicht garantiert, dass sie tatsächlich in der nächsten Zeit der Einladung von Daphne nachkam. Und jetzt stand er hier, nur wenige Straßen von seinem Zuhause entfernt. Laut Klingelschild wohnte seine Daphne im ersten Stock. Es grenzte an ein Wunder, dass sie sich nicht zufällig beim Einkaufen oder einfach auf der Straße begegnet waren.

Obwohl es ein recht kühler Tag war, schwitzte Gregor unter seinem Pullunder. Er suchte auf der anderen Straßenseite nach einem etwas abgeschotteten Hauseingang. Dort stellte er sich hinein und kramte sein Handy aus der Hosentasche. Zum Glück hatte er es gestern geschafft, sich die Nummer von Daphnes Brief zu merken. Zitternd hielt er sich das Telefon ans Ohr und lauschte dem Freizeichen.

Gerade als er befürchtete, dass sie nicht abnehmen würde, hörte er plötzlich ihre Stimme. Einen Moment lang war er kurz davor, sich zu melden, hatte schon Luft geholt, um ihr zu sagen, dass er sie endlich gefunden hatte. Immerhin hatte sie ihm damals den Dankesbrief geschrieben. Das hätte sie doch niemals getan, wenn sie nicht doch irgendetwas für ihn empfand.

Trotz allem legte er auf, ohne etwas gesagt zu haben. Jetzt war nicht der richtige Zeitpunkt, sich zu offenbaren. Er musste es geschickter anstellen, ein zufälliges Treffen irgendwo auf der Straße inszenieren. Der Klang ihrer Stimme gab ihm den richtigen Antrieb. Bis es so weit war, konnte er sich noch ausreichend mit Elsa ablenken. Dennoch wählte er erneut Daphnes Nummer. Dieses Mal war sie schneller am Apparat, doch ihre Stimme klang verängstigt. Schnell legte Gregor auf. Auf keinen Fall wollte er sie misstrauisch machen. Vorsichtig lugte er aus dem Hauseingang und überprüfte Daphnes Balkon. Da er niemanden entdeckte, schlüpfte er aus seinem Versteck und eilte nach Hause. Solange Elsa noch bei Daphne beschäftigt war, hatte er etwas zu erledigen.

In seiner Wohnung angekommen, ging er ins Bad und nahm eins der bräunlichen Fläschchen, die in seinem Medizinschrank standen. Danach räumte er den Durchgang frei und kroch nach drüben. Sofort packte ihn wieder dieser angenehme Nervenkitzel, den er immer verspürte, wenn er etwas Verbotenes tat. Einen Moment blieb er in der Diele stehen und ließ das Gefühl auf sich wirken. Er genoss es, wie ihn die Aufregung durchflutete. Zu gerne hätte er genau an dieser Stelle gewartet, um Elsa bei ihrer Rückkehr zu überraschen. Sie sich von hinten zu schnappen, wenn sie hereinkam und sie ins Schlafzimmer zu schleifen, um ihr dort die Klamotten vom Leib zu reißen und sie aufs Bett zu werfen. Doch er musste sich bis heute Nacht gedulden. Dann würde er die Kameras einschalten, in ihre Wohnung schleichen und sich mit ihr vergnügen, bis der Morgen graute. Jetzt war es erst mal an der Zeit, Vorkehrungen dafür treffen.

In der Küche schaute er sich nach Getränkekisten um. Er fand lediglich eine Tüte mit leeren Plastikflaschen, die so voll war, dass jedem Pfandsammler das Herz aufgegangen wäre. Im Kühlschrank wurde er schließlich fündig. Vor Nervosität konnte er die Flasche kaum aufschrauben und zu spät realisierte er, dass sie überhaupt nicht geöffnet gewesen war. Er starrte die Plastikflasche in seiner Hand an und überlegte, was er nun tun sollte. Mit etwas Pech würde sie glauben, dass die Flasche im Geschäft beschädigt worden war, und den Inhalt in den Ausguss schütten. Dann wäre alles umsonst, also musste er sich wohl noch in den anderen Räumen nach weiteren Flaschen umsehen.

Im Wohnzimmer stellte er enttäuscht fest, dass Daphnes Notizbuch verschwunden war. Stattdessen lag ein zusammengefaltetes Blatt Papier auf dem Platz neben dem Laptop. Gregor faltete es auseinander und versuchte zu verstehen, was darauf geschrieben war. In unordentlicher Handschrift hatte Elsa anscheinend irgendein Konzept festgehalten. Er beschäftigte sich nicht weiter damit, da er ohnehin nicht durchschaute, wofür es war. Stattdessen klickte er auf die Maus, um den Laptop aus dem Ruhezustand zu wecken. Dieses Mal hatte sie ihren Browser geschlossen, also klickte er sich durch die Chronik.

Auf der ersten Seite blickte ihm ein bekanntes Gesicht entgegen. Perplex betrachtete Gregor den Bildschirm und versuchte, die in ihm aufkeimende Wut zu unterdrücken. Der Mann, dessen Facebook-Profil Elsa offensichtlich gestern angesehen hatte, war derjenige, der Gregor seine Daphne weggenommen, ja der sie beinahe umgebracht hatte.

In Gregors Kopf drehte sich alles. Mit dem Fuß zog er den Stuhl unter dem Schreibtisch hervor und setzte sich darauf. Er öffnete die Nachrichten auf Elsas Profil und las entsetzt, was sie an Emil Reinhold geschrieben hatte. Sie bat ihn um ein Treffen, wollte über ihn mehr darüber herausfinden, was er Daphne damals angetan hatte.

Das durfte Gregor auf keinen Fall zulassen.

Bei dem Prozess hatte Reinhold geschwiegen, was Gregors Glück gewesen war. So kam niemals zur Sprache, weshalb der Patient überhaupt so plötzlich auf seine Therapeutin losgegangen war. Doch es gab keine Garantie dafür, dass er nun, da er seine Strafe bereits bekommen hatte, weiterhin schweigen würde. Und wenn er erst über den Angriff sprach, würde er die Ungereimtheiten bemerken und dann wäre es bloß noch eine Frage der Zeit, bis ihm auch Gregors Rolle bei der Sache auffallen würde.

Er wischte sich mit der Hand über die Stirn. Schweiß lief ihm den Rücken hinab. Vor seinem inneren Auge sah er das ganze Gebilde um sich herum zusammenbrechen. Irgendwie musste er verhindern, dass ein Treffen zwischen Elsa und Emil zustande kam.

Gregor sprang vom Stuhl auf und warf dabei mit dem Fuß eine Flasche um, die neben dem Schreibtisch gestanden hatte. Geistesabwesend hob er sie auf und postierte sie dort, wo er sie umgestoßen hatte. Dann schob er den Stuhl wieder an den Tisch und verließ das Wohnzimmer. Als er in der Diele auf die Knie ging, drückte etwas Hartes in seine Hüfte. Beinahe hätte er es vergessen. Er ging zurück zum Schreibtisch, nahm die Flasche, und ließ ein paar Tropfen der rötlichen Flüssigkeit mit einer Pipette in das Wasser träufeln. Sorgfältig schwenkte er die Flasche, um das Medikament darin zu verteilen, schraubte sie zu und stellte sie an ihren Platz.

Jetzt musste er bloß noch warten, bis sie daraus getrunken hatte und das Mittel die gewünschte Wirkung entfaltete. Die Vorfreude darauf ließ die Gefahr, die von Reinhold ausging, nebensächlich erscheinen. Mit einem Lächeln im Gesicht verschwand Gregor aus Elsas Wohnung und setzte sich vor seinen Computer.

Kapitel 23

»Wir irren allesamt, nur jeder irrt anders.«

G.C. Lichtenberg

Auf dem Weg durchs Treppenhaus sichtete Elsa die Post. Neben Werbeblättchen fand sie einen Brief von der Krankenkasse, in dem vermutlich ihre neue Versichertenkarte war. Sie klemmte die Post zwischen Arm und Hüfte fest und zog mit einer Hand an der Tür, während sie den Schlüssel umdrehte. Aufgrund des Alters war der Rahmen anscheinend verzogen und die Tür verkeilte sich jedes Mal, wenn man sie aufschloss.

Bei dieser Gelegenheit fiel ihr auf, dass nirgends an der Tür Aufbruchspuren zu erkennen waren. Auch am Türrahmen konnte sie keine Spuren einer Reparatur entdecken. Das war seltsam, irgendwie musste Pappel ja damals in den Behandlungsraum gelangt sein, um Daphne von ihrem Peiniger zu befreien. Hatte er vielleicht den Schlüssel besessen? Nein, die Vorstellung war abwegig, gerade, weil es sich um eine Praxis handelte. Falls aber doch, fände Elsa dies äußerst beunruhigend. Immerhin bestand die Möglichkeit, dass er sich eine Kopie angefertigt hatte und noch immer über einen Zweitschlüssel verfügte.

Sie nahm sich vor, beim nächsten Mal, wenn sie das Haus verließ, einen Streifen durchsichtiges Klebeband unten an der Tür zu befestigen. Sollte dieser bei ihrer Rückkehr nicht mehr ordentlich festkleben, war das ein untrügliches Zeichen, dass während ihrer Abwesenheit jemand in ihrer Wohnung gewesen war.

Elsa verdrängte die Vorstellung. Vermutlich tat sie Pappel ganz furchtbar unrecht und er war einfach bloß ein einsamer Sonderling, der seine Mutter über alles liebte. Jemand, der versuchte, nett zu seinen Nachbarn zu sein, und sie trat ihm wegen seines Aussehens voller Vorurteile entgegen. Das war ziemlich unfair von ihr und eigentlich entsprach so ein Verhalten in keiner Weise Elsas Wesen, doch ändern konnte sie es ohnehin nicht. In seiner Gegenwart fühlte sie sich unwohl.

Mit einem Kaffee setzte Elsa sich an ihren Schreibtisch und ging die Fakten durch, die sie bisher für ihren Artikel gesammelt hatte. Insgesamt sah es nicht gerade gut aus. Zusätzlich zu den Informationen, die sie den verschiedenen Zeitungen entnommen hatte, wusste sie nun lediglich, dass der Täter vorher überhaupt nicht auffällig gewesen war. Jetzt ärgerte sie sich, wie sie das Gespräch mit Daphne angegangen war. Gestern hatte sie sich den Ablauf ganz genau im Kopf zurechtgelegt, doch sie hatte ihn, als es so weit war, vollkommen über Bord geworfen. Ihre Nervosität der Therapeutin gegenüber hatte ihr einen Strich durch die Rechnung gemacht und so blieb ein Großteil der auf dem Zettel notierten Fragen weiterhin unbeantwortet.

Obwohl sie seit dem Ende ihres Studiums oft genug für diverse Klatschblätter in der Privatsphäre fremder Menschen herumgestochert hatte, fehlte ihr noch immer die notwendige Verbissenheit. Oftmals scheute sie sich, bei den entscheidenden und meist pikanten Punkten nachzuhaken. Morgen würde sie Achim bitten, gemeinsam mit ihr über die Notizen zu schauen. Nach dem Studium hatte er sich zwar auf PR spezialisiert, doch insgeheim hielt sie ihn für den besseren Klatschreporter. Vorher musste sie aber mit Pappel sprechen. Da sie bisher keine Nachricht vom Täter erhalten hatte, konnte sie den Artikel sonst vergessen.

Damit sie es hinter sich hatte, ging sie sofort nach drüben. Die Schritte hinter der Tür näherten sich so schnell, dass Elsa den Eindruck bekam, Pappel erwartete jemanden Bestimmtes. Als er die Tür öffnete, sah er abgehetzt und nervös aus.

»Hallo, das ist ja eine Überraschung«, rief er ihr entgegen, als stünde sie nicht direkt vor ihm.

Elsa rang sich ein Lächeln ab. »Wie schön, dass ich Sie erwische. Ich würde Sie gerne etwas zu meiner Vormieterin fragen.«

»Ach. Wirklich? So viel kann ich gar nicht über sie sagen. Da ihr Wohnsitz woanders ist, sie hier nur ihre Praxis hatte, kannte ich sie ja bloß vom Sehen.«

»Aber immerhin haben Sie ihr das Leben gerettet.«

Seine verkniffene Miene entspannte sich und er wurde leicht rot. »Ach. Das war doch keine große Sache. Nichts Besonderes«, sagte er und winkte ab.

»Da muss ich widersprechen. Kaum jemand zeigt heute noch Zivilcourage, wenn es darauf ankommt.«

»Na, hätte ich die Frau sterben lassen sollen?«

»Nicht doch. Dennoch gibt es bestimmt einige Leute,

die einfach weggesehen hätten. Oder in Ihrem Fall wohl eher weggehört.«

»Mag sein.«

Elsa seufzte. Anscheinend wollte er sich so gar nicht mit seiner Tat brüsten. »Wissen Sie, ich bin im Nebenberuf freie Journalistin, und weil mir die Geschichte von Frau Wolrat nahegeht, möchte ich einen Artikel darüber schreiben. Da dachte ich gleich an Sie. Über einen strahlenden Helden liest man in so einem Zusammenhang gerne. Die Menschen lieben ein Happy End und Sie geben ihnen eines.«

Das hatte gesessen. Ein leichtes Lächeln entstand auf seinen Lippen. Er hob sein Kinn an und stellte sich gerade hin. »Und Sie meinen, dieser strahlende Held bin ich? So habe ich mich gar nicht gesehen.«

»Um so wichtiger, dass Ihr Einsatz endlich gewürdigt wird. Natürlich kann ich Ihren Namen anonymisieren, was ich ebenfalls mit Frau Wolrat tun werde.«

Pappel räusperte sich. »Sie haben auch mit ihr gesprochen?« Seine Stimme klang fiepsig.

»Selbstverständlich. Ohne ihr Einverständnis veröffentliche ich doch keinen Artikel. Also was sagen Sie, würden Sie mir vielleicht die ein oder andere Frage beantworten?«

»Ach. Ich bin mir da sehr unsicher. Was wollen Sie denn so alles wissen?«

Elsa überlegte ihn zu darauf anzusprechen, ob er sie nicht reinbitten wollte, da sie sich ungern im Hausflur mit ihm unterhielt. Pappel war allerdings schon jetzt dermaßen angespannt und hielt außerdem die Tür hinter seinem Rücken zu, dass sie sich dagegen entschied. In ihre Wohnung würde sie auf keinen Fall mit ihm gehen. Deshalb zog sie es vor - auch auf die Gefahr hin, dass es nicht besonders professionell wirkte - ihm einfach hier ihre Fragen zu stellen.

»Zum Beispiel würde mich interessieren, ob Sie dem Mann, vor dem Sie Frau Wolrat letztlich gerettet haben, je vorher begegnet sind.«

»Hm.« Pappels Augen wanderten durch das Treppenhaus, als würde er jemanden suchen. »Wie meinen Sie das, *begegnet*? Ob ich ihn gekannt habe? Nein. Vielleicht sind wir uns mal im Treppenhaus über den Weg gelaufen. Vermutlich nicht mal das, schließlich bin ich zu den Sprechstundenzeiten normalerweise arbeiten.«

»Ihnen war aber bewusst, welche Art Praxis da in der Nachbarwohnung betrieben wurde?«

»Pah. Betrieben wurde. Das klingt ja gerade so, als hätte Daphne etwas Anrüchiges getan. Ja, ich wusste, dass sie Männer therapiert. Alle im Haus wussten es und niemand hatte damit ein Problem.«

Elsa stellte verwundert fest, dass er die Therapeutin beim Vornamen nannte. Vielleicht hatten sie mehr miteinander zu tun gehabt, als er zugeben wollte. »Nur Männer? Meines Wissens hat sie auch weibliche Patienten gehabt.«

»Ach. Kann gut sein, ihren Terminkalender kenne ich schließlich nicht. Aber ich weiß nicht, warum das interessant für Ihren Artikel ist.« Pappel wich einen Schritt zurück.

»Sie haben recht. Können Sie mir etwas über den Tag erzählen? Wie kam es dazu, dass Sie quasi einen Mord verhindert haben?«

»Mord! Das Gericht hat ihn bloß wegen versuchten

Totschlags schuldig gesprochen. Offener Vollzug für einen gemeingefährlichen Typen, der ohne Grund auf wehrlose Frauen losgeht.«

Elsa lächelte ihm verschwörerisch zu. »Im Endeffekt wissen wir beide, was es eigentlich war. Und Sie sind mutig dazwischengegangen. Wie lief das ab?«

»Dazu gibt es nicht viel zu sagen. Ich war in meiner Wohnung, hatte gerade Urlaub, wegen Fastnacht. Auf einmal hörte ich lautes Gebrüll und dachte erst, es wäre etwas auf der Straße, irgendein Betrunkener. Dann war da ein Poltern und mir wurde klar, dass es von nebenan kam. Also bin ich rüber, und da niemand auf mein Klingeln reagiert hat, habe ich die Tür eingetreten.«

»Die hier?« Elsa wies auf ihre Wohnungstür und Pappel nickte. »Das war sehr tapfer. Die wurde ja wieder hervorragend repariert. Wie war das für Sie? Man tritt wohl kaum alltäglich mal eben eine Tür ein. Immerhin hätte es ja sein können, dass es sich nur um einen schwierigen Patienten handelt und nicht um einen tätlichen Angriff.«

»Bis dahin hatte ich solche Geräusche aber noch nie gehört.«

»Weil Sie ja nie zu Hause waren, wie Sie eben sagten.« Elsa kam sich vor wie der böse Bulle bei einem Verhör. Dabei wollte sie ihn gar nicht so zurechtweisen, sondern bloß endlich etwas mehr erfahren.

Offensichtlich ging Pappel ihre Art auf die Nerven. Mittlerweile stand er bereits mit einem Fuß in seiner Wohnung. Sein Blick wanderte zum Handgelenk, wo sich jedoch keine Armbanduhr befand.

»Sie haben also die Tür aufgebrochen und dann?«, fragte Elsa schnell, bevor er sich vollends verabschiedete.

»Ich stand im Flur und habe nach Daphne gerufen, und als ich nur irgendwelche Geräusche hörte ... erstickte Geräusche. Daraufhin bin ich in den Praxisraum gelaufen. Damals gab es zum Glück noch eine Schiebetür, denn direkt dahinter lagen die beiden. Wäre es eine normale Tür gewesen, die nach innen aufgeht, wäre ich vermutlich nicht rechtzeitig gekommen ...« Pappels Augen glänzten. Es sah ein wenig so aus, als wäre er kurz davor, ein paar Tränchen zu verdrücken.

Elsa machte einen Schritt auf ihn zu und drückte ihm aufmunternd die Schulter. »Ich bin froh, so einen aufmerksamen Nachbarn wie Sie zu haben. Normal ist das in einer Großstadt ja schon lange nicht mehr. Man lebt eher anonym nebeneinander her.«

Pappel nickte, doch sein Blick wurde immer trübseliger. Elsa beschloss, das Gespräch an diesem Punkt abzubrechen.

»Eine letzte Frage habe ich noch, dann lasse ich Sie in Ruhe. Schildern Sie mir bitte den Eindruck, den Sie hatten, als Sie in das Behandlungszimmer gekommen sind.«

»Einen schrecklichen Eindruck hatte ich. Überall herrschte totales Chaos. Einer der Sessel war umgeworfen, der Laptop lag auf dem Boden. Direkt vor mir saß dieser ... dieser Irre auf Daphne und hatte sie am Hals gepackt. Ihre Augen waren irgendwie blutrot und schon hervorgequollen.« Pappel ballte eine Faust. »Sie keuchte und hatte ihre kleinen Hände um seine Finger geschlungen, aber sie hatte keine Chance. Ganz automatisch habe ich ihm dann gegen den Kopf getreten. Er kippte zur Seite. Ab diesem Zeitpunkt habe ich nur noch Daphne vor mir gesehen, wie ein Tunnelblick. Ich habe sie aufgehoben und bin mit ihr raus und in meine Wohnung, bevor uns der Kerl folgen konnte.«

Eifrig notierte Elsa Pappels Schilderungen in Stichpunkten. Endlich bekam sie Informationen, mit denen sie arbeiten konnte. Doch Pappel hatte genug. Unvermittelt drehte er sich um und ließ sie im Treppenhaus stehen.

»Das reicht jetzt auch«, murmelte er und schlug ihr die Tür vor der Nase zu.

Kapitel 24

»Er begeht schändliche Streiche einen über den andern, als wenn er das Heimweh nach der Hölle hätte.«

G.C. Lichtenberg

Noch immer saß Gregor unbeweglich auf dem Schreibtischstuhl und starrte Löcher in die Luft. Das Gespräch mit Elsa hatte ihn durch ein emotionales Auf und Ab gejagt. Die Erinnerungen an seine Daphne und an den schrecklichen Tag nahmen ihn mit, doch gleichzeitig hatte Elsa vor ihm gestanden, ihn angelächelt, ja sogar einmal berührt. Mittlerweile war es dunkel draußen und nur die Lampe beleuchtete das Zimmer. Bisher hatte er nicht mal die Überwachungskamera angeworfen, was er jetzt nachholte.

Drüben war nichts von Elsa zu sehen. Gregor machte sich Sorgen. Er hatte wirklich versucht, ihr so viele Informationen zu geben, wie sie für ihren bescheuerten Artikel brauchte und nebenbei immer wieder einfließen zu lassen, wie gefährlich der Mann war.

Irgendwie musste er sie davon abbringen, sich mit ihm in Verbindung zu setzen, doch für den Moment konnte er nicht mehr tun. Nur eine Sache fiel ihm noch ein, doch dafür musste er bis zur späten Nacht warten.

Ohne wirklich etwas wahrzunehmen, saß Gregor vor den Monitoren, auf denen die Übertragung der Kameras lief. Die letzten Tage hatten ihn wirklich mitgenommen, zu viele Eindrücke, zu viel Aufregung durch die aufgewühlten Erinnerungen. Ständig war er angespannt und sein Kopf hörte quasi gar nicht mehr auf, zu arbeiten.

Wenn er nicht gerade vor dem Computer darauf hoffte, endlich etwas Action geboten zu bekommen, stellte er sich vor, was Elsa in seiner Abwesenheit machte. Wie sie nach dem Sport ihren verschwitzten Körper abduschte, wie sie dann Dessous anzog und heimlich durch den Flurschrank zu ihm gekrochen kam, unter seinen Schreibtisch und sich an seiner Hose zu schaffen machte.

Eine Bewegung auf dem Monitor erregte Gregors Aufmerksamkeit. Elsa war ins Schlafzimmer gekommen und hatte das Licht eingeschaltet. Nun stand sie vor ihrem Bett, eine Wasserflasche in der Hand und massierte sich mit der anderen die Schläfe. Ein heftiges Zittern stieg in Gregor auf. Angestrengt versuchte er einen Hinweis darauf zu entdecken, ob es sich um *die* Wasserflasche aus dem Wohnzimmer handelte.

Ein Anzeichen dafür war, dass Elsa sich nun auf das Bett setzte, sich vornüberbeugte und den Kopf in die Hände stützte. Als sie dann den Deckel abschraubte und ansetzte, glaubte Gregor am Winkel zu erkennen, dass bereits einiges von den anderthalb Litern fehlte. Es musste sich einfach um seine Flasche handeln. Dass Elsa sich mittlerweile vollständig bekleidet auf die Seite gelegt und zugedeckt hatte, bestärkte seine Hoffnung zusätzlich.

Jetzt durfte er nicht zu viel Zeit vertrödeln. Er schaltete die Aufnahmefunktion der Kameras ein, sprang vom Stuhl auf und zog sich im Schlafzimmer eine Jogginghose an. Außerdem entledigte er sich seines Pullunders. Danach machte er sich daran, den Durchgang in der Wand zu öffnen und ihn hinter sich wieder sorgfältig zu verriegeln. Allerdings nicht, bevor er sichergestellt hatte, dass die Wohnungstür nicht abgeschlossen war und somit als Fluchtweg zur Verfügung stand. Seine Hände zitterten dabei so sehr, dass es länger als üblich dauerte. Vor lauter Nervosität konnte er kaum einen klaren Gedanken fassen. Mit etwas Glück würde er in Kürze einen eigenen Pornofilm haben. Mit einer Hauptdarstellerin, die neben Daphne die anziehendste Frau war, die er jemals gesehen hatte.

Gregor stand einen Moment reglos da und lauschte in die nächtliche Stille. Vor dem Fenster der Wohnungstür hing nun ein blickdichter Vorgang, der die Dunkelheit im Eingangsbereich verstärkte. Er hatte das Gefühl, dass jede seiner Bewegungen allein schon durch das Rascheln seiner Kleidung einen Heidenlärm verursachte.

Wie in Zeitlupe schlich er ins Wohnzimmer und hielt dabei den Atem an, damit er keine Regung in der Wohnung verpasste. Auch hier war alles ruhig, nur das Licht an Elsas Laptop blinkte eintönig vor sich hin. Mittlerweile hatten sich seine Augen ein wenig an die Dunkelheit gewöhnt und er ließ den Blick durch den Raum schweifen.

Genau dort, wo er am Nachmittag die Mischung mit seinem Mittel abgestellt hatte, entdeckte er die Wasserflasche. Elsa hatte sie offensichtlich nicht angerührt. Das Wasser, das sie mit ans Bett genommen hatte, musste das aus dem Kühlschrank gewesen sein. Enttäuscht schaute

Gregor zum Schlafzimmer. Nun konnte er sein Vorhaben vergessen. Ohne K-o-Tropfen war Elsas Schlaf garantiert nicht tief genug.

Allerdings wollte er nicht unverrichteter Dinge wieder abziehen. Ein innerer Zwang befahl ihm, sie wenigstens anzusehen. Er malte sich aus, wie er sich zu ihr ins Bett legte, sie langsam auszog und sich dann mit ihr vergnügte. Ein leiser Seufzer entfuhr ihm. Er sehnte sich so sehr nach ihrer Zuwendung, dass er es beinahe körperlich spürte.

Ohne es zu bemerken, war Gregor zu Elsas Schlafzimmer gegangen. Er lehnte mit der Schulter am Türrahmen und streichelte mit der Hand auf der Jogginghose über seinen Schritt. Dabei starrte er auf die roten Haare, die im schwachen Licht, das durchs Fenster fiel, fast schwarz wirkten.

In diesem Moment stöhnte Elsa leise und strich mit der Hand über ihre Hüfte.

»Oh ja«, wisperte Gregor. Erschrocken schlug er sich die Hand vor den Mund. Zu spät.

Elsa schmatzte und rieb sich über die noch geschlossenen Augen. Dann blinzelte sie in seine Richtung.

Panisch fuhr Gregor herum und stürmte in den Flur. Blind riss er die Wohnungstür auf, rannte auf den Hausflur und zog die Tür hinter sich zu, ohne dabei auf den Lärm zu achten, den er veranstaltete.

Gerade, als er den Schlüssel schon in der Hand hatte, meinte er, hinter sich Schritte zu hören. Er warf einen gehetzten Blick über die Schulter. War Elsa bereits im Flur, hatte sie ihn entdeckt?

Gregor entschied, dass es zu lange dauern würde, bis er

die Tür aufgeschlossen hatte. Unvermittelt wechselte er die Richtung und hastete die Stufen runter. Er stolperte bis in den Keller, kroch in den Zwischenraum unter der Treppe. Dort kauerte er sich hinter einem Stapel Kartons atemlos zusammen.

Kapitel 25

»Mit dem Band, das ihre Herzen binden sollte, haben sie ihren Frieden stranguliert.«

G.C. Lichtenberg

Regungslos saß Elsa in ihrem Bett. Mit der Hand hielt sie den Kragen ihres Shirts umklammert. Sie hatte einen Albtraum gehabt. Ein Mann war in ihr Schlafzimmer eingedrungen, er hatte direkt vor ihr gestanden und sie beobachtet. Er war ihr so real vorgekommen, dass sie ihn noch immer förmlich spüren konnte. Und schließlich war da noch dieses Geräusch gewesen. Als wäre jemand durch ihre Wohnung gelaufen und verschwunden, als sie aufgewacht war.

Eine Weile wagte Elsa nicht, aufzustehen und nachzusehen. Die ganze Zeit über lauschte sie in die Wohnung. Erst als alles ruhig blieb, stand sie auf und schaltete das Licht an. Im Schlafzimmer war keine Veränderung zu entdecken. Sie nahm ihr Handy, entsperrte das Display und wählte vorsorglich die Nummer der Polizei. Dann ging sie ins Wohnzimmer. Auch hier gab es nicht das geringste Anzeichen, dass tatsächlich jemand bei ihr eingebrochen war.

»Deine Fantasie geht mit dir durch«, sagte Elsa zu sich selbst. Kein Wunder. Seit sie von zu Hause ausgezogen war, hatte sie noch nie alleine in einer Wohnung gelebt. Nach dem Studentenheim hatte sie in verschiedenen Wohngemeinschaften gelebt, bis sie schließlich mit Pascal und Henjek zusammengezogen war. Wenn man nun noch die Geschichte der Wohnung, die ehemaligen Patienten von Daphne vor ihrer Tür und den eigentümlichen Nachbarn Pappel bedachte, war es nicht erstaunlich, dass sie sich in ihrem eigenen Zuhause nicht sicher fühlte.

Obwohl sie nicht glaubte, dass sie dort auf etwas stoßen würde, ging Elsa sicherheitshalber noch die anderen Zimmer ab. Alles war ruhig und es sah auch nicht so aus, als hätte jemand ihre Tür aufgebrochen. Zumindest konnte sie weder außen noch innen Spuren davon erkennen. Erleichtert atmete sie auf und schloss die Tür von innen ab.

Als Elsa sich umdrehte, erstarrte sie mitten in der Bewegung. Die rechte Lamellentür des Einbauschranks stand ein Stück offen. Der Mann! Er versteckte sich im Wandschrank.

Langsam machte sie einen Schritt rückwärts. Ihr Finger schwebte über dem grünen Hörersymbol auf ihrem Handydisplay. In diesem Moment setzte ihr Verstand wieder ein.

Wie hätte jemand in ihre Wohnung kommen sollen? Wollte sie wirklich den Notruf der Polizei wählen, weil eine Schranktür in ihrem Flur ein wenig offenstand?

Sie stürzte nach vorne und riss beide Türen auf. Kein Kapuzenmann mit einem Messer in der Hand stürmte auf sie zu und auch kein nackter Exhibitionist wartete auf sie.

Der Schrank war so leer, wie zu dem Zeitpunkt, als sie ihn das letzte Mal geöffnet hatte.

»Du bist ein elender Feigling«, sagte Elsa leise zu sich selbst. Schlimmer als ein Kleinkind. Und doch ließ sie überall in der Wohnung das Licht an und setzte sich im Wohnzimmer mit ihrer Bettdecke auf den Kissenberg, den sie in Ermangelung von anderen Sitzmöbeln in einer Ecke aufgetürmt hatte.

Die ganze Nacht saß sie dort und zuckte bei jedem Geräusch zusammen. Selbst eine auf der Straße zugeschlagene Autotür erschreckte sie. Gegen vier Uhr griff sie sich schließlich ihr Telefon und antwortete auf die letzte Nachricht von Pascal. Jetzt war nicht die Zeit für falsche Eitelkeit.

Mir geht es miserabel in Frankfurt. Ich wünschte, du wärst bei mir.

Es dauerte keine halbe Stunde, bis er sie zurückrief. Seine verschlafene Stimme trieb Elsa vor Melancholie die Tränen in die Augen.

»Du klingst überhaupt nicht gut. Muss ich mir Sorgen machen?«

Elsa hielt das Telefon von sich weg, schniefte die Tränen fort und wischte sich mit der Hand über die feuchten Augen. Schließlich holte sie tief Luft und erzählte Pascal von den Ereignissen, die sich seit ihrer Ankunft in Frankfurt zugetragen hatten.

Geduldig hörte er ihr zu und lachte sie selbst dann nicht aus, als sie die Geschichte mit der Schranktür berichtete. Deswegen hatte sie ihn so sehr geliebt. Weil er immer Verständnis für sie hatte, egal, wie abwegig ihre Gedanken auch manchmal sein mochten. Nie hätte er es gewagt, sie nicht ernst zu nehmen. Auch jetzt bewies er, dass man sich auf ihn verlassen konnte, wenn er sich nicht gerade mit dickbusigen Brünetten im Bett vergnügte.

»Was hältst du davon, wenn ich mir ein Zugticket hole und morgen Vormittag bei dir in Frankfurt bin?« An seinem Ton hörte Elsa, dass es sich hier nicht um eine Frage handelte. Pascal hatte es längst beschlossen.

Elsa nickte dankbar. »Das wäre wirklich sehr nett. Aber versprich dir nicht zu viel davon. Ich bin immer noch wahnsinnig enttäuscht von dir.«

»Elli, ich verspreche mir davon überhaupt nichts. Irgendwann hatte ich dir mal gesagt, dass ich für immer dein bester Freund sein werde. Und beste Freunde tun genau das: Sie sind füreinander da.«

»Du bist ein Arsch«, sagte Elsa, nachdem sie aufgelegt hatte. »Musst immer die richtigen Worte finden.«

Den Rest der Nacht verbrachte Elsa damit, sich mit einem ihrer Lieblingsbücher in der Hand auf dem Kissenberg von links nach rechts zu werfen, bis sie gegen Morgen erschöpft für einige Stunden einschlief. Als sie aufwachte, hatte sie eine Nachricht von Pascal, dass sein Zug um zwölf Uhr vierzig am Hauptbahnhof ankäme und er sich dann ein Taxi zu ihrer Wohnung nehmen würde. Sie hatte also noch mindestens drei Stunden Zeit, bevor er bei ihr auftauchte.

Elsa stand auf und streckte den Rücken. Ihr Nacken schmerzte dank der Schieflage, in der sie geschlafen hatte und ihr Hintern tat weh. Da die Kissen mit der Zeit verrutscht waren, hatte sie zum Schluss nur noch auf dem nackten Boden gesessen, was sich nun bemerkbar machte. Sie schlurfte in die Küche, brühte sich einen starken Kaffee auf und setzte sich mit der Tasse an ihren Laptop.

Als Erstes schaute sie ihre Mails durch. Die Agentur fragte nach, ob sie sich bereits eingelebt habe. Außerdem wollte der Agent wissen, ob Elsa schon etwas dazu sagen könne, wann sie die Weiterarbeit an ihrem Manuskript starten wolle. Sie klickte die Mail weg und beschloss, sie später zu beantworten. Zu ihrer Überraschung wartete noch eine Mitteilung von Facebook auf sie. Emil Reinhold hatte auf ihre Nachricht geantwortet. In gespannter Erwartung öffnete sie einen neuen Tab und rief ihr Facebook-Profil auf. Sie klickte auf den Chat und überflog die Zeilen.

Sie konnte kaum glauben, was sie dort las. Reinhold war tatsächlich bereit, sich mit ihr zu unterhalten. Er schrieb, dass er zunächst geneigt gewesen sei, abzusagen, dann aber entschieden habe, eine Nacht darüber zu schlafen. Danach wäre er gar nicht mehr so abgeneigt gewesen von der Idee, mit ihr zu sprechen und er fände ihren Ansatz gut, die Geschichte in Elsas Artikel von beiden Seiten zu beleuchten. Überhaupt hätte er bloß die Aussage verweigert, weil ihm sein Anwalt dazu geraten habe und er wolle endlich richtigstellen, was damals tatsächlich geschehen war. Elsa antwortete ihm und schickte ihm die Nummer des Prepaid-Handys, das sie sich extra für solche Anlässe zugelegt hatte.

Während sie auf den Anruf von Reinhold wartete, räumte sie die Wohnung auf und machte sich daran, den Inhalt der letzten zwei Kisten einzusortieren. Pascal sollte auf keinen Fall den Eindruck bekommen, dass in ihrem Kopf Frankfurt nur eine Übergangslösung war und sie in Wirklichkeit am liebsten sofort zurück nach Hamburg gegangen wäre. Sie fragte sich, ob er Henjek mitbringen würde. Der Gedanke an die Bulldogge ließ ihre Vorfreude noch mehr wachsen.

Das Handy in Elsas Hosentasche vibrierte. Nervös zog sie es heraus und nahm den Anruf entgegen.

»Spreche ich mit Frau Winter?« Reinholds tiefe Stimme klang angenehm freundlich, was Elsa überraschte. Sie wusste nicht, womit sie gerechnet hatte, einen Verbrecher erkannte man in der Regel weder am Aussehen noch an der Stimme, doch so hatte sie ihn sich auf jeden Fall nicht vorgestellt.

»Vielen Dank, dass Sie so schnell zurückgerufen haben«, sagte Elsa und setzte sich an den Schreibtisch. »Sie sind also bereit, mir ein wenig zu dem Vorfall zu erzählen?«

Reinhold schwieg am anderen Ende der Leitung, sodass Elsa schon dachte, er habe aufgelegt. Dann gab er ein zustimmendes Brummen von sich.

»Mein Anwalt wird mich vermutlich für verrückt erklären, aber es war nie meine Idee zu schweigen. Der Prozess ist vorbei, ich denke, dass es an der Zeit ist, meine Version der Geschichte offenzulegen.«

Elsa ballte eine Siegerfaust und stieß innerlich einen Jubelschrei aus. Jetzt musste sie nur noch eine Sache klären und ihm dafür eine winzige Notlüge auftischen. »Da ich momentan nicht in Frankfurt bin, würde ich das Interview gerne am Telefon machen. Ich hoffe, das ist so in Ordnung für Sie.«

Reinhold atmete scharf ein und pustete danach die Luft geräuschvoll wieder aus. Elsa vermutete, dass er gerade eine Zigarette rauchte.

»Ich schätze, es bleibt uns ohnehin nichts Anderes

übrig. Freigänger zu sein bedeutet nämlich nicht, dass ich im Gefängnis kommen und gehen kann, wie es mir passt. Nach Feierabend habe ich exakt fünfundvierzig Minuten Zeit, mich an der Pforte zu melden. Mir bleibt bedauerlicherweise wenig Freizeit für Treffen mit netten Reporterinnen.«

Elsa nickte zufrieden und nahm sich ihr Notizbuch. »Gut, dann lassen Sie uns keine Zeit verlieren ...«

»Leider muss ich Sie unterbrechen. Eigentlich habe ich gerade keine Pause. Ich wollte Ihnen nur meine Entscheidung mitteilen. Außerdem habe ich auf meinem Handy nicht so viel Guthaben, dass ich länger mit Ihnen sprechen könnte. Rufen Sie mich um halb eins an, dann habe ich Zeit für Sie.«

Nachdem sie sich die Nummer auf dem Display notiert hatte, versprach Elsa, sich pünktlich bei ihm zu melden und legte auf. Sie war ein wenig enttäuscht, dass sie das Interview nicht direkt hatte führen können, doch die Verzögerung hatte auch etwas für sich. So hatte sie Zeit, die Fragen noch einmal zu überarbeiten, um die Lücken in ihrem Artikel zu füllen. Außerdem würde später Pascal bei ihr sein, was ihr definitiv mehr Sicherheit gab. Elsa nahm sich einen Kugelschreiber und einen gelben Marker und vertiefte sich in ihren Notizen.

Als Pascal ihr um halb zwölf schrieb, dass sein Zug Verspätung habe, entschied Elsa, in der Zwischenzeit ein paar Dinge einzukaufen. Obwohl sie nicht vorhatte, für ihn auf der Induktionskochplatte ein Versöhnungsmenü zu zaubern, wollte sie doch wenigstens eine Kleinigkeit zu essen im Haus haben. Wenn er Hunger hatte, konnte Pascal unleidlicher sein als jede Frau, die gerade unter PMS litt.

Kapitel 26

»Er hatte gar keinen Charakter, sondern wenn er einen haben wollte, mußte er immer erst einen annehmen.«

G.C. Lichtenberg

Stöhnend kroch Gregor aus dem engen Verschlag zwischen Treppe und Wand im Keller. Sein Rücken brachte ihn beinahe um. Die Angst, dass Elsa ihm im Hausflur auflauerte und zur Rede stellte, quälte ihn weiterhin. In der letzten halben Stunde waren die Schmerzen immer heftiger geworden, sodass er es nicht länger aushielt. Mit den Beinen hatten die Probleme angefangen. Ständig schliefen sie ein und krampften nach einiger Zeit sogar. Danach setzten die Stiche im Rücken ein, die stetig intensiver wurden, egal, welche Position er auch einnahm. Den Rest gegeben hatte ihm aber der leichte Anfall von Platzangst, der ihn zum Schluss überfallen hatte. Mit einem Mal hatte er das Gefühl, er müsse sofort seine Arme seitlich von sich strecken, so weit er konnte. Die Lücke zwischen der Treppe und dem ersten Kellerraum war allerdings so eng, dass er seine Schultern zusammenpressen musste, um überhaupt hineinzupassen.

Erleichtert atmete er auf, als er endlich die Enge hinter

sich gelassen hatte. Er streckte seine Arme nach hinten, dehnte seinen Rücken und drehte seinen Kopf in alle Richtungen, bis es in seinem Nacken ein hörbar knackste. Dann schlich er sich wie ein Einbrecher - was er auf eine gewisse Art auch war - nach oben. Niemand begegnete ihm und die wütende Elsa erwartete ihn auch nicht vor der Tür.

Am liebsten hätte er sofort wieder die Kameras eingeschaltet, doch er unterdrückte den Impuls. Während er in dem Kellerverschlag gebangt hatte, dass jeden Moment die Polizei das gesamte Haus nach dem Eindringling durchsuchte, hatte er sich vorgenommen, mit seinen Aktivitäten bezüglich Elsa etwas kürzer zu treten. Auf keinen Fall durfte er die Kontrolle verlieren und zu viel auf einmal wollen. Schließlich hatte er bei Daphne die Quittung dafür bekommen und beinahe die Frau seines Lebens für immer verloren. Wenn Elsa nicht gewesen wäre, hätte er sie wahrscheinlich niemals wiedergefunden.

Er überlegte, ob er Daphne einen Besuch abstatten sollte. Ihm fiel der Brief ein, den sie ihm damals geschrieben hatte. Vielleicht befand sich darin ja doch eine versteckte Botschaft, über die sie ihm mitteilte, wie sehr sie ihn vermisste. Gregor holte einen der Abzüge, die er von dem Brief gemacht hatte, aus der obersten Schublade seines Schreibtisches. Auch wenn Daphne die Kopien nicht wirklich berührt hatte, kribbelte es in seinen Fingern, sobald er das Papier berührte.

Liebend gerne hätte er in diesem Moment das Original rausgeholt, aber das wäre der falsche Zeitpunkt gewesen. Den echten Brief nahm er nur zu besonderen Gelegenheiten heraus, damit er sich nicht zu stark abnutzte. Immerhin waren ihre Zeilen in den letzten Monaten seine einzige

Verbindung zu ihr gewesen. Meist war es dann so weit, wenn er sich das Video von Daphne und ihrem Freund anschaute, das er damals aufgenommen hatte. Dann streichelte er über die einzelnen Buchstaben und stellte sich vor, wie Daphne den Stift gehalten hatte, während sie schrieb und wie ihre Finger dabei über das Blatt glitten.

Nachdem Gregor die Worte immer und immer wieder gelesen hatte, fasste er einen Entschluss: Er wollte es wagen und ihr seine Gefühle gestehen. Schon allein sich selbst, aber auch Daphne zuliebe. Vielleicht vermisste sie ihn ebenso wie er sie und traute sich nur - verständlicherweise - nicht mehr in die Nähe des Hauses, wo sie so brutal überfallen und beinahe umgebracht worden war.

Also lag es an ihm, den ersten Schritt zu wagen. Außerdem musste er sie unbedingt wiedersehen. Ihr süßes Parfum riechen und seine Erinnerung an ihre wunderschönen schwarzen Haare auffrischen. Seinen Blick über ihre Kurven wandern lassen, die er so oft im Treppenhaus bewundert hatte. Wenn sie ihn wegschickte, so hätte er sie zumindest wieder vor Augen, wie sie wirklich aussah. Das Video von ihr und ihrem Freund war heiß und brachte Gregor beinahe schon zum Orgasmus, ohne dass er sich überhaupt berührte. Doch es war kein Ersatz für den Anblick von Daphnes Schönheit in der Wirklichkeit.

Im Bad spritzte Gregor sich kaltes Wasser ins Gesicht und hoffte, so die gräuliche Farbe seiner Haut etwas zu vertreiben. Gegen die tiefen Augenringe half nun erst mal nichts, aber die Freude über das Wiedersehen würde hoffentlich darüber hinwegtäuschen, wie mitgenommen er tatsächlich aussah. Nachdem er sich die Zähne geputzt und die wenigen verbliebenen Haare in Ordnung gebracht hatte, verteilte er zum Abschluss noch etwas Aftershave auf seinen Wangen und seinem Hals. Dann zog er sich um und verließ voller Zuversicht die Wohnung.

Diese Zuversicht schwand jedoch mit jedem Meter, den er sich Daphnes Wohnung näherte. Mit einem Mal war er sich nicht mehr sicher, ob Daphne sich tatsächlich über seinen Besuch freuen würde. Im Gegenteil. Über was sollte er überhaupt mit ihr sprechen? Mehr als eine freundliche Begrüßung im Treppenhaus hatte zwischen ihnen nie stattgefunden. Warum also sollte sich das ausgerechnet jetzt ändern? Als er vor dem Haus stand, in dem sie wohnte, hatte er sich längst dagegen entschieden, bei ihr zu klingeln. Er warf einen sehnsüchtigen Blick nach oben zu ihrer Wohnung und hoffte, sie irgendwo an einem der Fenster zu entdecken. Leider hatte er kein Glück.

Auf der Straßenseite gegenüber öffnete sich die Haustür. Das erregte Gregors Aufmerksamkeit. Heraus trat eine abgemagerte Frau, ihre schwarzen Haare waren mit grauen Strähnen durchzogen. Bevor sie durch das Hoftor ging, schaute sie sich nach allen Seiten um und verschwand dann die Straße entlang. Gregor stierte ihr hinterher. Irgendwie erinnerte ihn dieses blasse Wesen an seine Daphne, doch sie war viel zu dünn. So fehlte ihr jegliche Weiblichkeit und das freche Temperament, das bereits am Gesichtsausdruck zu erkennen war. Nein, bei dieser Frau handelte es sich unmöglich um seine Daphne, sie sah ihr nur ziemlich ähnlich.

Da er sich aber nicht überwinden konnte, wieder nach Hause zu gehen, blieb er noch eine Weile stehen und genoss die Nähe zu Daphne. Obwohl sie durch eine dicke Hauswand getrennt waren, bildete er sich ein, sie zu spüren.

Neugierig begutachtete er den Hauseingang und überlegte, ob er irgendwo eine Kamera befestigen konnte. Theoretisch würde ihm schon ein kleines Loch im Putz reichen, doch dieses unbemerkt von den Hausbewohnern zu bohren war faktisch unmöglich. Er überprüfte die Klingelschilder, ob eine ältere Dame im Haus wohnte, bei der er klingeln und sich als Handwerker ausgeben konnte. Im obersten Stock fand er tatsächlich einen Namen, der darauf schließen ließ. Das Haus gehörte einer Baugenossenschaft, er musste also bloß behaupten, der Träger schicke ihn, um die Rollladenkästen zu überprüfen, und schon konnte er eine Kamera verstecken, die genau auf den Balkon von Daphne zielte.

Zufrieden machte Gregor sich wieder auf den Weg nach Hause. Zwar hatte er für den Moment nichts ausrichten können, doch er hatte einen Plan gefasst, wie er seine Daphne Stück für Stück zurückgewinnen konnte. Und genau das war es auch, worauf er sich konzentrieren sollte. Schluss mit den Bemühungen, sich auf eine neue Frau einzulassen und diese für sich zu begeistern. Egal, wie süß Elsa auch sein mochte, mit ihrem jugendlichen Aussehen und ihrer sportlichen Figur reichte sie nicht an seine durch und durch frauliche Daphne heran.

Als Gregor zu Hause ankam, stand ein Taxi vor dem Haus. Ein Mann, den er auf etwa Mitte dreißig schätzte, bezahlte den Fahrer und schlug dann die Beifahrertür zu. Er schaute sich kurz um und ging zielstrebig auf die Haustür zu. Mit seinem Vollbart und dem Karohemd sah er aus, als käme er direkt vom Holzhacken aus dem Wald. Gregor verstand diese neuen Trends nicht, nach denen Männer entweder Skinny-Jeans trugen, mit denen sie kaum von mancher Frau zu unterscheiden waren, oder aber mit ihren Vollbärten und Lumpenklamotten aussahen wie Obdachlose oder Waldarbeiter. Für ihn hatte das nichts mit Stil zu tun.

»Zu wem wollen Sie denn?«, fragte Gregor, als der Typ suchend über die Klingelschilder blickte.

Der andere schaute ihn an, als habe er ihn gerade erst bemerkt. »Wohnen Sie hier?«, fragte er und Gregor nickte. Sein Akzent klang norddeutsch. »Elsa Winter suche ich. Sie ist gerade erst frisch hergezogen.«

»Ach«, machte Gregor. Zu Elsa also wollte er also. Anscheinend gingen diese Trendtypen bei ihr ein und aus. Dann streckte er seine Hand aus. »Pappel. Ich bin der Nachbar direkt von gegenüber. Kommen Sie doch ruhig mit rein.«

Nun musterte der andere ihn von oben bis unten und lächelte schließlich. Scheinbar zufriedengestellt nahm er Gregors Hand entgegen und schüttelte sie. Sein Händedruck war erwartungsgemäß fest und männlich. Gregor verfluchte ihn jetzt schon und ein Gefühl der Eifersucht brodelte in ihm hoch. Anscheinend hatte er geplant, länger zu bleiben, denn er hatte neben einem Rucksack auch eine kleine Reisetasche bei sich. Natürlich stand Elsa auf richtige Männer und nicht auf Weicheier wie Gregor. Allerdings kam es noch schlimmer, als er befürchtet hatte.

»Ist ja interessant. Ich bin Elsas Freund.« Das Grinsen auf dem Gesicht des Fremden wurde breiter, wohingegen Gregor sich zusammenreißen musste, dass ihm nicht der Mund offenstehen blieb.

»Ach. Mir hatte sie erzählt, sie sei frisch getrennt und deshalb hierhergezogen. Um Abstand zu gewinnen.«

»So? Was sie nicht alles erzählt. Wir haben eine schwere Phase durchlebt, das stimmt, aber ich glaube, wir finden gerade wieder zusammen. Nicht, dass es Sie etwas angehen würde.«

Gregor merkte, wie ihm das Blut in den Kopf schoss. Jetzt bereute er, den Kerl überhaupt angesprochen zu haben. Er bemühte sich um ein Lächeln und schloss die Haustür auf. Am liebsten hätte er den Anderen auf der Straße stehen gelassen, doch er hatte ihm nun mal angeboten, er könne mit rauf kommen. Wenn Elsa glaubte, sie müsse sich mit einem so schmierigen Kerl zusammentun, dann war es nicht an ihm, darüber zu urteilen. Wobei er sich sein Urteil natürlich längst gebildet hatte.

»Wir müssen hoch in den dritten Stock«, sagte Gregor und deutete dem Anderen mit der Hand, vorzugehen. Während er hinter ihm herging, malte Gregor sich aus, wie er ihm ein Bein stellte und der Waldarbeiter rücklings die Stufen runtersauste, auf seinem Kopf aufschlug und blutend liegen blieb. Gregor würde dann nach oben gehen, Elsa über den tragischen Unfall informieren und sie selbstverständlich trösten. Bei dieser Vorstellung musste er leise kichern.

»Halt«, rief Gregor, als der andere die Treppe zum Dachboden nehmen wollte. »Dritter Stock sagte ich.« Das passte ja zu ihm. Gut aussehen, aber nichts im Kopf haben. Er hätte von Elsa wirklich erwartet, dass sie einen besseren Geschmack hatte.

Gregor sperrte die Tür zu seiner Wohnung auf und drehte sich um. »Viel Glück bei der Versöhnung.«

»Danke«, antwortete der Andere, der offensichtlich nicht die Ironie aus Gregors Stimme herausgehört hatte, und klingelte bei Elsa.

Gregor warf die Tür hinter sich ins Schloss und schüttelte den Kopf. Bereits nach den knappen zwei Minuten, die er mit diesem Kerl verbracht hatte, verspürte er schon eine unsagbare Abneigung gegen ihn. Er wollte keinesfalls akzeptieren, dass dieser Hohlkopf tatsächlich Elsas Typ Mann war. Zumal sie Gregor ja etwas völlig Anderes erzählt hatte.

»Wollen wir doch mal sehen, was an deiner Geschichte dran ist«, murmelte Gregor und setzte sich an seinen Schreibtisch, um das Kameraprogramm zu starten. So einfach würde er dem Waldarbeiter nicht das Feld überlassen.

Kapitel 27

»Es ist fast unmöglich, die Fackel der Wahrheit durchs Gedränge zu tragen, ohne jemandem den Bart zu sengen.«

G.C. Lichtenberg

Als Elsa um kurz nach halb eins Reinholds Nummer wählte, meldete sich nur seine Mailbox. Auch fünf Minuten später hatte sie kein Glück. Enttäuscht legte sie das Prepaid-Handy neben ihr normales Telefon auf den Schreibtisch. Womöglich hatte Reinhold es sich doch anders überlegt, was ihren Artikel natürlich nur halb so interessant für die Zeitungen machen würde.

Lange Zeit zum Grübeln blieb ihr allerdings nicht, denn es klingelte. Vermutlich Pascal, dessen Zug endlich in Frankfurt angekommen war. Elsa ging in die Diele, hob den Hörer von der Gegensprechanlage ab und sagte: »Hallo?«

Sie hörte das Rauschen des Straßenverkehrs, aber niemand antwortete ihr. Wütend knallte Elsa den Hörer auf. Mittlerweile sollte doch nun jeder ehemalige Patient von Daphne Wolrat verstanden haben, dass die Praxis nicht mehr existierte. Elsa drehte sich um und fuhr zusammen, als jemand an das Glas der Wohnungstür polterte.

»Elsa, mach auf! Ich bin's.« Das war Pascals Stimme. Erleichtert öffnete ihm Elsa.

»Du hast mir einen ganz schönen Schrecken eingejagt«, sagte sie, während Pascal seinen Rucksack und die Sporttasche im Wohnzimmer abstellte. Henjek hatte er leider nicht im Schlepptau. »Wie bist du überhaupt reingekommen?«

Pascal deutete mit dem Daumen in Richtung Flur und imitierte ein Doppelkinn, indem er seinen Kiefer nach unten an den Hals presste. »Der Freak von nebenan hat mich auf der Straße aufgegabelt. Da hast du dir ja eine feine Nachbarschaft ausgesucht.«

»Von ausgesucht kann nicht die Rede sein. In Frankfurt sieht der Wohnungsmarkt nicht besser aus als in Hamburg. Aber mit dem Freak hast du recht. Er ist mir ziemlich unheimlich, muss ich sagen.«

»Kein Wunder, dass du nachts unter Hirngespinsten leidest. Warum hast du ihm erzählt, dass wir getrennt sind?«

Im ersten Moment erinnerte sich Elsa nicht daran, jemals mit Pappel über solch intime Details aus ihrem Leben gesprochen zu haben. Dann fiel ihr allerdings ein, dass sie es sehr wohl getan hatte.

»Weil er mich zum Essen einladen wollte. Da habe ich ihm gesagt, dass ich frisch getrennt bin. Irgendeine Ausrede brauchte ich ja.«

»Bin ich froh, dass ich jetzt hier bin. Vielleicht rafft er jetzt, dass du außerhalb seiner Liga spielst. Hättest ihm aber auch ruhig sagen können, wie es wirklich ist. Dass du deinen Traummann längst gefunden hast.« Pascal setzte sein spitzbübisches Grinsen auf, das Elsa so liebte. Er hatte sich mittlerweile auf ihrem Schreibtischstuhl niedergelassen und schielte nebenbei auf ihren Laptop, auf dem das Manuskript geöffnet war.

Wenigstens nicht die Seite von Daphne Wolrat, dachte Elsa. Momentan war sie nicht unbedingt in der Verfassung, irgendwelche verfänglichen Themen anzuschneiden. Elsa strich sich nervös durchs Haar. Sie lehnte im Türrahmen und wusste nicht, wohin mit ihren Händen. »Einen Kaffee?«, fragte sie, bloß um etwas zu sagen.

»Ach nein, danke. Gerade nicht. Ich hatte im Zug genügend.« Pascal lächelte und schaute ihr fest in die Augen. Eine ganze Weile sagte keiner von beiden ein Wort und Elsa überlegte krampfhaft, worüber sie sich unterhalten sollten. Schon jetzt bekam sie das Gefühl, dass sie die Entscheidung, ihn letzte Nacht angerufen zu haben, noch bereuen würde.

Zu ihrer Erleichterung klingelte das Prepaid-Handy und unterbrach das unangenehme Schweigen. Seltsam, wie schnell man sich innerlich von jemandem distanzieren konnte. Als sie noch zusammengelebt hatten, war Stille nie ein Problem für sie gewesen. Sie entschuldigte sich bei Pascal, nahm das Gerät vom Schreibtisch und ging ins Schlafzimmer. Bevor sie den Anruf entgegennahm, schloss sie noch die Tür hinter sich.

»Herr Reinhold?«, fragte sie überflüssigerweise, denn in letzter Zeit war er der Einzige gewesen, dem sie diese Nummer mitgeteilt hatte. »Ich rufe Sie zurück.«

»Tut mir leid, dass ich Sie vorhin versetzt habe«, begrüßte er sie. »Wenn man versucht, Azubis eine Aufgabe selbstständig erledigen zu lassen, kann das nur schiefgehen.«

»Das macht gar nichts. Ich bin froh, dass Sie sich melden. Ehrlich gesagt hatte ich schon die Befürchtung, dass Sie sich doch noch dagegen entschieden haben, mit mir zu sprechen.«

Am anderen Ende der Leitung raschelte es, dann hörte Elsa ein lautes Piepsen, das sich nach einem rückwärtsfahrenden LKW anhörte. »Lassen Sie sich nicht von dem Lärm stören. Ich bin im Pausenraum der Lagerhalle, um ungestört zu sein. Was man eben ungestört nennen kann. Sie hören ja, warum den sonst nie jemand nutzt.«

Bevor Elsa antworten konnte, klopfte Pascal an die Schlafzimmertür und steckte kurz darauf seinen Kopf in den Raum. »Was Wichtiges?«, flüsterte er und machte Anstalten, sich zu ihr aufs Bett zu setzen.

Elsa fuchtelte überdeutlich mit der Hand in Richtung Wohnzimmer. Pascal sah nicht begeistert aus, fügte sich aber und verschwand wieder. Als er die Tür hinter sich geschlossen hatte, schlug Elsa ihr Notizbuch auf.

»Lassen Sie uns keine Zeit verlieren, damit Sie noch etwas von Ihrer Pause haben. Um eines vorwegzunehmen: Ich werde in meinen Fragen sehr direkt sein. Sollten Sie sich zu einem Thema nicht äußern möchten, geben Sie es mir einfach zu verstehen, dann streiche ich das. Ist das in Ordnung für Sie?«

Reinhold schnaubte. »Wollten Sie nicht anfangen? Sie werden schon merken, wenn mir eine Frage nicht passt.«

»Also gut. Zunächst interessiert mich Ihr Motiv. Wie kommt es, dass ein unbescholtener Bürger plötzlich auf eine angesehene Therapeutin losgeht und sie so lange würgt, bis ein Nachbar ihn mit Gewalt davon abhalten muss?«

Das mit dem unbescholten war geraten und Elsa hoffte, dass sie recht damit hatte.

Es dauerte einen Moment, bis Reinhold antwortete. Anscheinend legte er sich seine Worte sehr genau zurecht. »Nennen wir es mal so: Mir ist schlicht und ergreifend eine Sicherung durchgebrannt. Schauen Sie, von einer Therapeutin erwartet man, dass sie den Berufsethos und damit auch ihre Schweigepflicht einhält. Selbst für den Fall - oder gerade erst recht -, wenn man mit ihr ... sagen wir etwas intimer war, als es die Regel zwischen Psychiater und Patient ist.«

»Deuten Sie damit an, dass Sie eine Affäre mit Frau Wolrat hatten?«

»So ist es. Zumindest, falls man es als Affäre bezeichnen möchte, dass ich zwei Mal mit ihr im Bett war. Es hat sich einfach so ergeben. Wissen Sie, man legt sein gesamtes Intimleben offen, was ein bestimmtes Maß an Vertrauen voraussetzt. Wenn die Person, die einem gegenübersitzt, nicht unattraktiv ist, entsteht eben eine gewisse Spannung.«

Elsa konnte ihr Glück kaum fassen. Sie hatte sich Details erhofft, aber niemals damit gerechnet, solch offene Antworten zu bekommen. Eifrig kritzelte sie mit, was Reinhold sagte und hoffte, dabei nichts zu übergehen.

»Erklären Sie mir doch bitte genauer, was Ihre Anspielung auf die Schweigepflicht zu bedeuten hat«, bat sie, nachdem sie fertiggeschrieben hatte.

»Entschuldige Sie meine Wortwahl, aber dieses Biest hat mich reingelegt. Keine Woche verging nach unserem ersten intimen Treffen, da erreichte mich eine Nachricht auf meiner Geschäftsmail mit einem äußerst pikanten Anhang. Anscheinend hatte Daphne ein Video von unserem Techtelmechtel gemacht und nun wollte sie Geld. Viel Geld, ansonsten wollte sie die Aufnahmen direkt an meine Frau weiterleiten.« Reinholds Stimme hatte sich verändert und Elsa konnte deutlich hören, wie wütend ihn dieser Vertrauensmissbrauch seiner Therapeutin noch immer machte.

Elsa war auf eine solche Wendung des Gesprächs nicht vorbereitet und war völlig verunsichert, wie sie nun weitermachen sollte. Sie durfte keinen Fehler begehen, da sonst Reinhold das Gespräch womöglich abbrechen würde. »Und daraufhin haben Sie beschlossen, ihr eine Lektion zu erteilen?«, fragte sie deshalb.

»Um Himmels willen, nein. Ich wollte sie lediglich zur Rede stellen, sie möglicherweise zur Vernunft bringen. Als sie dann aber alles abgestritten hat, verlor ich vollkommen die Kontrolle und bin auf sie losgegangen. In diesem Moment war ich nicht ich selbst, nur so kann ich mir das erklären.«

»Wussten Sie, dass Ihr intimes Treffen gefilmt wurde?«

Reinhold lachte sarkastisch. »Ganz sicher nicht, damit wäre ich niemals einverstanden gewesen. Der Ausschnitt des Videos, den sie mir mit der Mail geschickt hat, sah eher nach einer versteckten Kamera aus. Es ist denkbar, dass sie zur Absicherung ein Überwachungssystem installiert hatte. Vielleicht war das auch von Anfang an ihr Plan. Mittlerweile muss ich sagen, dass ich ihr alles zutraue.«

»Die Erpressermail kam die direkt von Frau Wolrats Adresse?« Vor Aufregung rauschte das Blut durch Elsas

Kopf. Sie war inzwischen aufgestanden und ging im Zimmer auf und ab.

»Nein. Es war eine Fantasie-Adresse. Aber wer sonst sollte eine Kamera in ihrem Nebenraum haben?«

Unwillkürlich schaute sich Elsa um. Ein ungutes Gefühl breitete sich in Elsas Magengegend aus. »Herr Reinhold, wäre es ein Problem für Sie, wenn wir das Gespräch morgen fortsetzen? Ehrlich gesagt überrascht mich diese Version der Geschichte doch sehr und ich sehe mich gezwungen, den Artikel nun völlig anders zu strukturieren.«

Reinhold willigte ein und Elsa machte mit ihm aus, dass sie sich am nächsten Tag zu seiner Mittagspause melden würde.

»Du schreibst wieder für Zeitungen?«, fragte Pascal und deutete auf das Prepaid-Handy in ihrer Hand, als Elsa zurück ins Wohnzimmer kam.

»Von irgendetwas muss ich wohl meine Miete bezahlen.« Sie wusste, dass ihm ihre Arbeit für die Klatschblätter der Bildungsverweigerer - wie er sie nannte - noch nie gepasst hatte. Dafür müsse man nicht studieren, war seine Meinung.

»Niemand hat gesagt, dass du aus Hamburg weggehen musst.«

Elsa atmete tief durch. Auf diese Art von Gespräch konnte sie sich momentan überhaupt nicht einlassen. »Können wir uns darauf einige, dass wir das Thema vermeiden? Es ist unheimlich nett, dass du mir hilfst, wirklich. An unserer aktuellen Situation ändert das aber vorerst nichts.«

»Wenn du glaubst, dass es eine Lösung ist,

dann schweigen wir es eben tot.« Er klang eingeschnappt.

»Ich will dich ja gar nicht vor den Kopf stoßen, aber um ehrlich zu sein, habe ich einfach gerade ein ganz anderes Problem.«

»Noch eines neben dem Nachbarn und den Lustmolchen, die ständig um Einlass betteln?«

»Eins, das sich in diesem Zusammenhang ergeben hat. Mir kam da nämlich ein beängstigender Einfall.«

Elsa berichtete Pascal, worum es in ihrem Artikel gehen sollte und was sie eben bei dem Telefonat von Reinhold erfahren hatte. Er zeigte genau die Reaktion darauf, die sie von ihm erwartet hatte.

»So etwas nennt man hausgemacht«, sagte er schließlich und versuchte ein aufmunterndes Lächeln. Elsa sah ihm an, dass auch er sich langsam Gedanken machte, aber nicht bereit war, es zuzugeben.

»Irgendwie kommt es mir so vor, als läge auf der Wohnung eine Art Fluch. Und weißt du, was ich befürchte? Dass die Kameras noch immer hängen.«

»Wie kommst du denn darauf?« Nun wanderte sein Blick suchend nach oben an der Decke entlang.

»Überleg mal. Es gibt genau zwei Möglichkeiten, wie es gewesen sein könnte. Entweder hat Daphne Wolrat tatsächlich ihre Patienten gefilmt, sei es aus Sicherheitsgründen oder eben, um sie später zu erpressen. Da sie aber nicht selbst die Praxis ausgeräumt, sondern ein Umzugsunternehmen beauftragt hat, sind die Kameras vermutlich hiergeblieben.«

»Oder aber der Freak war es und beobachtet jetzt dich

…«, führte Pascal ihren Gedanken zu Ende.

Elsa nickte. Eine Gänsehaut wanderte ihr den Rücken entlang. Genau das war ihr zuerst durch den Kopf geschossen, als sie von der Erpressung gehört hatte. Daphne Wolrat war einfach nicht der Typ für so eine Aktion. Erstens hatte die Therapeutin auf sie einen zu intelligenten und überlegten Eindruck gemacht und außerdem kam diese Möglichkeit Elsa zu offensichtlich vor. Aber zu Pappel passte all dies, ihm traute sie zu, ein Voyeur und Erpresser zu sein.

»Also machen wir uns auf die Suche?« Pascal stand auf und ging an der Wand entlang den Raum ab. Diesen Vorgang wiederholte er in den anderen Zimmern, doch auf den ersten Blick fand er nichts Verdächtiges. Letztlich war es Elsa, die auf einen kleinen schwarzen Punkt in der Stuckleiste der Schlafzimmerdecke aufmerksam wurde. Sie rief Pascal zu sich und deutete auf die Stelle. Er nickte und räumte ihren Kleiderberg von dem Stuhl, den sie als provisorischen Schrank benutzte. Kaum dass er den Stuck mit den Fingerspitzen berührt hatte, kam ihm die gesamte Leiste entgegen und segelte im Zeitlupentempo zu Boden.

»Styropor«, sagte Pascal, als Elsa ihn fragend anschaute.

Sie bückte sich und hob die Zierleiste auf, an deren Hinterseite mit etwas Klebeband ein länglicher Gegenstand aus schwarzem Plastik festgemacht war. Wenn man nicht wusste, wonach man suchte, war das winzige Loch in der Leiste leicht zu übersehen.

Elsa wurde auf einmal schlecht und Tränen der Wut, der Scham und der Hilflosigkeit stiegen in ihr auf.

»Bitte sag mir, dass dieses Ding nicht funktionstüchtig ist.«

Pascal enttäuschte sie. »Die Batterie hat zumindest Saft. Jemand, der sie nutzen will, kann das auch.«

»Ich glaube, ich muss gleich kotzen.«

»Und ich glaube, wir sollten damit schleunigst zur Polizei gehen.«

»Auf keinen Fall.« Elsa setzte sich auf das Bett und winkte ab.

»Ist das dein Ernst? Das hier muss angezeigt werden ...«

»Und da stimme ich dir absolut zu. Allerdings will ich vorher noch mit Daphne Wolrat sprechen. Sollte das Teil tatsächlich ihr gehören, bringe ich sie mit einer Anzeige nur in Schwierigkeiten.«

Pascal zuckte mit den Schultern und schaute Elsa verständnislos an. »Na und? Wenn sie wirklich ihre Patienten heimlich gefilmt hat, um sie daraufhin zu erpressen, hat sie das verdient.«

»Vielleicht ist das so, ja. Aber ich habe sie kennengelernt und sie ist mit dem, was ihr angetan wurde, gestraft genug, glaub mir.«

»Wie du meinst. Wenn sie nichts davon weiß, gehen wir sofort zur Polizei! Versprochen?«

Elsa nickte. »Alles klar.«

Da Elsa die Therapeutin nicht erreichte, verbrachten die beiden den Rest des Tages damit, die anderen Zimmer von Elsas Wohnung immer wieder abzusuchen. So gründlich sie dabei auch vorgingen, sie fanden kein weiteres Aufnahmegerät. Das Fehlen von weiteren Kameras ließ Elsa immer stärker daran zweifeln, dass diese eine tatsächlich von Daphne installiert worden war. Wenn die Kamera für ihre Sicherheit gedacht war, hätte sie sicherlich ebenfalls das Behandlungszimmer - Elsas jetziges Wohnzimmer - überwacht. Sogar über die Möglichkeit, dass die Kamera zur Analyse der praktischen Anwendungen mit Vicky gedacht war, hatte Elsa nachgedacht und das ebenso für unwahrscheinlich befunden. Weshalb sollte sie die Kamera dafür extra an der Zimmerdecke montieren und sie so vor den Patienten verbergen? Je mehr sie darüber nachdachte, desto offensichtlicher kristallisierte es sich für sie heraus, dass nur Pappel derjenige sein konnte, der die Stuckleiste angebohrt und die Kamera dahinter versteckt hatte.

Es war bereits nach acht, als Elsa und Pascal sich Pizza bestellten, und gegen zehn Uhr pumpte Pascal schließlich Elsas Luftmatratze auf.

»Ich verstehe nicht, warum du dich so vehement weigerst, mich in deinem Bett schlafen zu lassen. Es gibt dort wohl kaum etwas, das ich nicht längst kennen würde.«

»Darüber haben wir vorhin gesprochen, Pascal. Lass es uns nicht noch einmal durchkauen.«

Pascal warf ihr einen strafenden Blick zu und bereitete schweigend sein Nachtlager vor.

»Das Wasser da, wie alt ist es?«, fragte er, als er damit fertig war und deutete in die Richtung von Elsas Schreibtisch. Sie beugte sich nach unten und entdeckte eine Wasserflasche neben dem Tischbein.

»Hm. Von vorgestern würde ich schätzen. Ich kann dir

gerne ein Frisches geben, wenn du willst.«

»Lass mich mal sehen, ob die noch Sprudel hat.«

Elsa schob ihm die Flasche mit dem Fuß rüber.

Er schüttelte sie und drehte den Deckel ab. Ein lautes Zischen entwich und Pascal nickte zufrieden.

»Das passt schon. Der Durst treibt's rein«, sagte er und nahm einen tiefen Schluck. Dann gähnte er ausgiebig und streckte sich auf der Luftmatratze aus. »Mein Tag war lang. Wir sollten jetzt etwas schlafen und morgen gleich zur Polizei gehen, um die Anzeige machen.«

»Du hast recht«, stimmte Elsa ihm leise zu. »Genau das werden wir tun.«

Kapitel 28

»Es gibt Schwärmer ohne Fähigkeit und dann sind wie würklich gefährliche Leute.«

G.C. Lichtenberg

Innerlich tobte Gregor vor Wut und Enttäuschung, doch in seinem Unterbewusstsein machte sich auch Angst breit. Zunächst hatte er noch gehofft, dass sie beide Kameras übersehen würden. Nachdem Elsas Macker bereits halb aus dem Schlafzimmer verschwunden war, hatte ausgerechnet Elsa genau in die Linse geschaut. Dieser Blick hatte sich für Gregor angefühlt, als würde sie ihn direkt ansehen. Kurz danach war der Monitor schwarz geworden. Sie hatten die Kamera offensichtlich abgenommen.

»So eine miese Scheiße«, rief er aus und schlug mit der Faust auf die Tischplatte, die unter der Wucht des Schlages erzitterte.

Weshalb war er bloß so dämlich gewesen zu glauben, dass er nicht erwischt werden würde? Während der Umbauarbeiten hatte er mehr als genug Zeit und Gelegenheiten gehabt, die Kameras abzumontieren, aber seine Gier hatte es verhindert. Dabei hatte er doch erst im Februar feststellen müssen, wohin sein Übermut führte.

Keinen Cent hatte er von dem verdammten Reinhold gesehen. Stattdessen hatte Reinhold Daphne verdächtigt, was Gregor im Nachhinein vollkommen logisch erschien. Nur damals hatte er diese einfachen Schlüsse nicht gezogen und geglaubt, mit einem Video auf die Schnelle etwas Geld verdienen zu können.

Gregor sprang auf und lief im Wohnzimmer auf und ab. Zu gerne hätte er nachgesehen, ob sie auch die Kamera im Holzrahmen des Flurschranks entdeckt hatte, doch er hatte Angst, sich der Wahrheit zu stellen. Irgendwie wurde er das Gefühl nicht los, dass Elsa nun, da sie von der Existenz der Kamera wusste, ihn ihrerseits sehen konnte. Irgendwann hielt er es schließlich nicht mehr aus und überprüfte das Signal.

Offensichtlich hatten Elsa und ihr Macker sich mit ihrer ersten Entdeckung zufriedengegeben und nicht weitergesucht, denn auf dem Monitor erschien die Diele der Nachbarwohnung. Beim Anblick von Elsas Schulter löste sich Gregors Anspannung ein wenig. Vielleicht wurde die Kamera bisher gar nicht entdeckt. Es war ebenso möglich, dass die beiden das Schlafzimmer renovierten und deswegen die Leiste abgenommen und gar nicht auf die Rückseite geschaut hatten. Ansonsten hätten sie bestimmt nicht aufgegeben, bis sie auch die Zweite gefunden hatten. Vermutlich stand das Teil jetzt irgendwo im Keller und er machte sich umsonst verrückt. Diese Version war zwar ziemlich unwahrscheinlich, doch die Vorstellung beruhigte Gregor und ließ ihn etwas klarer denken.

Aber egal, was wirklich geschehen war, später in der Nacht würde er nach drüben gehen und die Kamera im Flurschrank entfernen. Bis dahin blieb ihm noch ausreichend Zeit, sich mit seinen anderen Plänen zu beschäftigen. Irgendwie erleichterte es ihn, dass er sich wieder auf Daphne konzentrieren konnte und nicht länger darauf hoffen musste, bei Elsa dasselbe intensive Gefühl entstand. Sie war einfach eine komplett andere Frau und würde nie an seine Daphne heranreichen.

Das Läuten des Telefons riss Gregor aus den Gedanken. Er hatte das Geräusch schon so lange nicht mehr gehört, dass er sich regelrecht davor erschreckte. Mit dem Hörer in der Hand zögerte er einen Moment. War das vielleicht Elsa, die anrief, um ihn zur Rede zu stellen? Oder, wenn sie gar die Polizei gerufen hatte und die nun von ihm wissen wollte, was es mit der Kamera auf sich hatte? Den Anruf nicht entgegenzunehmen, war jedoch auch keine Lösung, zumal es keinerlei Hinweise auf ihn gab. Außerdem würden die Beamten ihn wohl kaum am Telefon dazu befragen. Er musste sich bestimmt keine Sorgen machen, ihm konnte nichts passieren.

»Hallo?« Gregor versuchte, seine Stimme so normal wie möglich klingen zu lassen.

Es folgte eine kurze Pause, während der er beinahe wieder auflegte.

»Ich habe dich vorhin vor meinem Haus gesehen«, sagte schließlich eine dünne Stimme.

Gregor schluckte. »Wer spricht denn da?«, fragte er, obwohl er längst wusste, wen er da in der Leitung hatte. Seine Hand zitterte so sehr, dass ihm fast der Hörer entglitt.

»Was willst du von mir?«

»Daphne?« Gregors Stimme war nur noch ein Flüstern.

»Weshalb stellst du mir nach? In meinem Brief habe ich

dir doch erklärt, dass ich nie mehr mit etwas konfrontiert werden möchte, was irgendwie mit der Praxis zu tun hat. Als ich dein Gesicht heute gesehen habe, hat das alles wieder aufgewühlt. Es wirft mich um Wochen in meinem Verarbeitungsprozess zurück.«

»Aber ... Ich habe gar nichts getan. Bin zufällig durch die Straße gelaufen.«

»Bist du nicht. Du hast in der Einfahrt gestanden und hast zu meinem Balkon hochgestarrt. Woher auch immer du weißt, in welchem Stock ich wohne. Ich bitte dich wirklich Gregor. Für deinen Mut, mich zu retten, bin ich dir unendlich dankbar. Aber ich kann das nicht. Tu mir den Gefallen und unterlasse solche Besuche in Zukunft.«

Bevor Gregor etwas erwidern konnte, hatte sie aufgelegt. Er starrte den Hörer in seiner Hand an, als könne dieser ihm weitere Antworten liefern. Dann legte er das Telefon auf den Schreibtisch. In seinem Kopf drehte sich alles. Das da am Telefon war Daphne gewesen. Seine wundervolle Daphne. Das erste Mal seit Monaten war es ihm vergönnt gewesen, den süßen Klang ihrer Stimme zu vernehmen. Und das nur, um aus ihrem Mund zu erfahren, dass sie unter keinen Umständen Kontakt zu ihm wollte.

Mit einem Mal stieg eine unsagbare Wut in ihm auf. Wie konnte sie es wagen, ihn so abfällig zu behandeln? Immerhin war er es gewesen, der ihr das Leben gerettet und sich dafür mit einem wild gewordenen Irren angelegt hatte. Sie sollte froh sein, demütig und vor allem ein wenig netter zu ihm. Wie kam sie überhaupt darauf, zu behaupten, dass er nicht wirklich zufällig dort gestanden und etwas auf dem Handy nachgesehen oder einen Bekannten besucht hatte? Es war eine Unverschämtheit von ihr, sich ihm gegenüber so zu verhalten. Doch zu dem Gefühl der Wut gesellte sich, je intensiver Gregor darüber nachdachte, eine ordentliche Portion Enttäuschung. All die Hoffnung war vergebens. Zwischen Daphne und ihm würde sich niemals eine Beziehung entwickeln, da konnte er sich so sehr um sie bemühen, wie er wollte.

Auch Stunden später war Gregor noch aufgewühlt. Draußen war es längst dunkel und im Haus war es ruhig. Sogar die unerträglichen Blagen aus der Wohnung unter ihm schwiegen, was selbst in der Nacht eine Seltenheit war. Manchmal hatte er das Gefühl, dass die Mieterin jedes Jahr einen neuen Säugling zur Welt brachte, der nachts regelmäßig alle zwei Stunden aufwachte. Mittlerweile war es halb zwei und drüben in der Wohnung war schon vor einer Weile das Licht ausgegangen. Zeit, Elsa und ihrem feinen Freund einen Besuch abzustatten.

Während er sich daran machte, die Wände aus dem Einbauschrank zu entfernen und dabei dem Schnarchen zu lauschen, dessen Intensität mit jedem Zentimeter zunahm, den Gregor näher an Elsas Wohnung kam, fasste er einen Plan. Wenn er Daphne nicht haben konnte, bedeutete das nicht automatisch, dass er Elsa ebenso wenig für sich gewinnen konnte. Und so tief, wie ihr Freund zu schlafen schien, musste er wohl gar nicht mal besonders lange darauf warten.

Bevor er endgültig den Durchgang öffnete, machte Gregor noch einen Abstecher ins Bad. Dort wickelte er neben einem Waschlappen sowie einer der braunen Glasflaschen aus seinem Medizinschrank auch seine Friseurschere in ein schmutziges T-Shirt. Das Paket steckte er sich hinten in den Hosenbund, da er die Hände frei brauchte. Dann schob er die Spanplatte auf der anderen Seite der Wand beiseite und schlüpfte durch das Loch.

In Elsas Diele kroch er auf allen Vieren zum Wohnzimmer und reckte dort seinen Hals, damit er am Türrahmen vorbeischauen konnte. Noch hatten sich seine Augen nicht ausreichend an die Dunkelheit gewöhnt. Für den dunklen Hügel, der in der Ecke neben der Heizung lag und von dem eindeutig die Schnarchgeräusche ausgingen, reichte es allerdings.

Von wegen, wieder zusammen, dachte Gregor höhnisch. *Deswegen lässt sie dich auf dem Boden schlafen.* Das geschah diesem Lackaffen gerade recht.

Umso besser für ihn, wenn sich beide nicht im selben Raum befanden. Als Gregor sich weiter vorwagte, entdeckte er im schwachen Licht, das der Schalter der Mehrfachsteckdose verstrahlte, etwas anderes. Die Flasche, die unter Elsas Schreibtisch gestanden hatte, war verschwunden. Ein Stoß Adrenalin jagte durch Gregors Körper. Nun gab er sich nur noch wenig Mühe, leise zu sein. Er richtete sich auf und ging auf den schnarchenden Berg zu. Mittlerweile konnte er schon mehr erkennen, und so sah er die Wasserflasche, die neben dem Nachtlager stand. Sie war leer.

Gregor nickte zufrieden und bückte sich. Mit der rechten Hand griff er nach dem provisorischen Beutel in seinem Hosenbund, während er mit der anderen nach dem Hals des Mannes suchte. Er fand ihn, drückte leicht seine Finger in die Haut, bis er das Pochen des Pulses spürte.

Genau in diese Stelle rammte er das geöffnete Scherenblatt. Gregor war überrascht, wie leicht er es im

Fleisch versenken konnte. Ein pfeifendes Geräusch löste nun das Schnarchen ab. Der Körper unter Gregor zuckte kaum merklich. Vermutlich merkte der Mann nicht mal, dass er seinen letzten Atem gerade durch ein Loch in seiner Kehle blies.

Als das Pfeifen leiser wurde, stand Gregor auf. Den schwierigsten Teil hatte er damit hinter sich gebracht. Elsa zu überwältigen, würde ein Kinderspiel werden.

Er schraubte das mitgebrachte Fläschchen auf, träufelte etwas von der Flüssigkeit auf den Waschlappen und ging, ohne eine Sekunde zu zögern, in Elsas Schlafzimmer.

Kapitel 29

»Etwas frißt mein Fleisch und trinkt mein Blut.«

G.C. Lichtenberg

Elsa drehte sich auf die andere Seite und öffnete langsam die Augen. Ihr war speiübel und ihr Kopf fühlte sich an, als habe sie gestern Abend zwei Flaschen Wodka in sich hineingekippt. In ihrem Schlafzimmer war es dunkel, es war anscheinend noch mitten in der Nacht. Sie hörte keinen Laut von Pascals üblichem Schnarchen, was sie wunderte. Vielleicht war er ebenfalls aufgewacht, denn normalerweise zersägte er im Schlaf regelmäßig komplette Urwälder. Mit der linken Hand tastete sie nach der Wasserflasche, die neben ihrem Bett stand, und berührte eine kalte Wand. Verunsichert zog sie ihre Hand zurück und setzte sich auf. Die Matratze unter ihr gab ungewöhnlich stark nach und der Lattenrost quietschte. Mit der Zeit bekam sie den Eindruck, dass sie gar nicht wach war, sondern noch träumte. Sie rieb sich über die Augen und starrte in die Dunkelheit, bis sie zu ihrer Rechten etwas Helles ausmachte. Anscheinend handelte es sich dabei um die Schlitze zwischen den einzelnen Lamellen eines Rollladens.

Langsam fuhr Elsa mit ihrem Fuß über die Matratze, bis

sie deren Rand erreicht hatte, und stand auf. Nach rechts. Sic befand sich also definitiv weder in einem Traum noch zu Hause im Schlafzimmer. Vorsichtig und mit nach vorne gestrecken Armen tapste Elsa durch den Raum. Der Boden unter ihren nackten Füßen fühlte sich klebrig an. Als sie eine Wand unter ihren Fingern spürte, tastete sie daran entlang, bis sie die Stelle mit dem Lichteinfall erreicht hatte und einen Gurt zu fassen bekam. Bereits bei der ersten Berührung wusste sie, dass es nichts brachte, daran zu ziehen. Irgendjemand hatte ihn anscheinend durchtrennt.

Elsa merkte, wie sich Panik in ihr breitmachen wollte. Sie atmete tief ein und aus und versuchte, sich zu beruhigen. Jetzt durfte sie nicht die Kontrolle über sich verlieren, sondern musste vernünftig nachdenken. Was war passiert? Wie kam sie hierhin und wo befand sich dieses *Hier* überhaupt?

Da sie keinen besseren Einfall hatte, tastete sie sich auf der Suche nach einer Tür weiter an der Wand entlang. Es dauerte nicht lange, da fand Elsa sie. Natürlich verschlossen. Zaghaft klopfte sie auf das Holz und rief: »Hallo? Ist da wer? Ich brauche Hilfe.«

Sehr gute Idee. Bestimmt würde gleich ein glorreicher Retter kommen und sie aus ihrer misslichen Lage befreien. Tatsächlich hörte sie, wie jemand von außen einen Schlüssel ins Schlüsselloch steckte. Allerdings schloss er nicht auf.

»Wenn ich gleich die Tür ein Stück öffne, streckst du deine Hände raus und machst keine Zicken. Verstanden?«

Das war Pappels Stimme. Aber sie wirkte vollkommen anders als sonst, wenn Elsa ihm im Treppenhaus begegnete. Da waren kein jammernder Unterton und erst recht kein nervöses Zittern zu hören. Stattdessen klang er hart und selbstbewusst.

»Ob du mich verstanden hast, habe ich gefragt.«

»Alles klar«, sagte Elsa. Jeder Ton jagte einen Schmerzensblitz durch ihren Kopf. Noch immer hoffte sie, dass sie endlich aufwachte und sich das hier als Albtraum herausstellte.

Der Schlüssel drehte sich im Schloss und kurz darauf öffnete sich die Tür einen Spaltbreit. Grelles Licht fiel in den Raum. Elsa streckte, wie befohlen, ihre Hände durch den Schlitz und merkte, wie ihr etwas Kühles um die Handgelenke gelegt wurde. Offenbar kettete er sie gerade an. Als Pappel damit fertig war, schwang die Tür komplett auf.

»Setz dich auf den Boden«, befahl er und Elsa gehorchte, woraufhin ihr Pappel eine Fußfessel umlegte. Dann deutete er auf eine Bank, die in einer Ecke des Raumes stand.

»Geh da rüber.«

Elsa schaute in die Richtung, in die Pappel zeigte. Das Zimmer war bis auf die angesprochene Eckbank leer. Von den Wänden blätterte die Tapete ab und die Decke war übersät mit Schimmelflecken. Ein muffiger Geruch lag in der Luft. Wegen der Kette zwischen den Fußfesseln konnte Elsa nur kleine Schritte machen und tippelte zu der Eckbank, wo sie sich hinsetzte.

Pappel zog einen Stuhl heran und stellte ihn direkt vor sie. Elsa betrachtete sein Gesicht und versuchte zu begreifen, was passiert war. In ihrem Kopf herrschte noch immer ein zäher Nebel, der sich nur sehr langsam lichtete und kaum einen klaren Gedanken zuließ. Noch immer war sie nicht sicher, ob es sich hierbei nicht um einen bösen Traum handelte.

Pappel musste sie entführt haben, so viel war sicher. Aber wie hatte er das geschafft? Das Letzte, woran sie sich erinnerte, war Pascal, der in ihrem Wohnzimmer die Luftmatratze aufgepumpt hatte. Dann war sie in ihr Schlafzimmer gegangen und hatte sich ins Bett gelegt. Hatte sie wirklich so fest geschlafen, dass sie nichts davon mitbekam, wie sie an einen anderen Ort gebracht worden war? Und war Pascal ebenfalls irgendwo an diesem Ort eingeschlossen?

»Du hast lange geschlafen. Ich dachte schon, du würdest überhaupt nicht mehr aufwachen.«

»Warum bin ich hier? Was hast du mit mir gemacht?« Sie wandte ihren Kopf zum Fenster, um einen Blick nach draußen zu erhaschen. Alles, was sie sah, war die Krone eines Baumes. Nun fiel ihr auch das laute Vogelgezwitscher auf.

»Mir ist klar, dass du viele Fragen hast. Aber du solltest dich erst mal erholen. Etwas essen. Ich habe für uns eingekauft. Was hältst du davon, wenn du uns eine Kleinigkeit kochst?«

Elsa schüttelte langsam den Kopf. Schon bei dem Wort Essen wurde ihr übel. Sie brauchte dringend etwas zu trinken.

»Nun. Das war aber keine Frage. Seit Stunden warte ich, dass du endlich aufwachst. Ich bin am Verhungern. Ob du isst oder mir dabei zuschaust, ist mir einerlei. In jedem Fall wirst du etwas kochen. Steh auf!«

Er zog sie am Arm hoch. Elsa konnte kaum

geradestehen, so sehr zitterte sie. Pappel strich ihr beruhigend über die Schulter, was es nicht besser machte. »Mach dir keine Sorgen, ich tu dir ja nichts. Konzentriere dich auf uns, denn ab jetzt gibt es nur noch uns beide. Wir werden es uns hier so richtig schön machen.«

Elsa stiegen Tränen in die Augen. Sie holte tief Luft, um die aufkeimende Panik zu unterdrücken.

»Komm mit, ich zeige dir die Küche.«

Pappel zog an der Kette zwischen ihren Händen, führte sie aus dem Zimmer und über eine schmale Treppe ins Erdgeschoss. Dort befand sich das, was er als Küche bezeichnete. Sie bestand aus einem an eine orangefarbene Gasflasche angeschlossenen Herd, einem Unterschrank mit einem verdreckten Waschbecken und einem schiefen Hängeschrank. Auf der Fensterbank reihten sich einige Packungen Nudeln, ein Sack Kartoffeln, Dosentomaten und Kidneybohnen, außerdem eine Packung Salz. Durch die Vorhänge erkannte sie erneut nichts weiter als Bäume. Hatte er sie in eine Gartenlaube entführt?

Pappel wies mit der Hand auf den Herd. »Hier kannst du dich austoben. Da wir keinen Strom haben, gibt es keinen Kühlschrank. Du musst also mit dem zurechtkommen, was du hier siehst. Aber ich bin sicher, dass du uns etwas Leckeres daraus zaubern wirst.«

Er gab ihr einen Stoß in den Rücken, sodass sie vorwärts stolperte, und lehnte sich in den Türrahmen. Elsa hob die Hände in seine Richtung.

»Machst du mir die wenigstens ab? So kann ich mich ja kaum bewegen.«

Pappel verzog das Gesicht zu einem geringschätzigen

Grinsen. »Scheint so, als würdest du mich wirklich für sehr dumm halten. Was glaubst du, weshalb die lange Kette an den Fesseln ist? Du hast genug Bewegungsspielraum. Und jetzt ist Schluss mit den Diskussionen. Fang endlich an.«

Elsa gehorchte und drehte zur Probe den Wasserhahn auf, aus dem eine bräunliche stinkende Flüssigkeit lief, die sich erst nach einer Weile klärte. Als es so weit war, hielt sie den Topf darunter und füllte ihn mit Wasser.

»Du musst mir den Herd anschalten. Mit Gas habe ich noch nie gekocht.«

Pappel brummte missmutig, setzte sich aber in Bewegung. Er drückte auf einen der Schalter, woraufhin es leise knackte. Nach kurzer Zeit loderte eine blaue Flamme auf und Elsa stellte den Topf darauf. Pappel kehrte zurück zu seinem Platz im Türrahmen.

Während sie darauf wartete, dass das Nudelwasser kochte, nahm Elsa sich eine der Dosen vor. »Ich brauche einen Öffner dafür«, sagte sie und hielt Pappel die Tomaten entgegen.

»Gibt's nicht. Du hast hier nicht die Ausstattung, die du bei dir zu Hause vorfindest.«

»Dann kann ich keine Soße zu den Nudeln machen.« Elsa stellte die Dose zurück auf die Fensterbank.

Pappel zuckte mit den Schultern. »Damit werden wir wohl leben müssen.«

Elsa wandte sich wieder dem Herd zu und gab eine Portion Salz in den Topf, an dessen Boden sich langsam Bläschen bildeten. Das Wasser stand kurz vor dem Kochen.

Elsa hatte eine Idee. Sie warf einen unauffälligen Blick

über die Schulter zu Pappel, der gelangweilt auf seine Fingernägel starrte. Mit einer schnellen Bewegung griff sie den Topf, drehte sich um und warf ihn nach Pappel. Leider hatte sie nicht genug Kraft und der Topf landete etwa einen Meter vor seinen Füßen.

Pappel schrie auf und machte einen Satz nach hinten. Sie hatte ihn zwar verfehlt, aber vielleicht war er perplex genug, dass sie es aus dem Haus schaffte und irgendjemanden in der Gegend alarmieren konnte. Zumindest, wenn sich jemand in ihrer Nähe befand.

Elsa rannte los, schlitterte über das Wasser und geriet ins Straucheln. Sie landete genau in seinen Armen. Pappel warf sie zu Boden und fixierte sie mit seinem Knie auf ihrem Brustkorb. Seine Hand drückte er auf ihren Hals. Mit der anderen suchte er etwas in seiner Hosentasche. Elsa wehrte sich und strampelte nach Leibeskräften, doch die Fesseln schränkten ihre Bewegungen zu sehr ein. Sie hatte keine Chance gegen Pappel. Vor Verzweiflung begann sie laut zu schreien, in der Hoffnung, irgendjemand würde sie hören.

Pappel ignorierte ihr Gebrüll. Er hatte anscheinend gefunden, wonach er gesucht hatte. Elsa erkannte gerade noch eine braune Flasche. Dann spürte sie seine Hand auf ihrem Mund und ihrer Nase und es wurde schwarz um sie herum.

Kapitel 30

»Man kauft doch das Obst nicht nach dem Ansehen, sondern man kostet es.«

G.C. Lichtenberg

Gregor rieb sich über die Stelle an der Hand, wo er einen Schwall des kochenden Wassers abbekommen hatte. So ein Miststück. Hätte er nicht so schnell reagiert und wäre sie nicht so ungeschickt gewesen, hätte sie ihn voll drangekriegt. Offensichtlich war sie noch nicht bereit, sich auf ihn einzulassen, aber das würde sich bald ändern. Selbstverständlich musste sie sich erst an die neue Situation gewöhnen, und wenn er das Haus erst hergerichtet hatte und ihr etwas Komfort bot, würde sie schnell dankbar sein und seine Gesellschaft genießen. Alles, was er nun brauchte, war Geduld.

Liebevoll betrachtete er Elsa, wie sie wieder auf dem Bett lag. So völlig entspannt sah sie beinahe aus wie eine Prinzessin, wenn man von der Kurzhaarfrisur absah. Seine Prinzessin, sein Dornröschen, das nun den hundertjährigen Schlaf genoss. Noch vor wenigen Minuten hatte sie ein ganz anderes Bild abgegeben. Es war eine Heidenarbeit gewesen, den schlaffen Körper über die viel zu enge Treppe nach oben zu schleifen. Obwohl sie sehr schlank war, sorgte ihre Größe dafür, dass sie einiges an Gewicht auf die Waage brachte und Gregor war es vorgekommen, als habe er eine tonnenschwere Last tragen müssen. Doch trotz der Anstrengung hatte er es genossen, dabei ihren Körper zu spüren. Sie war so trainiert, so fest, so wunderschön. Einmal hatte er sogar kurz ihre Brust berührt, doch als sie ihm beinahe aus den Armen geglitten war, hatte er seine Hand zurückziehen müssen. Aber jetzt, wo sie dort lag und fest schlief, war seine Zeit gekommen.

Andächtig ließ er sich vor dem Bett auf die Knie sinken. Den Moment musste er genießen. Er beobachtete eine Weile im fahlen Licht, wie sich ihr Brustkorb hob und senkte. Seine Hand zitterte vor Aufregung und Vorfreude, als er schließlich ihr T-Shirt nach oben schob und ihren Körper vor sich sah. Augenblicklich wurde es eng in seiner Hose und er musste sich anders hinsetzen, damit es nicht so drückte. Sie trug keinen BH und er hatte freien Blick auf ihre Brüste mit den wundervollen Nippeln, die sich dunkel auf der hellen Haut abzeichneten. Sie war wunderschön und Gregor ärgerte sich, dass er keinen Film von ihr hatte. Das nächste Mal, wenn er in seine Wohnung fuhr, musste er unbedingt die Kameras mitbringen.

Er senkte seinen Kopf, presste seine Nase auf ihren Bauch und sog ihren Geruch in sich auf. Dann leckte er über die weiche Haut, ließ seine Zunge in ihren Bauchnabel gleiten und fuhr ihre Taille entlang. Sie schmeckte leicht salzig vermischt mit dem bitteren Geschmack nach Deo oder Bodylotion. Gregor stöhnte leise auf. Das hier war so viel besser als alles, was er sich je in seiner Vorstellung ausgemalt hatte. Langsam ließ er seine Finger an ihrem

Körper hochwandern, bis er an die sanften Rundungen der Brüste gelangte. Er tastete sich über den Hügel, erreichte ihre Brustwarze und kniff sanft hinein. Sein Penis in der Hose zuckte und Gregor seufzte. Er war viel zu früh gekommen.

Etwas enttäuscht zog er ihr T-Shirt wieder nach unten und verließ das Zimmer. In seiner Vorstellung war alles anders abgelaufen, doch er hatte sich einfach nicht beherrschen können.

Er versuchte, sich damit zu beruhigen, dass sich für ihn noch so viele Gelegenheiten ergeben würden. Elsa war nun hier mit ihm und so schnell würde sie nicht mehr verschwinden. Zumindest nicht, wenn er besser aufpasste als gerade eben in der Küche. Nun war er seinem Vater dankbar, dass er damals dieses ehemalige Försterhäuschen mitten im Wald gekauft hatte. In seiner Jugend war es für Gregor einem Gefängnis gleichgekommen, in dem er mit dem stets betrunkenen und gewalttätigen Vater und seiner Mutter eingesperrt war.

Als er die Tür hinter sich abschloss, traf ihn die Erinnerung wie ein Schlag. Er sah seine Mutter vor sich, wie sie am Fuß der Treppe stand und den Vater anbrüllte, weil er mal wieder im Alkoholwahn die Kontrolle über sich verloren hatte. Ihr Gesicht war rot vor Wut und vom Weinen. Gregor kauerte unten in der Küche, direkt gegenüber der Treppe. Dorthin war er vor dem Vater geflüchtet, der ihn gerade trotz seiner siebzehn Jahre verdroschen hatte. Weil er angeblich aus der Packung des Vaters Zigaretten geklaut hatte. Dabei rauchte er nicht mal. Im Gegenteil, er hasste den Geruch von abgestandenem Rauch, der sich im ganzen Haus festsetzte, obwohl seine Mutter den Vater immer wieder darum bat, doch nach draußen zu gehen. Das letzte Mal hatte er vor wenigen Wochen die volle Dröhnung bekommen, als er das Geschenk zu seinem siebzehnten Geburtstag nicht hatte annehmen wollen. Ein Puffbesuch. Gemeinsam mit dem Vater selbstverständlich. Gregor konnte sich nichts Schrecklicheres vorstellen. Wäre er doch nur nicht so schmächtig, dann würde der Vater vielleicht wenigstens etwas Skrupel zeigen. Doch er war viel zu klein geraten, einen ganzen Kopf kleiner als der Vater und noch dazu dünn wie eine Bohnenstange. Obwohl er jeden Abend fleißig Liegestütze machte, bekam er einfach keine Muskeln und nicht zuletzt wirkte er wegen der Brille wie ein Weichei.

Ein dumpfer Schlag ließ Gregor aufhorchen. Seine Mutter schrie. Es war ein vollkommen anderer Schrei als sonst, wenn die beiden sich stritten. Er klang weder wütend noch aggressiv, nicht selbstbewusst oder stark. Dieser Schrei drückte die pure Angst aus.

Gregor hob seinen Blick und sah seine Mutter rücklings die Treppe runterstürzen. Sie fiel und fiel, kam nicht einmal auf einer der Stufen auf. Ungebremst schlug sie auf die uralten beigefarbenen Kacheln im Flur. Der Aufprall war begleitet von einem lauten Knacken und ihr Schrei verstummte. Da lag sie nun zu Gregors Füßen und regte sich nicht mehr. Um ihren Kopf bildete sich eine langsam größer werdende Blutlache. Mit aufgerissenen Augen und leerem Blick starrte seine Mutter an die Decke. Auf Knien rutschte Gregor zu ihr hin, rief ihren Namen, doch er wusste, es war längst zu spät. Seine Mutter, die ihn immer beschützt und verteidigt hatte, war tot. Er schaute auf und sah seinen Vater, der auf der obersten Stufe saß und sich eine Zigarette anzündete, ganz so, als sei nichts passiert.

In diesem Moment setzte sein Verstand aus. Er stürmte los, die Treppe hinauf und stieß seinen Vater um. Mit aller Kraft schlug Gregor ihm seine Faust ins Gesicht. Wieder und wieder, bis das Blut aus der Nase seines Vaters strömte und er bloß noch stöhnte und zuckte. Dann stand Gregor auf und rief die Polizei.

Gregor wischte sich mit dem Handrücken über die Augen. Seit dem Vorfall hatte er seinen Vater nur noch einmal bei dessen Verhandlung gesehen. Das Gericht hatte ihn zu zehn Jahren Gefängnis verurteilt. Was danach aus ihm geworden war, wusste Gregor nicht und es interessierte ihn nicht. Spätestens an dem Tag, an dem der Vater Gregors Mutter umgebracht hatte, war er auch für Gregor gestorben. In das Haus, das noch immer zur Hälfte ihm gehörte, war er seitdem nie wieder zurückgekehrt. Und offensichtlich auch sonst niemand. Jedenfalls ließ der verwahrloste Zustand darauf schließen, den Gregor vor wenigen Tagen vorgefunden hatte, als er das erste Mal seit Jahren hier vorbeigeschaut hatte.

Da das Haus mitten im Wald stand, war es von Vandalen größtenteils verschont geblieben. Lediglich die Tür hatte jemand eingetreten, die Gregor mit einigen Holzlatten schnell repariert hatte. Außerdem waren im ehemaligen Wohnzimmer die Wände mit wenig künstlerischen Graffiti besprüht, doch das störte Gregor nicht. Er hatte nicht vor, sich hier unten aufzuhalten, zu quälend war an diesem Ort die Erinnerung an seine Mutter, wie sie blutend im Flur lag und ihren letzten Atem aushauchte.

Stattdessen hatte er sich - so gut es eben ging - im oberen Bereich häuslich eingerichtet. Es war nie sein Plan gewesen, mit Elsa hierher zu kommen. Viel eher war das

Gebäude als Unterschlupf für ihn und Daphne gedacht gewesen. Doch jetzt war es eben anders gekommen, was nicht unbedingt dazu führte, dass die aktuelle Situation schlechter war. Elsa war eine wunderschöne Frau und er schätzte sich glücklich, hier viel Zeit mit ihr verbringen zu können. Außerdem bedeutete Elsas Anwesenheit nicht, dass er nicht auch Daphne zu sich holen konnte. Im Haus war schließlich genug Platz für drei Personen.

Kapitel 31

»Man klagt so sehr bei jedem Schmerz und freut sich so selten, wenn man keinen hat.«

G.C. Lichtenberg

Ein Geräusch wie der verzweifelte Schrei einer Frau ließ Elsa aufschrecken. Es dauerte einen Moment, bis sie sich orientiert hatte und sich erinnerte, dass Pappel sie verschleppt hatte. Draußen war es dunkel, zumindest ließ dies das fahle Licht vermuten, das durch den Rollladenschlitz fiel. Im Haus war es still und bis auf die kreischenden Laute von draußen, die wahrscheinlich von irgendwelchen Tieren stammten, fühlte sich Elsa, als sei sie vom Rest der Welt abgeschnitten.

Erneut zerfetzte ein Furcht einflößendes Kreischen die Stille. Elsa hätte schwören können, dass dort eine Frau um ihr Leben schrie. Sie kauerte sich auf der Matratze zusammen, zog die Knie an den Brustkorb und umklammerte ihre Schienbeine mit den Armen. Die nächsten Stunden, die für Elsa quälend langsam vergingen, überlegte sie fieberhaft, welche Möglichkeiten zur Flucht ihr blieben. Wegen der Ketten an ihren Händen und Füßen blieb ihr so gut wie keine Bewegungsfreiheit. Denkbar ungünstig, um vor Pappel wegzulaufen. Erst recht, wenn das Haus wirklich so abgelegen lag, wie es schien. Die ganze Zeit über hatte Elsa kein einziges Auto gehört, keinen Hund und auch sonst nichts, das auf Menschen in der näheren Umgebung schließen ließ. Ihre einzige Chance war es, sich mit Pappel gut zu stellen und zu hoffen, dass er ihr irgendwann die Fesseln abnahm. Also harrte Elsa die nächsten Stunden aus, bis das erste Licht durch den Schlitz fiel. Mittlerweile quälte sie ein unerträglicher Durst und auch ihr Magen knurrte.

»Gregor? Bist du da draußen?«, rief sie und streckte ihre Beine aus. Ihre Füße kribbelten, als endlich wieder Blut durch sie floss.

Endlich reagierte Pappel auf ihr Rufen. Elsa hörte, wie die Tür aufgeschlossen wurde. Sie kniff die Augen zusammen, als das Tageslicht in den Raum fiel. Pappel erschien im Türrahmen und warf einen Gegenstand in Richtung des Bettes. Im Reflex duckte Elsa sich. Eine Bäckertüte landete vor ihren Füßen.

»Eigentlich hast du es nicht verdient«, sagte er und drehte sich um. »Lass es dir schmecken.«

»Das ist wirklich nett von dir. Danke.« Pappel war wieder im anderen Zimmer verschwunden. »Ich will nicht zu viel verlangen, aber hättest du vielleicht auch etwas zu trinken für mich?«, rief Elsa und öffnete die Papiertüte.

Ein unwiderstehlicher Geruch nach frischen Croissants strömte ihr entgegen und sorgte dafür, dass ihr das Wasser im Mund zusammenlief. Gierig griff sie hinein und biss in das knusprige Gebäckstück. Nachdem sie aufgegessen hatte, setzte sie sich auf die Bettkante.

»Gregor?«, versuchte sie es noch einmal und bemühte

sich, ihrer Stimme dabei einen freundlichen Klang zu geben. Pappel sollte ihre Angst nicht heraushören.

Sein Kopf tauchte im hellen Licht auf, als er um die Ecke schaute. »Die Tür ist offen, also kannst du dich im Haus frei bewegen. Wir werden ja sehen, ob du dich wieder danebenbenimmst.«

Elsa blieb auf der Bettkante sitzen und regte sich nicht. Irgendwann stand Pappel auf und kam zu ihr herüber. Mitten im Raum blieb er stehen und sah sie an. Da sie gegen das Licht schaute, konnte sie sein Gesicht nicht erkennen.

»Tut mir leid wegen gestern.« Elsa schaute verschämt wie ein kleines Mädchen auf den Boden und hoffte, dass er ihr das Schauspiel abnahm. »Es ist nicht so, dass ich dir wehtun wollte, aber in der Küche bin ich irgendwie durchgedreht. Du musst zugeben, dass die Situation für mich beängstigend ist. Für einen Moment habe ich einfach die Kontrolle verloren. Dabei möchte ich keinen Streit mit dir.«

Vorsicht, dachte Elsa. *Jetzt bloß nicht übertreiben, sonst wird es unglaubwürdig*.

Pappel schmatzte, sein Atem ging schwer. »Und ich will dir ebenso keine Schmerzen zufügen. Wenn es so wäre, hätte ich es längst tun können. Aber wenn du dich so dagegen wehrst, bleibt mir vielleicht irgendwann nichts Anderes mehr übrig«, sagte er schließlich. Dann deutete er neben das Bett. »Da steht eine Flasche Wasser. Falls du immer noch Durst hast.«

Elsa lehnte sich über das Bett, das unter ihr ächzte, und tastete sich an dessen Kopfseite entlang. Endlich bekamen ihre Finger die Flasche zu fassen. Sie schraubte den Deckel ab und nahm einen tiefen Schluck. Obwohl es

Stilles Wasser oder sogar Leitungswasser war und extrem nach Eisen schmeckte, kam es ihr in diesem Moment wie Champagner vor. Sie trank die halbe Flasche leer und atmete erleichtert auf.

»Danke«, murmelte sie. Pappel stand noch immer unbeweglich im Raum. »Möchtest du mir jetzt verraten, warum du mich hierhergebracht hast?«

Seine Kleidung raschelte, als er sein Gewicht von einem Bein auf das andere verlagerte. Eine Antwort blieb er ihr schuldig.

»Und wo wir sind? Sagst du mir wenigstens das?«

»Bei meiner Mutter«, sagte Pappel und verließ das Zimmer.

Elsa stand auf und tappte ihm hinterher. Die Ketten klirrten bei jeder Bewegung und die Fesseln scheuerten an ihren Gelenken. Die Schmerzen ignorierte sie. »Deine Mutter lebt in diesem Haus?«

»Nein. Schon lange nicht mehr.«

»Ist sie in einem Pflegeheim? Das kenne ich von meiner Großmutter. Nachdem sie die Treppe runtergestützt ist und sich den Oberschenkelhals gebrochen hat, konnte sie nie wieder laufen und ist seitdem bettlägerig.« Elsa interessierte sich kein bisschen für seine Mutter und wo oder wie sie lebte, aber ein belangloses Gespräch war besser als keines. Sie stellte sich neben Pappel, der ans Fenster gegangen war. Der Blick aus dem Fenster bestätigte ihre Befürchtungen von letzter Nacht. Soweit sie das ausmachen konnte, befanden sich dort draußen weit und breit nichts Anderes als Bäume. Nicht mal ein Gartenzaun, der das Grundstück eingrenzte, war zu erkennen. Anscheinend stand das Gebäude völlig abgelegen in einem Wald. Die Aussicht auf eine erfolgreiche Flucht sank dadurch erheblich.

»Ein Heim. Pah.« Pappel schnaufte verächtlich. »Bei ihr war ein bisschen mehr als der Oberschenkelhals gebrochen. Sie hat nie die Chance bekommen, so alt zu werden.«

»Aber hast du nicht letztens noch einen Kuchen für sie gebacken? Zum Geburtstag?«

Pappel fuhr herum, seine Augenlider flackerten und seine Lippen bebten vor Wut. Elsa wich einen Schritt zurück und wünschte sich, die Frage nicht gestellt zu haben. »Der Kuchen war für dich. Meine Mutter ist tot. Schon lange. Hast du das jetzt endlich kapiert?«

»Schon gut. Das tut mir sehr leid für dich. Bestimmt vermisst du sie sehr.«

»Ich will meine Ruhe und nicht mit dir darüber reden, okay?«

»Ist gut.« Elsa setzte sich auf die Eckbank und beobachtete Pappel, der mittlerweile wieder aus dem Fenster starrte. Eine ganze Weile stand er einfach nur da, die Stirn an die Scheibe gelehnt, und bewegte sich nicht. Im Sonnenlicht tanzten winzige Staubkörnchen um seinen Kopf herum. Elsa fragte sich, ob er schuld am Tod seiner Mutter war. Es würde zu der gesamten Situation passen.

War es nicht so, dass die meisten Psychopathen ein gestörtes Verhältnis zu ihrer Mutter hatten? Entweder, sie hassten die Frau, die ihnen das Leben geschenkt hatte oder sie liebten sie auf eine kranke Art und Weise. So, wie er anscheinend auch Elsa meinte zu lieben. Sie wusste nicht, welche der Möglichkeiten auf Pappel zutraf, aber allein wie er auf das Thema reagierte, machte ihr Angst.

Offensichtlich bewegte sie sich mit ihren gedankenlosen Fragen auf einem gefährlichen Territorium. Sie sollte sich wirklich zusammenreißen und es vermeiden, über Mütter zu sprechen, wenn sie verhindern wollte, dass sein Gemütszustand einigermaßen stabil blieb.

Als Elsa ihre Beine ausstreckte und die Kette an den Gelenken klirrte, wandte er sich um und sah sie an. Seine Stirn war in tiefe Sorgenfalten gelegt.

»Tut mir sehr leid. Es war nicht meine Absicht, dich so anzufahren. Alles, was ich will, ist, mit dir zusammen zu sein. Mit dir Zeit zu verbringen, damit wir uns besser kennenlernen.«

Und dafür sperrst du mich in ein abgelegenes und verfallenes Haus, angekettet wie ein Hund, dachte Elsa und lächelte ihn dabei an. »Mach dir keine Gedanken. Das ist doch vollkommen nachvollziehbar bei so schmerzhaften Erinnerungen. Ich habe meine Mutter auch früh verloren.«

Elsa schloss die Augen und schalt sich innerlich für ihr unüberlegtes Mundwerk. Es klappte ja hervorragend, das Thema Mutter aus dem Gespräch zu verbannen.

Pappel ging auf sie zu und nahm ihre Hand. »Du verstehst mich so gut. Es ist, als würden wir uns schon lange kennen.«

Elsa nickte. In ihr sträubte sich alles gegen die intime Berührung, doch sie zwang sich dazu, entspannt zu bleiben und ihre Finger nicht seinem Griff zu entziehen. Das zeigte Wirkung, sein Blick wurde weicher.

»Ein gutes Zeichen, findest du nicht?«

Wieder nickte Elsa, obwohl sie keine Ahnung hatte, wovon Pappel sprach.

»Ich gebe ja zu, dass die Methode, dich davon zu überzeugen, nicht gerade nett ist. Aber du wirst sehen, dass du diese Maßnahmen bald vergessen haben wirst. Irgendwie habe ich von Anfang an gespürt, wie sehr wir zwei auf einer Wellenlänge liegen.«

Elsa erinnerte sich an ihr erstes Gespräch im Flur und wie krampfhaft er über ihren Witz mit dem Namen gelacht hatte. »Wie recht du hast. Wir haben exakt den gleichen Humor«, sagte sie. Sie ignorierte den Drang, die Kette an ihren Handgelenken um seinen Hals zu legen und zuzuziehen. Wenn es drauf ankam, hatte sie vermutlich keine Chance.

Plötzlich verfinsterte Pappels Miene sich wieder. Er ließ Elsas Hand fallen, als ekle er sich mit einem Mal vor ihr und stand auf. »Du musst jetzt zurück in das Zimmer.«

Elsa starrte ihn geschockt an. Was hatte sie falsch gemacht?

»Los, komm schon. Ich habe noch etwas zu erledigen.« Er zog sie an der Kette hoch und zerrte sie durch den Raum. Elsa tippelte hinter ihm her zu ihrem dunklen Gefängnis.

»Ich werde dir nicht weglaufen ... Hör mir doch zu! Bitte nicht wieder dort rein«, redete sie auf Pappel ein, doch er schien sie nicht zu hören. Mit einem Stoß in den Rücken zwang er sie durch die Tür und schloss hinter ihr ab.

»Keine Angst. Bald bin ich wieder zurück und hole dich wieder raus.«

Daraufhin hörte sie, wie sich seine Schritte entfernten und erneut eine Tür zugeschlagen wurde. Elsa wartete eine

Weile, bis sie das Gefühl hatte, er sei wirklich verschwunden. Dann tastete sie sich zum Fenster und riss es auf. Vielleicht konnte sie es schaffen, den Rollladen irgendwie zu öffnen und aus dem Fenster zu springen.

Sie brachte es tatsächlich fertig, einen schmalen Spalt freizulegen, doch es fehlte ihr die Kraft, das Blatt weiter nach oben zu drücken, geschweige denn es so zu halten, dass sie durch die Lücke kriechen konnte. Davon abgesehen war die Distanz bis zum Boden zu groß. Mit gefesselten Hand- und Fußgelenken dort hinunterzuspringen, grenzte an Selbstmord. Wenn sie sich beim Sprung ein Bein brach, endete die Flucht direkt vor dem Haus und sie war Pappel vollkommen ausgeliefert. Sie musste eine andere Gelegenheit abwarten, ihm zu entkommen. Nach all den Rückschlägen verlor sie langsam die Hoffnung und versuchte verzweifelt, den Mut nicht zu verlieren.

Kapitel 32

»Das Mädchen ist ganz gut, man muß nur einen andern Rahmen drum machen lassen.«

G.C. Lichtenberg

Gregor saß in seinem Wagen und starrte aus dem Fenster. Er war nicht weit gekommen, bloß bis zum nächsten Parkplatz und er wusste eigentlich nicht mal, wo er hinfahren sollte. Mit einem Mal hatte ihn Panik ergriffen. Die Sache mit Elsa lief so gut und er glaubte zu spüren, dass sie sich ihm gegenüber sogar öffnete. Es hätte alles perfekt sein können, wenn er nicht so unüberlegt gehandelt hätte. Warum nur hatte er ihrem Freund die Schere in den Hals gerammt? Nun war da eine Leiche und er war der Mörder. Sobald man den Toten in Elsas Wohnung fand, würde es nicht lange dauern, bis der Verdacht auf ihn fiel. Gott, er hatte ja nicht mal seine Fingerabdrücke entfernt, von anderen Spuren ganz zu schweigen.

Sein Vater hatte recht, er war ein jämmerlicher Versager, der nichts richtigmachen konnte. Dabei war der Macker durch die K-o-Tropfen ausgeknockt gewesen und hätte gar nichts davon mitbekommen, wie Gregor Elsa entführte.

»Verdammte Scheiße«, brüllte Gregor das Lenkrad an und ihm stiegen Tränen in die Augen. Er hatte doch nicht ahnen können, wie schnell Elsa ihm gegenüber Gefühle entwickelte. Und er glaubte fest daran, dass dies so war. Ihr Croissant heute Morgen hatte sie nahezu verschlungen. Wenn es jemandem schlecht ging, wenn er sich unwohl fühlte, dann aß er auch nicht. Gregor hatte manchmal tagelang so gut wie nichts gegessen und die wenigen Happen, die er runterbekam, ohne Appetit, wenn er eine schlechte Phase durchlebte. Dann saß er bloß da und wartete darauf, dass die Zeit verging. So ein Verhalten zeigte Elsa nicht, es musste ihr also gut gehen.

Plötzlich ließ er den Motor an und fuhr in Richtung Stadtautobahn. Es gab nur eine Möglichkeit, wie er sich und Elsa noch etwas mehr Zeit verschaffen konnte. Das Wichtigste war jetzt, irgendwie die Leiche verschwinden zu lassen. Vielleicht schaffte er es, Elsa zu überreden, mit ihm im Ausland neu anzufangen. Sie könnten irgendwo in Holland oder Belgien untertauchen und sie könnte schreiben, um ihren gemeinsamen Lebensunterhalt zu verdienen.

Tief unten in seinem Bewusstsein meldete sich eine Stimme. Sie versuchte ihm einzureden, dass seine Vorstellung völlig unrealistisch war. Dass Elsa spätestens, wenn sie von dem Tod ihres Freundes erfuhr, ganz sicher nicht mehr mit ihm zusammen sein wollte. Doch Gregor verdrängte diesen Gedanken.

Er hielt auf der dem Haus gegenüberliegenden Straßenseite vor einer Einfahrt und beobachtete die Fenster von Elsas und seiner Wohnung. Er konnte nichts Ungewöhnliches entdecken und von der Polizei oder der

Spurensicherung war auch nichts zu sehen. Würde man die Leiche überhaupt finden? Bis auf die Schwuchtel in den engen Hosen hatte Elsa keinen Besuch gehabt. Vermutlich hatte sie in der kurzen Zeit nicht gerade viele Freunde gewonnen, es würde also eine Weile dauern, bis sie jemand vermisste und dann ihre Wohnung öffnete.

Gregor rutschte tiefer in den Sitz und hielt den Atem an, als sich die Haustür öffnete. Er befürchtete, jeden Moment einen Sarg zu sehen, der von Bestattern aus dem Haus getragen wurde. Stattdessen erschien die Frau aus der Wohnung unter ihnen mit zwei ihrer Gören auf der Straße. Erleichterung breitete sich in ihm aus. Doch der kurze Schreckmoment hatte ihm gereicht. Es war viel zu riskant, dabei erwischt zu werden, wie er die Leiche durch das Treppenhaus nach unten verfrachtete und aus der Stadt transportierte. Außerdem wollte er die Zeit, die er mit Elsa verbringen konnte, nicht mit dem Schrubben von Böden verschwenden.

Dennoch beschloss er, für einen Moment nach oben zu gehen und parkte den Wagen um die Ecke. Er musste dringend duschen und seine Kleidung wechseln, denn heute Abend wollte er für Elsa gut aussehen und vor allem gut riechen. Von ihr und davon, wie sich ihr Verhältnis zu ihm entwickelte, hing nun alles ab und er durfte keinen Fehler mehr machen.

Als er damit fertig war, machte er sich auf den Weg zum Supermarkt. Dort kaufte er zwei Flaschen Rotwein, die nicht gerade nach den drei Euro aussahen, die sie kosteten, und zwei Plastikschalen Salat mit Fertigdressing. Bei einer der beiden waren sogar etwas Ziegenkäse und Walnüsse dabei. Frauen liebten Salat, seine Feinfühligkeit und die

Bemühungen, sie zufriedenzustellen, mussten Elsa einfach imponieren. Zum Nachtisch nahm er einen Doppelpack Schokoladen-Mousse und packte noch einige Duftkerzen ein. Ja, das würde das perfekte romantische Dinner werden. Elsa würde dahinschmelzen. Mit seinen Errungenschaften schlenderte er zur Kasse. Sein Herz blutete, als er den Preis auf dem Display angezeigt bekam. Mehr als zwanzig Euro - das hatte er bisher nie für so wenig Lebensmittel und ein paar Kerzen ausgegeben. Doch was tat man nicht alles, um eine Frau in die richtige Stimmung zu bringen. Das sagte er auch der Kassiererin, die anerkennend nickte und ihn anlächelte. Vermutlich wünschte sie sich in dem Augenblick, einen so aufmerksamen Mann wie ihn zu haben.

Draußen vor dem Supermarkt fiel Gregor noch etwas ein, und bevor er zurück zu Elsa fuhr, machte er einen weiteren Abstecher zu sich nach Hause. Im Bad packte er noch die Flasche mit den K-o-Tropfen ein. Es wäre bescheuert von ihm, sich bloß auf sein Glück zu verlassen. Elsa bekam ein fantastisches Abendessen und er würde danach eine fantastische Nacht bekommen.

Kapitel 33

»Ich bemerkte würklich auf seinem Gesicht den Nebel, der allezeit während des Wonnegefühls aufzusteigen pflegt das man hat, wenn man sich über andere erhaben zu sein glaubt.«

G.C. Lichtenberg

Elsa saß mit dem Rücken an die Wand gelehnt auf dem Boden und rieb sich das rechte Handgelenk. Bei dem Versuch, die Fessel über ihre Hand zu ziehen, hatte sie sich die Haut aufgeschürft. Gebracht hatte es nichts, sie war nach wie vor gefesselt. Auch am Fenster hatte sie sich noch einmal versucht, doch sie hatte eingesehen, dass ein Sprung ihr überhaupt nicht weiterhelfen würde. Selbst wenn sie unversehrt unten aufkommen sollte, hatte sie keine Ahnung, wie es dann hätte weitergehen sollen. Mit angeketteten Hand- und Fußgelenken hatte sie keine Chance weit zu kommen. Sie wusste ja nicht mal, wie groß die Entfernung bis zum nächsten Nachbarn oder dem nächsten Dorf war. Da sie nur Beinfreiheit für Tippelschritte hatte, würde es unter Umständen Stunden dauern, bis sie Hilfe geholt hätte. Viel Zeit, in der Pappel sie wieder einfangen konnte.

Anfangs hatte sie gehofft, dass er sie noch eine ganze Weile mit seiner Anwesenheit verschonte, doch mittlerweile hämmerte ein fieser Schmerz in ihren Schläfen. Seit einer gefühlten Ewigkeit hatte sie nichts mehr getrunken. Die Wasserflasche war schon lange leer und sie fühlte sich komplett ausgetrocknet. So sehr, dass sie nicht einmal pinkeln musste, was erstaunlich war, denn seit sie in diesem Raum aufgewacht war, hatte sie keine Toilette gesehen.

In der Ferne hörte Elsa einen Motor, der näherkam und schließlich in der Nähe verstummte. Wenige Minuten später tönte Pappels Stimme durchs Gebäude und zerstörte Elsas Hoffnung, dass es sich um irgendeinen Förster oder Jäger handelte, der auf das Haus gestoßen war.

»Ich bin wieder zu zurück«, rief Pappel und kam die Treppe hoch. Seine Schritte stoppten vor ihrer Tür. »Siehst du, ich habe dir versprochen, bald wieder da zu sein. Du kannst mir vertrauen. Allerdings musst du dich weiter gedulden, ich muss erst noch eine kleine Überraschung vorbereiten.«

»Kann ich dir nicht dabei helfen? Ich verdurste hier drin.«

»Auf keinen Fall. Dann wäre es ja keine Überraschung mehr.«

Elsa sparte sich einen Überredungsversuch, da er alles nur noch weiter in die Länge gezogen hätte. Ungeduldig wartete sie darauf, dass Pappel mit seinen Vorbereitungen fertig war, während ihr Durst immer schmerzhafter wurde. Jedes Mal, wenn sie schluckte, klebte ihre Zunge am Gaumen fest. Endlich hörte sie seine Schritte auf der Treppe und kurz danach wurde die Tür aufgeschlossen.

Elsa stand auf und schlurfte zu Pappel, der sie mit ausgestreckter Hand empfing, um sie wie die Karikatur eines Gentlemans in den Nebenraum zu führen.

Dort erwartete sie Kitsch pur. Im Dämmerlicht des Abends flackerten auf dem Boden verteilt einige Kerzen und beleuchteten eine in der Mitte des Zimmers ausgelegte Picknickdecke. Darauf standen zwei Schüsseln mit Salat und zwei Plastikbecher gefüllt mit einer roten Flüssigkeit. Im Raum roch es ekelhaft künstlich nach einer Mischung aus Vanille und Roter-Beeren-Mix. Ungläubig schaute Elsa Pappel an. Der strahlte wie ein stolzes Kind, das am Muttertag das Frühstück zubereitet hatte. Seine Haare, die am Mittag noch wirr in alle Richtungen abgestanden und freien Blick auf seine hohe Stirn gewährt hatten, waren nun wieder penibel über die kahlen Stellen gekämmt. Außerdem hatte er sich umgezogen, trug nun ein schwarzes Polohemd mit einer ordentlich gebügelten Buntfaltenhose.

»Gefällt es dir?«, fragte er, als sie nichts sagte.

»Doch ... natürlich. Sehr«, stammelte Elsa.

»Ach. Dann zeig doch deine Freude darüber etwas mehr. Ich habe mir solche Mühe gegeben.«

»Sicher freue ich mich, Gregor. Aber ich bin gar nicht angemessen angezogen. Sieh doch nur, ich habe noch mein Schlafhemd an. Ich schäme mich deswegen ehrlich gesagt ein wenig.«

»Quatsch. Du siehst immer gut aus, auch wenn du gar nichts trägst«, sagte Pappel und errötete im Schein der Kerzen.

»Davon hast du dich ja dank der Kameras bereits überzeugen können«, entgegnete Elsa und bereute augenblicklich, nicht den Mund gehalten zu haben. Wenn sie ihn nicht verärgern wollte, musste sie dringend lernen, nicht alles auszusprechen, was ihr in den Kopf kam.

Doch Pappel schien es ihr nicht übel zu nehmen. Er drückte ihre Hand etwas fester, senkte den Blick und murmelte: »Genau. Darüber wollte ich mit dir heute Abend noch sprechen. Da habe ich wirklich eine Dummheit begangen. Jetzt sollten wir aber essen. Ich verhungere, und du?«

»Vor allem verdurste ich. Hast du auch Wasser hier oben?«

»Oh. Nein. Das ist unten. Setz dich doch schon mal dort drüben hin, ich hole es schnell.«

Pappel drehte sich um und verschwand in der Tür, die er hinter sich abschloss. Offensichtlich vertraute er ihr noch immer kein bisschen. Vielleicht würde ja der Wein etwas daran ändern. Elsa ging hinüber zur Picknickdecke und begutachtete, was Pappel aufgetischt hatte. Neben dem Salat, der so gar nicht zu Elsas bevorzugten Lebensmitteln zählte, gab es kleine Taler irgendeines weißen Käses - sie befürchtete, dass es sich um Ziegenkäse handelte. Außerdem Walnüsse, deren muffigen Geschmack Elsa hasste. Doch sie war so hungrig, dass sie die Sachen vermutlich trotzdem essen würde. Außerdem wollte sie Pappel nicht vor den Kopf stoßen, indem sie an seinem Abendessen herummäkelte.

Pappel kam mit einer Flasche Wasser und zwei weiteren Bechern in der Hand zurück. »Ach. Du sitzt auf der falschen Seite. Warte ...« Er kniete sich gegenüber von Elsa auf die Decke und vertauschte die beiden Weinbecher. Als er ihren irritierten Blick bemerkte, sagte er schnell: »Aus dem habe ich schon getrunken. Du willst doch sicher deinen eigenen.« Lächelnd prostete er Elsa zu.

»Ich brauche erst mal etwas nicht Alkoholisches«, entgegnete sie und griff nach der Flasche. Pappel hingegen nahm einen tiefen Schluck und schmatzte anschließend genüsslich.

»Hmm. Wirklich ein guter Wein. Probier doch auch mal.«

Elsa hob den Becher, setzte ihn an und ließ ein wenig von der Flüssigkeit gegen ihre Lippen schwappen. »Du hast recht. Der ist köstlich. Aber jetzt sollte ich was essen, sonst wird mir schwindelig, wenn ich zu viel Alkohol auf leeren Magen trinke.«

Während Pappel anfing, seine Portion in sich hineinzuschlingen, stocherte Elsa in ihrem Salat herum und versuchte, weder Käse noch Nüsse zu erwischen. Nachdem sie sich die erste Gabel in den Mund gesteckt hatte, räusperte sie sich. »Glaubst du, du könntest mir das Salz von unten bringen? Ich würze immer sehr stark.«

Pappel schaute sie enttäuscht an. »Es schmeckt dir nicht?«

»Doch, mir fehlt nur eine Prise Salz. Ich kann es mir auch schnell selbst holen.«

»Nein! Ich gehe schon«, sagte Pappel und sprang auf. Sobald er aus der Tür war, stand Elsa ebenfalls auf, schnappte sich ihren Wein und öffnete das Fenster. Mit Schwung schüttete sie den Inhalt des Bechers nach draußen, spülte mit etwas Wasser nach und schloss das Fenster wieder. Als sie Pappels Schritte auf der Treppe hörte, schenkte sie sich einen kleinen Schluck aus der Flasche ein und stellte sie gerade rechtzeitig zurück auf die Decke.

»Das ist so lieb von dir«, säuselte Elsa und nahm das Salz entgegen. »Wir sollten unbedingt anstoßen. Vielen Dank für den tollen Abend.« Mit einem leisen Klacken stieß sie ihren Becher an seinen und trank einen Schluck von dem Wein. Er schmeckte fürchterlich süß und Elsa schüttelte es innerlich, doch sie verzog ihren Mund zu einem Lächeln.

Nachdem sie den Salat gegessen hatten, brachte Pappel noch zwei Schälchen Mousse au Chocolat nach oben. Mit jedem Schluck Wein, den Elsa zu sich nahm, schaute er sie erwartungsvoller an. Sie wusste nicht, was genau er in ihren Becher getan hatte, aber sie hoffte, dass ein wenig Lallen und Gähnen von ihrer Seite ihn zufriedenstellen würden. Sie lobte den Rotwein, den Nachtisch und Pappels tolle Idee, ihnen so einen Abend vorzubereiten und mit jedem Kompliment, das sie vor sich her lallte, wurde er entspannter.

»Also, jetzt habe ich mir etwas Mut angetrunken, dann wollen wir mal den unangenehmen Teil hinter uns bringen«, sagte Pappel, und entkorkte die zweite Flasche. Elsas Plan ging auf. Während sie noch an ihrem dritten Becher nippte, hatte er bestimmt fünf getrunken und schenkte sich nun den Sechsten ein. Auch seine Aussprache litt so langsam unter dem Alkohol und er schwankte bereits im Sitzen.

»Die Kamera war ein dummer Fehler. Und sie war eigentlich nicht gegen dich gerichtet. Ich habe sie nur nicht wieder abgenommen.«

»Warum hast du sie überhaupt aufgehängt?« Wenn Pappel unbedingt darüber reden wollte, konnte Elsa auch ihre Neugierde befriedigen.

»Ich weiß auch nicht. Im Haus hat man so abfällig über Daphne gesprochen und eigentlich wollte ich mir nur selbst beweisen, dass sie ... einen anständigen Job dort macht. Dass nichts Verwerfliches dabei ist. Und dann war da diese andere Kleine, die mit den Patienten ins Bett gegangen ist. Ich bin ja auch nur ein Mann, und auch ich habe gewisse Bedürfnisse. Wenn man da so ein Schauspiel auf dem Silbertablett serviert bekommt ...«

Elsa glaubte ihm kein Wort, doch das war unwichtig. »Siehst du. Genau das war meine Vermutung. Du bist da in etwas reingerutscht, das du nicht mehr kontrollieren konntest. Und das habe ich auch Pascal gesagt. Der wollte am liebsten sofort die Polizei holen, aber ich habe ihn zurückgehalten.«

»Ach. Pascal war also sein Name.«

Bei dem Wort »war« stellten sich Elsas Nackenhaare auf. Pappel sprach von Pascal in der Vergangenheitsform. Ihr Herz begann zu rasen. Hatte er ihn getötet?

Bei dem Gedanken stiegen Elsa Tränen in die Augen und sie hatte das Gefühl, sich jeden Moment übergeben zu müssen. Bisher hatte sie Pappel für einen liebeskranken Stalker gehalten, nicht jedoch für einen Mörder. Sie musste hier raus, die Polizei verständigen, sonst würde er sie ebenfalls umbringen.

»Wie dem auch sei. Diesen Fehler kann ich nicht rückgängig machen, so gerne ich es tun würde. Aber irgendwie war es ja Glück, denn nur so habe ich herausgefunden, was für ein wundervolles Wesen du bist.« Pappels Gesicht lief rot an.

Elsa wurde bei seinen Worten schlecht. Sie fragte sich,

was er alles von ihr gesehen hatte. Fieberhaft überlegte sie, was in den letzten Tagen in ihrem Schlafzimmer so passiert war.

»Vermutlich hasst du mich jetzt, nicht wahr?«

»So ein Quatsch«, log Elsa. »Das darfst du nicht denken.«

»Außerdem haben die Kameras ja auch einem guten Zweck gedient.«

»Nur so konntest du rechtzeitig mitbekommen, wie der Patient auf Daphne losging, nicht wahr?«

Er nickte. Seine Augen waren feucht und glitzerten im Kerzenlicht, doch Elsa verspürte kein Mitleid. Weshalb war ihr das vorher nicht aufgefallen? Natürlich war Pappel nicht einfach ein aufmerksamer Nachbar, der mutig eine Wohnungstür eintrat, wenn er verdächtige Geräusche hörte. Er hatte genau gewusst, was in der Praxis vor sich ging.

Pappel setzte seinen Becher an, leerte ihn in einem Zug und schenkte sich nach. Auch von Becher Nummer sieben nahm er direkt einen Schluck und rülpste leise. Wenn er nicht gerade ein Gewohnheitstrinker war, sollte er mittlerweile ordentlich Einen sitzen haben und heute Nacht umso besser schlafen. Damit er jetzt nicht auf die Idee kam, mit dem Trinken aufzuhören, prostete Elsa ihm zu.

»Auf den mutigen Retter. Auch wenn die Voraussetzungen vielleicht nicht ganz korrekt waren.«

»Weißt du, was das eigentlich Schlimme ist?«, lallte er und lehnte sich zu Elsa hinüber. Dabei stieß er eine der Kerzen um, die flackernd erlosch. »Meinetwegen ist Daphne überhaupt erst ... Es ist alles meine Schuld.«

Sein Atem wehte ihr warm und feucht ins Gesicht und Elsa hatte das Gefühl, dass sie ihm gleich den halb verdauten Salat vor die Füße spucken würde.

»Du hast ja keine Ahnung! Wenn ich nur nicht so gierig gewesen wäre. Aber dieses Haus bringt mich um. Ich kann mir nicht mal den TÜV für mein Auto leisten, ohne meinen Dispo auszureizen.«

Elsa ahnte, worauf es hinauslaufen sollte, doch sie stellte sich unwissend. Sie hob ihre Hand, so weit es die Kette zuließ, und tätschelte seinen Unterarm. »Nur der Täter kann etwas dafür. Es lag in seiner Macht, auf Daphne Wolrat loszugehen oder nicht.«

Pappel rückte nun noch näher zu ihr und legte seinen Kopf auf ihren Schoß. Elsa schüttelte es vor Abscheu. Sie versuchte, ihren Körper ruhig zu halten, damit Pappel nichts davon mitbekam. Widerwillig streichelte sie ihm über die Schläfe, die feucht vom Schweiß war.

»Ich hätte es sein müssen«, murmelte er in den Stoff ihres Nachthemdes, das sie noch immer trug. »Er hätte mich umbringen sollen.«

»Das hätte er«, flüsterte Elsa, aber Pappel hörte sie schon nicht mehr. Ein leises Schnarchen drang aus seinem geöffneten Mund.

Elsas Herz schlug ihr vor Aufregung bis zum Hals, doch sie zwang sich, noch eine ganze Weile ruhig dazusitzen, damit er nicht sofort wieder aufwachte. Dann schob sie vorsichtig seinen Kopf von ihrem Schoß und stand auf.

In diesem Moment grunze er leise und stützte sich auf dem Ellenbogen auf.

»Daphne?«, fragte er und blinzelte in Elsas Richtung.

Kapitel 34

»Eine der schwersten Künste für den Menschen ist wohl die sich Mut zu geben.«

G.C. Lichtenberg

Elsa stand regungslos im Raum und wagte kaum zu atmen. Pappel hatte sie anscheinend noch nicht entdeckt oder realisierte nicht, was gerade passierte. Er gähnte lautstark und fragte noch einmal: »Daphne? Verzeihst du mir? Ich liebe dich doch!«

»Alles ist in Ordnung. Es war nie deine Absicht, mir wehzutun.« Elsa presste die Worte hervor, die Lügen kamen ihr schwer über die Lippen.

Nun öffnete er doch die Augen und drehte den Kopf in ihre Richtung. »Wo willst du eigentlich hin?« Plötzlich war seine Sprache völlig klar und er wirkte, als wäre er schlagartig wieder nüchtern.

Elsa merkte, wie ihr der Schweiß aus den Poren trat. Pappel hatte sie auf die Probe gestellt und sie hatte versagt. »Ich wollte nur ... ich muss mal auf die Toilette«, sagte sie, was nicht unbedingt vollständig gelogen war.

»Und hast geglaubt, du könntest dich bei der

Gelegenheit davonschleichen, habe ich recht? So haben wir nicht gewettet. Setz dich sofort wieder hin.«

»Aber dann mache ich mir in die Hose.«

»Nicht mein Problem. Hier stehen noch Becher, davon kannst du gerne einen nehmen.« Pappel leckte sich über die Lippen und starrte Elsa durchdringend an.

Das hättest du wohl gerne, dass ich vor deinen Augen in einen Becher pinkle, dachte Elsa angewidert und hockte sich ans vordere Ende der Decke. Dann griff sie nach der Flasche Wein.

»Halt. Was hast du vor?« Pappel setzte sich blitzschnell auf. Offensichtlich war er alles andere als betrunken.

»Mir noch etwas einschenken. Wenn ich schon nicht aufs Klo darf, muss ich mich doch wenigstens betrinken.«

»Solange du dich benimmst, darfst du alles, was du willst, habe ich gesagt. Aber du musstest ja bei der erstbesten Gelegenheit beweisen, dass du nicht auf mich -«

Elsa zog ihm die Flasche über den Kopf. Pappels Kiefer schlugen klackernd aufeinander. Er schaute sie ungläubig an, dann tastete er mit der Hand nach der Stelle, von der aus ihm das Blut in die Augen lief. Mit voller Wucht schleuderte Elsa ihm den restlichen Stumpf entgegen, da kippte er bereits hintenüber und landete ungebremst mit dem Hinterkopf auf dem Boden. Sein Atem verflachte sich und die Augen waren verdreht. Pappel hatte das Bewusstsein verloren.

Jetzt durfte sie keine Zeit verlieren. Auf Knien rutschte Elsa zu Pappel hinüber und tastete seine Hosentaschen ab. Kein Schlüssel. Sie wuchtete seinen Körper herum und befühlte die Taschen an seinem Hinterteil. Auch hier gähnende Leere.

Pappel stöhnte unter ihr. Einen Moment lang hatte sie das Gefühl, er würde sich gleich brüllend auf sie stürzen, doch er machte keine Anstalten, aufzustehen.

Sie stand auf, tippelte so schnell sie konnte zur Treppe und rutschte auf ihrem Gesäß die Stufen hinunter. Neben der Tür hing Pappels Jacke an einem Heizkörper. Sie stürzte darauf zu und griff in die Tasche. Sie zog einen großen Schlüsselbund heraus. Keiner der Schlüssel war allerdings klein genug, dass er in das Schloss ihrer Fesseln gepasst hätte. Ansonsten fand sie nur Pappels Telefon, das keinen Empfang hatte. Sie behielt es in der Hand und ging in die Küche. Die Flasche Öl stand noch immer unangerührt auf der Fensterbank.

Mit den Zähnen öffnete sie den Deckel und schüttete sich einen großen Schwall über die linkte Hand. Mit der Rechten zog, schob und drückte sie an der Fessel. Einen Augenblick hatte sie das Gefühl, ihre Hand würde jeden Moment aus dem Gelenk springen. Schließlich gab es einen Ruck und sie war frei.

»Jaa, verdammte Scheiße«, jubelte sie. Daraufhin kam die Ernüchterung. Mit dem Fußgelenk würde das auf keinen Fall funktionieren. Aber sie hatte keine Wahl. Da das Handy keinen Empfang hatte, musste sie es mindestens bis zum Waldrand schaffen.

Ihr Blick fiel auf den Schlüsselbund, den sie im Flur auf dem Boden hatte liegen lassen. Pappels Auto! Die Kette um ihre Füße ließ ihr so viel Spielraum, dass sie vermutlich die Pedale würde bedienen können. Elsa hastete in den Flur, wobei sie beinahe auf der Öllache ausgerutscht wäre, und nahm den Schlüssel. Dann stürzte sie aus dem Haus.

Mittlerweile war es mitten in der Nacht und sie rannte wie gegen eine schwarze Wand. Drinnen hatten die Kerzen etwas Licht gespendet, doch hier draußen verdeckten die Wolken sogar den Mond und es war stockfinster. Ein Auto entdeckte sie nicht.

Mit kleinen Schritten tastete sie sich vorwärts und bekam eine Gänsehaut, als ihre nackten Füße den Waldboden berührten. Um wenigstens etwas Licht zu haben, schaltete sie das Handy ein. Da sie nicht die geringste Ahnung hatte, in welcher Richtung sich die Straße befinden konnte, ging sie einfach los. Hinter sich hörte sie ein Poltern im Haus. Dann öffnete sich ein Fenster. Sie versteckte den Lichtschein des Handys, indem sie es schnell an ihre Brust drückte.

»Elsa«, brüllte Pappel in die Dunkelheit. Seine Stimme klang schmerzerfüllt und voller Wut. »Komm sofort zurück. Ich bin schwer verletzt.«

Damit er nicht das Klirren der Kette um ihre Füße orten konnte, bewegte sich Elsa nur in winzigen Schritten vorwärts.

Als sie in ein Erdloch trat, knickte Elsa um und fiel hin. Ihr Knöchel schmerzte höllisch, als sie sich wieder aufrappelte, doch sie ignorierte das stechende Gefühl und kämpfte sich weiter durch den Wald. Alle paar Meter überprüfte sie, ob das Handy endlich Empfang hatte.

Plötzlich war da ein Rascheln, ganz in ihrer Nähe. Panisch ging sie in die Hocke und kauerte sich auf dem vertrockneten Laub zusammen.

Kam Pappel hinter ihr her? Hatte er sie eingeholt?

Sie hielt den Atem an. Da war das Geräusch erneut, außerdem ein Knacken der Zweige.

Jetzt hatte er sie gefunden und würde auch sie umbringen, wie er es mit Pascal gemacht hatte. Sie biss sich auf die Unterlippe, um nicht laut zu schluchzen. Eine ganze Weile hockte sie dort auf dem Boden. Sie erwartete, dass Pappel sie jeden Moment an der Schulter packen und zurück ins Haus schleifen würde. Nichts dergleichen geschah. Elsa stand auf und tastete sich weiter durch die Dunkelheit, bis die Anzeige auf dem Display endlich auf »Nur Notrufe« wechselte.

Vor Erleichterung traten Elsa Tränen in die Augen. Mit zitternden Fingern wählte sie die Notrufnummer der Polizei.

Kapitel 35

»Krankheiten der Seele können den Tod nach sich ziehen [...]«

G.C. Lichtenberg

Gregor lief so schnell seine Füße ihn trugen, doch irgendwie wollte sich die Distanz zwischen ihm und Elsa nicht verringern. Leichtfüßig wie ein junges Mädchen rannte sie vor ihm her, sprang über umgefallene Baumstämme oder Gräben, die ihr in den Weg kamen. Immer wieder wandte sie sich nach ihm um. Ihre feuerroten Haare wehten ihr dabei in die Augen und sie kicherte. Gregor merkte, wie die Kraft in seinen Beinen nachließ und ihm das Atmen immer schwerer fiel, als er schließlich doch aufholte und ihre Schulter erwischte. Er packte sie und gemeinsam stürzten sie zu Boden. Nun war er es, der lachte. Er hielt sie fest umschlungen und sie wälzten sich über den Waldboden.

Erst der Schmerz brachte Gregor zurück in die Realität. Er hörte die Haustür zuschlagen. Mit einem Mal wurde ihm bewusst, dass gerade alles aus dem Ruder lief. Er sprang auf und setzte sich direkt wieder hin. In seinem Kopf drehte sich alles. Ganz langsam kroch er zum Fenster, zog sich an der Fensterbank nach oben und öffnete das Fenster. Mit zusammengekniffenen Augen starrte er in die Dunkelheit, doch er konnte nicht erkennen, ob Elsa dort vor dem Haus herumschlich oder längst in den Wald geflüchtet war. Er rief ihren Namen, aber selbstverständlich bekam er keine Antwort.

»Es ist aussichtslos, ich kriege dich eh«, schrie er. »Du dreckige Schlampe.«

Mit voller Wucht schmiss er das Fenster zu. Die Scheibe erzitterte im Rahmen. Am liebsten hätte er zusätzlich mit dem Fuß nachgetreten, doch er hatte Angst, sich noch mehr zu verletzen. Während er die Treppe nach unten rannte, wischte er sich das Blut aus dem Gesicht und berührte dabei die Schnittwunde über der Stirn, die ihm Elsa zugefügt hatte. Wie konnte man nur so dumm sein wie er und sich so übertölpeln lassen? Jetzt war alles vorbei, denn draußen im finsteren Wald hatte er kaum eine Chance, sie zu finden. Unten im Flur sah er seine Jacke auf dem Boden liegen. Er kickte dagegen. Natürlich hatte sie seinen Autoschlüssel und das Handy mitgenommen.

Doch da hatte sie sich verkalkuliert. Ein Bund mit Ersatzschlüsseln lag im Verbandskoffer und dort war auch der Zweitschlüssel seines Wagens. Die Stelle, an der er geparkt hatte, würde sie niemals in der Dunkelheit finden. Gregor lachte. Er war noch lange nicht bereit, aufzugeben. Elsa war ihm vielleicht entwischt und würde vermutlich sofort zur Polizei gehen. Somit hatte er keine Chance, sie zurückzugewinnen. Aber das galt nicht für Daphne. Er musste nur schneller als Elsa sein. Sobald die Bullen sich auf den Weg nach hier draußen machten, war es eine Frage der Zeit, bis sie ihn erwischten.

Gregor musste sich beeilen. Es war schon zu viel Zeit

vergangen, seit Elsa die Flucht ergriffen hatte. Er hastete aus der Tür, stolperte über den Waldboden zu der Stelle, wo er sein Auto abgestellt hatte. Aus dem Kofferraum holte er den Zweitschlüssel, sprang auf den Fahrersitz und startete den Wagen. Mit heulendem Motor raste er auf die Landstraße und von dort zur Stadtautobahn. Kein Polizeiauto in Sicht, keine Sirene, kein Blaulicht. Er würde es schaffen. Je mehr er sich der Innenstadt näherte, desto mehr entspannte er sich. Sogar sein dröhnender Kopf gab endlich etwas Ruhe. Im Rückspiegel kontrollierte er sein Gesicht und erschrak vor sich selbst. Die Wunde auf seiner Stirn war einige Zentimeter lang und die Wundränder klafften weit auseinander. Darum musste er sich gleich noch kümmern.

Als er bei Daphnes Wohnung ankam, holte er den Verbandskasten aus dem Kofferraum und versorgte die Schnittwunde. Ohne das ganze Blut sah es nur mehr halb so schlimm aus. Er klebte ein großes Pflaster darüber und blieb noch eine Weile im Auto sitzen, um sich zu beruhigen. Jetzt durfte er sich keinen Fehler mehr erlauben. Schließlich steckte er das Fläschchen Chloroform ein und schlüpfte aus der Autotür.

Bei dem Haus angekommen, stellte er sich zunächst in seinen bevorzugten Hauseingang und beobachtete die Fenster gegenüber. Alles war dunkel, keine Regung war zu erkennen. Wenn er sich beeilte, würde ihn vielleicht niemand entdecken. Jetzt musste er nur noch irgendwie auf ihren Balkon gelangen, um die Glastür aufzubrechen, und schon wäre er am Ziel. Vom Vordach aus würde es kein Problem mehr darstellen, über die Brüstung im ersten Stock zu klettern. Er entdeckte einige Abfallcontainer, die ihm dabei behilflich sein konnten.

Er nahm Anlauf, rannte über die Straße und kletterte leichtfüßig über den Zaun. Der Gedanke an Daphne verlieh ihm eine Geschicklichkeit, die er sich nie zugetraut hätte. Eilig rollte er die Tonne für das Altpapier neben die Eingangstür, stieg darauf und zog sich an dem Geländer auf den Balkon von Daphne. Dort ging er zunächst in die Hocke und lauschte atemlos dem Rauschen des nächtlichen Straßenverkehrs. Er rechnete jeden Moment damit, dass ihn jemand anbrüllte und ihm ankündigte, dass die Polizei bereits unterwegs sei.

Alles blieb still. Niemand öffnete ein Fenster, nirgendwo war Licht angegangen. Er lächelte selbstzufrieden. Auf Knien rutschte er bis zur gekippten Balkontür und steckte vorsichtig seine Hand durch den Schlitz. Mit den Fingerspitzen klappte er den Griff nach unten und die Tür öffnete mit einem leisen Klacken. Gregor stand auf und sah sich ehrfürchtig um.

Das hier war also Daphnes Wohnung. Anscheinend verdiente man mit dem Gerede ziemlich viel Geld. Das Zimmer sah aus wie einer amerikanischen TV-Serie entsprungen. Deckenhohe Bücherregale rahmten zwei riesige Ohrensessel ein, die in der Mitte des Wohnraums neben einem kleinen Tisch standen. Viel mehr gab es in diesem Raum nicht und doch wirkte er so, als habe die Einrichtung ein Vermögen gekostet. Gregor stellte sich vor, wie Daphne sich nackt auf einem der Sessel räkelte, ihren Körper wand und schließlich ihre Schenkel nur für ihn öffnete. Er hielt das Bild in seinem Kopf fest und nahm sich vor, sie genau auf diese Weise zu drapieren, wenn er sie betäubt hatte. Und dann würde er sich ausgiebig Zeit dafür nehmen, ihren Körper zu erkunden, ihn zu schmecken.

Wehmütig riss er sich von der Vorstellung los und schloss die Balkontür. Er schlich zur Tür und lugte in den Flur, von dem vier weitere Türen abgingen. Er entschied sich für den letzten Raum auf der linken Seite. Dessen Fenster ging nach hinten und Gregor vermutete, dass dort das Schlafzimmer sein musste. Lautlos bewegte er sich durch den Flur, in dem noch weitere Regale mit Büchern standen. Er fragte sich, ob sie wohl alle davon gelesen hatte. Vermutlich war das so ein Ding von Intellektuellen, dass sie sich einen riesigen Bestand an Literatur zulegten, ganz egal, ob sie jemals einen Blick hineinwarfen oder nicht.

Endlich erreichte er das Schlafzimmer. Die Tür stand offen und Gregor stockte der Atem.

Dort lag sie, seine Daphne. Schön wie ein schlafender Engel. Wobei das nicht ganz stimmte, denn selbst in dem schwachen Licht, das die Ziffern der Digitaluhr auf dem Nachtschrank abgaben, konnte er erkennen, wie abgemagert sie war. Die weiblichen Kurven, die er so liebte, waren beinahe verschwunden.

»Meine Süße, meine Schöne«, hauchte er. »Was hat er nur aus dir gemacht?«

Daphne stöhnte leise und schob ihr rechtes Bein unter der Decke hervor. Es war nackt. Ein Zittern ging durch Gregors Körper. So oft hatte er sich ähnliche Situationen ausgemalt. Die Wirklichkeit fühlte sich noch tausend Mal besser an.

Seine Lippen kribbelten vor Aufregung, als er in seine Hosentasche griff und den Deckel von dem Fläschchen mit Chloroform abschraubte. Aus der anderen holte er den Waschlappen, den er eigentlich für Elsa eingesteckt hatte.

Er benetzte ihn mit einigen Tropfen und trat neben Daphnes Bett.

»Endlich gehörst du mir«, sagte er laut. Dann beugte er sich zu ihr hinunter und drückte ihr den Waschlappen auf Mund und Nase.

Kapitel 36

»Eine Wirkung völlig zu hindern, dazu gehört eine Kraft, die der Ursache von jener gleich ist [...]«

G.C. Lichtenberg

Es dauerte eine Weile, bis der Notarzt und die Polizei Elsa fanden, die mitten im Wald auf Rettung wartete. Die Ortung eines Handys in diesem Gebiet brauchte seine Zeit und erst gegen zwei Uhr saß Elsa im Krankenwagen und ließ sich von den Sanitätern die Schnitte an ihren Füßen und die Schürfwunden an den Handgelenken versorgen. Danach fuhr sie einer der Polizisten in die Stadt zu Achim. Die restlichen Beamten machten sich in der Zeit auf die Suche nach dem Haus und nach Pappel. Ein weiteres Team wurde zu Elsas Wohnung geschickt, in der sie, davon war Elsa überzeugt, Pascals Leiche finden würden.

»Wir müssen sofort hinfahren, Achim. Bitte. Lass uns wenigstens nachsehen, ob alles in Ordnung ist. Vielleicht hast du ja recht und ich mache mich nur wahnsinnig, aber wenn nicht, würde ich mir nie verzeihen, tatenlos rumgesessen zu haben.« Der Gedanke daran trieb ihr die Tränen in die Augen. Mittlerweile saß sie auf Achims Sofa und bemühte sich ihn davon zu überzeugen, dass sie bei

Daphne Wolrat vorbeischauen und sie warnen mussten.

Seit mehr als zwanzig Minuten hatte sie vergeblich versucht, die Therapeutin zu erreichen. Es war an der Zeit, dass sie handelten.

»In deiner jetzigen Situation solltest du dich vor allem ausruhen und die Polizei ihre Arbeit machen lassen«, wiegelte Achim ab. »Die werden schon wissen, was zu tun ist.«

»Weißt du, wann die einen Streifenwagen dort vorbeischicken? Momentan sind sie vermutlich noch mit der Suche nach seinem Haus und mit Pascal ... Oh Gott.« Elsa wischte sich über die Augen. Sie verdrängte die Vorstellung, was Pappel möglicherweise alles mit ihm angestellt hatte und atmete tief durch. »Zur Not gehe ich alleine, wenn du mich unbedingt hängen lassen musst.«

Achim hob kapitulierend die Hände und stand auf. »Erpressung nennt man so etwas. Hast du dir mal überlegt, was passiert, solltest du recht haben? Wenn er tatsächlich dort auftaucht, während wir da sind oder er schon längst ...«

»Dann wären wir mit Daphne zu dritt, Achim. Zu dritt und er alleine. Findest du es besser, wenn wir ihm Daphne ans Messer liefern, weil sie völlig ahnungslos ist?«

Elsa sah Achims gequältem Gesichtsausdruck an, dass sie ihn überzeugt hatte.

»Also gut. Wir fahren hin, klingeln und verschwinden wieder. Bestimmt hat sie Familie oder Freunde, zu denen sie gehen kann und damit haben wir unsere Schuldigkeit getan. Versprochen?«

»Ich wusste, dass ich mich auf dich verlassen kann.« Elsa sprang auf und umarmte ihn. An Achims Arm hinkte sie zu seinem Auto und ließ sich erleichtert auf den Beifahrersitz fallen. Jeder Schritt fühlte sich an, als würde sie über Messerklingen gehen.

Kurze Zeit später erreichten sie die Wohnung von Daphne. Die Fenster im ersten Stock waren allesamt dunkel.

»Kannst du etwas Ungewöhnliches entdecken?«, fragte Achim, der mit seinem Smart quer zur Straße in einer winzigen Parklücke gehalten hatte.

»Du meinst außer, dass da drüben nachts um halb drei noch der Fernseher läuft? Nein. Sonst nichts.«

»Siehst du, es ist alles in Ordnung, wir können also wieder fahren.« Wie zum Beweis, dass er es ernst meine, schaltete Achim in den Rückwärtsgang.

Elsa legte ihre linke Hand auf seine und drehte mit der rechten den Schlüssel. Der Motor erstarb und Achim warf ihr einen vorwurfsvollen Blick zu.

»Wir hatten eine Abmachung.«

»O Mann, Elsa. In was für eine Situation bringst du mich?«

»Hast du etwa Angst?«

»Ja!« Achim schrie beinahe. Mit aufgerissenen Augen starrte er Elsa an. »Um ehrlich zu sein, habe ich eine Heidenangst. Ich bin nicht der Typ, der einen Einbrecher mit Leib und Leben davon abhalten würde, meinen Fernseher zu stehlen. Wenn er mich dafür in Ruhe ließe, würde ich ihm sogar noch helfen, das Gerät und alle anderen Wertsachen nach draußen zu tragen. Und jetzt soll ich für eine Frau, die ich nicht einmal kenne, mein Leben in Gefahr bringen?«

»Red keinen Quatsch. Pappel ist ein Versager.

Vermutlich liegt er noch bewusstlos auf der Picknickdecke und träumt von einem Dreier mit mir und Daphne Wolrat«, versuchte Elsa sich und Achim Mut zuzusprechen. Eigentlich glaubte sie selbst nicht wirklich daran und genau deshalb musste sie nun bei Daphne klingeln. »Alles, was wir hier tun, ist mir ein gutes Gefühl zu geben. Lass es uns durchziehen«.

»Ach verdammt«, rief Achim. Dann seufzte er übertrieben, stieg aus dem Wagen und knallte die Tür zu. »Kommst du jetzt?«, hörte Elsa seine gedämpfte Stimme.

»Danke«, sagte sie, als sie bei der Therapeutin klingelte. Zu ihrer Überraschung dauerte es nicht lange, bis der Summer ertönte.

»Das ging mir viel zu schnell. Hier stimmt was nicht«, flüsterte Achim und blieb vor dem Tor stehen.

Elsa drehte sich um und winkte ihm zu, dass er sich bewegen sollte. »Red dir nichts ein. Wahrscheinlich habe ich sie einfach mit meinen Anrufen geweckt.«

»Ich hasse dich«, murmelte er, folgte ihr aber schließlich.

Daphnes Tür stand einen Spalt offen. Drinnen war es dunkel bis auf das Licht, das vom Treppenhaus in die Wohnung fiel. Elsa warf Achim, der auf der vorletzten Stufe stand und nervös von einem Bein aufs andere wippte, einen Blick zu. Allmählich steckte er sie mit seiner Nervosität an und verstärkte so ihr ungutes Gefühl noch zusätzlich. Jede Faser ihres Körpers weigerte sich, die Wohnung zu betreten.

»Ich gehe jetzt rein, bleib bitte direkt hinter mir«, flüsterte sie und wartete, bis Achim auch die letzte Stufe genommen und sich zu ihr gestellt hatte. Dann stieß sie die Tür auf und rief Daphnes Namen.

Auf der Suche nach dem Lichtschalter tastete Elsa sich durch die Diele, als sie plötzlich einen erstickten Laut hinter sich hörte. Sie drehte sich um und sah, wie Achim ihr mit schmerzverzerrtem Gesicht entgegenfiel.

Elsa machte einen Schritt nach hinten, doch ihre Reaktion kam zu spät. Achims Gewicht riss sie um und sie landete unter ihm auf dem Boden.

Der Sturz presste die Luft aus ihren Lungen. Elsa stöhnte schmerzerfüllt auf.

In diesem Moment schlug jemand die Wohnungstür zu und im Flur wurde es stockdunkel.

»Sieh an, was für ein glücklicher Zufall. Ich wusste, dass ich dich kriegen würde, aber wer hätte gedacht, dass du selbst am meisten dafür tun würdest.« Das war Pappels Stimme.

Panik jagte durch Elsas Körper. Mühsam strampelte sie sich unter Achims Körper hervor. Und dann packte Pappel sie am Arm und schleifte sie ins Wohnzimmer.

Elsa wehrte sich mit aller Kraft und trat verzweifelt nach Pappel. Sie erwischte sein Schienbein, doch er zog sie unbeeindruckt davon weiter.

Er zerrte sie an den Haaren nach oben und zwang sie, sich auf einen der beiden Sessel zu setzen. Dann wickelte er ein Seil um ihren Oberkörper, sodass sie sich kaum noch bewegen konnte.

Nachdem er das Band hinter ihrem Rücken festgezurrt hatte, schaltete er die Stehlampe an. Er sah Furcht einflößend aus. Überall in seinem Gesicht und in den wenigen Haarsträhnen war getrocknetes Blut verschmiert. Über seiner Stirn klebte ein riesiges Pflaster, das fast über die gesamte Kopfbreite ging.

Elsa blickte sich um und entdeckte die Therapeutin direkt neben sich. Sie saß auf dem anderen Sessel und war nackt. Im Gegensatz zu Elsa war sie nicht gefesselt, was vermutlich daran lag, dass ihr Kopf regungslos auf ihrer Schulter ruhte. Sie war ohne Bewusstsein.

Pappel beugte sich nach vorne und schlug Elsa mit der Faust ins Gesicht. Blut lief ihr aus der Nase und tropfte auf ihre Lippen.

»Verdammt«, brüllte er sie an und rieb sich die Hand, mit der er sie geschlagen hatte. »Ich wollte dir doch nicht wehtun. Warum musstest du mich so verarschen?«

Elsa zog die Nase hoch und der Schmerz ließ sie beinahe aufheulen.

Mittlerweile war Pappel wieder nach vorne gestürzt und packte sie unterm Kinn. »Mieses Stück Scheiße. Wenn du nicht so schön wärst, dann ...« Genüsslich leckte er ihr über die Wange. »Oh jaa. Wir werden so viel Spaß haben, wir drei.«

Damit wandte er sich Daphne zu. Stöhnend befingerte er ihre Brüste und lutschte wie ein ungeschickter Junge an ihrem Hals herum.

Elsa versuchte verzweifelt, die Verschnürung an den Armen zu lockern, in der Hoffnung, an den Knoten auf der Rückseite zu gelangen. Mit jeder Bewegung merkte sie, wie sich das Seil etwas mehr lockerte. Sie schielte rüber zu Pappel, der ganz und gar mit Daphne beschäftigt war. Die Bücher in den Regalen waren stumme Zeugen und doch konnte das in ihnen festgehaltene Wissen keiner der beiden Frauen in diesem Moment helfen.

Gerade in dem Moment, als Elsa glaubte, die Fesseln lösen zu können, ließ Pappel von der Therapeutin ab und wandte sich ihr zu.

»Gefällt dir, was du siehst?«, fragte er und kam ihrem Gesicht dabei so nahe, dass sie den Belag auf seinen Zähnen erkennen konnte. »Später kommst du auch noch dran, nur Geduld. Und du wirst meine Qualitäten als Liebhaber im Gegensatz zu Daphne miterleben.« Pappel strich Elsa über die Wange.

»Du bist kein Liebhaber, du bist ein krankes Arschloch«, spie Elsa ihm ins Gesicht. Das Seil löste sich von ihrem Oberkörper und sie riss ihren rechten Arm hoch. Mit voller Wucht stieß sie ihm ihre Faust mitten ins Gesicht. Mit einem lauten Knacken brach Pappels Nase und Blut schoss aus beiden Nasenlöchern. Sein Schmerzensschrei klang hoch wie der einer Frau.

Elsa setzte zum nächsten Schlag an, doch er packte ihre Faust und drehte ihr Handgelenk mit einem Ruck nach außen. Alles ging so schnell, dass Elsa kaum spürte, wie der Knochen brach. Erst als sie ihm ihren Arm entriss, schoss ihr der Schmerz wie ein elektrischer Impuls durch den Arm und erreichte ihr Gehirn.

Pappel hatte derweil von ihr abgelassen und den Kopf in den Nacken gelegt. Mit den Händen versuchte er, den nicht versiegenden Blutstrom aus seiner Nase zu stoppen. Nuschelnd faselte er alle möglichen Flüche vor sich hin, Schimpfworte, die Elsa in ihrem Leben noch nicht gehört hatte. Plötzlich hielt er inne und starrte Elsa wutentbrannt an. »Du ... du hast es nicht verdient weiterzuleben.« Pappel stand auf und zog ein Messer aus seiner Hosentasche.

Kapitel 37

»Ein Grab ist doch immer die beste Befestigung wider die Stürme des Schicksals.«

G.C. Lichtenberg

Plötzlich ging alles ganz schnell. Elsa sprang aus dem Sessel hoch. Das Seil, das noch immer um ihren Oberkörper und die Lehne geschlungen war, zwang sie jedoch zurück in das Polster. Im nächsten Moment stürzte sich Pappel mit dem Schrei eines Wahnsinnigen auf sie und rammte ihr das Messer in den Bauch. Der Sessel geriet ins Kippen und fiel schließlich mit ihnen beiden zusammen um. Elsa heulte laut auf, als ihr gebrochenes Handgelenk unter ihrem Körper begraben wurde.

Pappel war im Gegensatz zu ihr schnell wieder auf den Beinen. Fasziniert starrte er das blutige Messer in seiner Hand an. Langsam fuhr er sich mit der Zungenspitze über die Lippen, als handle es sich bei der Flüssigkeit um eine besonders leckere Marmelade. Dann wanderte sein Blick zu Elsa. Wie eine Katze, die etwas Interessantes entdeckt hatte, legte er den Kopf leicht schief und musterte sie von oben bis unten. Eine Sekunde lang, die Elsa wie eine Ewigkeit vorkam, schien er durch sie hindurchzuschauen.

Elsa erwartete jeden Moment, dass er erneut mit dem Messer auf sie losging. Pappel jedoch drehte sich um, hievte sich die bewusstlose Therapeutin beängstigend mühelos auf die Schulter und verschwand mit ihr aus dem Wohnzimmer.

Elsa blieb auf dem Holzfußboden zurück. Sie schwitzte und ihr Herz raste heftiger als nach einem Sprint. Vorsichtig hob sie mit der unverletzten Hand ihr T-Shirt an, um die Stichwunde zu begutachten. Bei dem Anblick der auseinanderklaffenden Wundränder drehte sich ihr Magen um. Aus dem Loch in ihrem Bauch quoll das Blut im Rhythmus ihres Herzschlages heraus. Dort, wo es an ihrer Haut herunterlief, fühlte es sich wie heißes Wasser an.

Elsa ließ ihren Kopf auf den Boden sinken. Trotz des tiefen Stichs verspürte sie kaum Schmerzen, abgesehen von dem heftigen Pochen in ihrem Handgelenk. Sie befand sich in einer Art Rauschzustand, in dem sie alles um sich herum wie durch einen Tunnelblick wahrnahm. Der umgeworfene Sessel, die deckenhohen Bücherregale, der stöhnende Pappel, der sich irgendwo in der Wohnung gerade an Daphne verging. Elsa fühlte sich wie in einem schlechten Film. Nichts davon hatte noch irgendeine Bedeutung für sie oder ihr Leben, das gerade mit dem Blut aus ihrem Bauch herausfloss.

Wie lange es wohl dauern würde, bis sie hier verblutet war? Elsa öffnete die Augen und starrte auf die Wand aus Büchern, die sich über ihr auftürmte. Sie würde keine Chance mehr haben, Bücher zu lesen. Ihr Blick fiel auf den *Sandmann*. Das passte irgendwie zu Pappel, der ebenso dem Wahnsinn verfallen war wie Nathanael aus der Geschichte von Hoffmann. Mit dem Unterschied, dass weder Elsa noch Daphne menschliche Automaten waren.

Elsa verdrängte den Gedanken an Pappel. Die vielleicht letzten Minuten in ihrem Leben wollte sie nicht mit ihm in ihrem Kopf verbringen. In ihrer Vorstellung beschwor sie das Bild von Pascal und Henjek herauf und spürte, wie ihr heiße Tränen die Wangen hinunterkullerten. In diesem Moment wünschte sie sich, dass sie niemals früher nach Hause gekommen wäre und somit Pascal nie mit der Brünetten in ihrem Bett erwischt hätte. Es zerriss ihr das Herz, dass sie Pascal nie wieder eine seiner blonden Locken aus dem Gesicht streichen oder mit Henjek in ihren Armen einschlafen würde. Nie wieder würden sie sich darüber streiten, wer nun das Abendessen kochte und wer noch einmal mit dem Hund vor die Tür ging.

Irgendwo in der Wohnung nahm sie einen Schrei wahr. Vermutlich war die arme Daphne aus ihrer Betäubung erwacht und musste nun miterleben, was der Verrückte mit ihr machte. Die Angst und die Verzweiflung in der Stimme gingen Elsa durch Mark und Bein. Sie fragte sich, ob Pappel recht hatte. War sie tatsächlich dafür verantwortlich, was nun mit der Therapeutin geschah? Im Wald hatte sie die Gelegenheit gehabt, es zu beenden, sie hätte Pappel töten können, doch sie hatte nur ihre Flucht im Kopf gehabt. Feige war sie vor ihm davongerannt, ohne die möglichen Folgen zu bedenken.

Ein plötzlicher Adrenalinstoß rüttelte Elsa wach. Sie musste Daphne helfen, es wenigstens versuchen. Stöhnend wälzte sie sich auf die unverletzte Seite und drückte sich mit der linken Hand in eine aufrechte Position. Die Blutlache unter ihrem Körper war viel kleiner, als sie erwartet hatte. Die Menge des verlorenen Blutes reichte bei Weitem nicht aus, um daran zu sterben. Dafür traf sie nun der Schmerz wie ein hinterhältiger Angreifer. Jeder Atemzug fühlte sich wie ein weiteres Messer an, das ihr ins Fleisch gerammt wurde.

Die Stiche ignorierend zog sie sich an der Sesselkante nach oben. Schwankend kam sie auf die Füße und musste sich am Regal abstützen, da ihre Beine sie kaum trugen. Das Zimmer um sie herum drehte sich und sie hatte das Gefühl, keine Luft mehr zu bekommen. Für einen Moment wurde ihr schwarz vor Augen, doch sie schaffte es irgendwie, sich auf den Beinen zu halten.

Das alles ignorierte sie. Mit winzigen Schritten tastete sie sich an den Büchern entlang. Einige Male zwangen die Schmerzen sie, anzuhalten und sich vornüberzubeugen, um wieder zu Atem zu kommen. Nach einer gefühlten Ewigkeit erreichte sie die Tür zur Diele. Gerade, als Elsa ihre Hand auf die Türklinke legte, wurde sie von außen heruntergedrückt. Die Tür wurde ihr aus der Hand gerissen, streifte sie an der Schulter und Elsa taumelte nach hinten. Als sie vollends das Gleichgewicht zu verlieren drohte, packte sie eine Hand an der Schulter und hielt sie fest.

Pappel.

Elsa geriet in Panik und schlug wild um sich. Sie wand sich unter dem festen Griff der Hand, doch mit ihrem lädierten Handgelenk schaffte sie es nicht, sich zu befreien.

»Alles ist gut«, flüsterte er. Für einen Moment glaubte sie, die Stimme würde zu Achim gehören, doch das konnte nicht sein.

Sie zappelte immer heftiger, doch je mehr sie sich wehrte, desto fester umklammerte Pappel sie. Schließlich legte er seinen freien Arm um ihren Oberkörper und fixierte sie.

In diesem Moment gab Elsa ihre Gegenwehr auf. Sie hatte keine Chance und keine Kraft mehr, sich gegen Pappel zu wehren. Sollte er doch mit ihr machen, was er wollte.

Seltsamerweise streichelte er ihr beruhigend über das Haar. »Ich bin ja jetzt da. Wir schaffen es hier raus«, sagte er.

Für eine Millisekunde vergaß Elsa ihren Schmerz und drehte sich in seinen Armen so, dass sie ihn ansehen konnte.

Vor ihr stand nicht Pappel. Stattdessen schaute sie in das blutige Gesicht von Achim. Im ersten Augenblick glaubte Elsa, sie würde halluzinieren. Mit zitternden Fingern betastete sie seine Wangen, seinen Hals. Er war real.

»Aber Pappel ...« Elsa konnte nicht weitersprechen, eine Schmerzwelle schoss durch ihren Unterleib.

»Wo ist er?«

Elsa zuckte mit den Schultern, während sie sich den Bauch hielt. »Du ... wir müssen ihn finden!«

Achim nickte und verschwand im dunklen Flur. Warum wartete er denn nicht auf sie? Elsa schleppte sich einige Schritte hinter ihm her, da hörte sie einen dumpfen Schlag.

Eine Tür am Ende des Flurs wurde aufgerissen und Pappel stürmte heraus. Er war komplett nackt, sein Körper glänzte vom Schweiß oder anderen Körperflüssigkeiten. Mit dem Messer in der Hand fiel er Achim an, stach wie wild in seine Richtung. Elsa stockte der Atem. Er durfte Achim nicht erwischen, sonst wäre ihr Schicksal besiegelt. Sie brüllte mit aller Kraft, die sie noch aufbrachte, um Pappels Aufmerksamkeit auf sich zu lenken. Er sah in ihre Richtung. Die Klinge verfehlte Achim. Der nutzte die Gelegenheit und packte Pappel an den Oberschenkeln.

Ineinander verschlungen stürzten die beiden zu Boden. Hilflos musste Elsa mit ansehen, wie sie miteinander rangen. Ihr ganzer Körper zitterte und ihre Beine wollten nicht auf die Befehle gehorchen, die sie ihnen gab. Wie angewurzelt stand sie da und sah, wie das Messer durch die Luft sauste.

Achim stöhnte laut auf und es wurde schlagartig still. Regungslos lagen die beiden im Flur. Elsa stieß die Luft aus, die sie angehalten hatte. Sie musste hier raus. Sofort.

Sie drehte sich um und nahm aus dem Augenwinkel eine Bewegung wahr. Einer der Körper löste sich aus dem Menschenknäuel. Achim stand auf. Das Messer steckte tief in Pappels Brust.

Erleichtert heulte Elsa auf. Dann verlor sie das Bewusstsein.

Kapitel 38

»Jetzt ist er ganz stille, er hat sicherlich das letzte Mal einen Wolf geritten.«

G.C. Lichtenberg

Schwanzwedelnd tollte Henjek über die vertrocknete Wiese am Mainufer. Elsa saß auf einer der Bänke in der trockenen Spätsommerhitze und schaute ihm wehmütig dabei zu, wie er seine Schnauze tief in einen Grasbüschel steckte. Vermutlich hatte jemand besonders Interessantes dort reingepinkelt. *Der Spaß sei ihm gegönnt*, dachte sie. Sie brauchte ohnehin eine Pause. Selbst ein kurzer Spaziergang strengte sie an und alle paar Hundert Meter musste sie sich ausruhen. Die Wunde an ihrem Bauch juckte wie Hölle und sie war froh, wenn in einigen Tagen endlich die Fäden gezogen wurden.

Achim schnalzte mit der Zunge und warf den zerkauten Tennisball in Richtung Main. Augenblicklich verlor Henjek das Interesse an der interessanten Schnupperstelle und jagte seinem Lieblingsspielzeug hinterher. Er schnappte sich den Ball, kurz bevor dieser das Wasser erreichte, und brachte ihn im Schweinsgalopp zu Achim zurück, der ihn brav ein weiteres Mal warf.

Achim hatte sich von seiner Gehirnerschütterung schnell erholt und seitdem ließ er Elsa kaum noch aus den Augen. Er hatte extra für sie in seiner Wohnung ein Zimmer freigeräumt und organisiert, dass ihre Möbel zu ihm gebracht wurden. Elsa hatte ihn nicht mal darum bitten müssen.

Nachdem sie von dem Durchgang zwischen Pappels und ihrer Wohnung erfahren hatten, war es keine Option mehr gewesen, dass Elsa jemals wieder dorthin zurückkehren würde. Elsa fragte sich immer wieder, ob Daphne davon gewusst hatte und wenn dem so war, weshalb sie es ihr verschwiegen hatte.

»Wie geht es dir?«, fragte Achim, so wie er es seit der Nacht im Daphnes Wohnung jeden Tag fragte.

Elsa gab ihm die Antwort, die sie ihm jedes Mal gab: »Scheiße.«

Achim seufzte und nickte. »Wir konnten sie nicht retten, das weißt du.«

»Ich hätte es gekonnt«, widersprach Elsa. »Aber ich habe es vorgezogen dort auf dem Boden zu liegen und mir einzureden, ich würde verbluten. Habe mich in meinem Leid gesuhlt, während sie im Schlafzimmer um ihr Leben kämpfte.« Als die Erinnerung aus ihr herausbrach, stiegen ihr Tränen in die Augen.

»Du hast auch um dein Leben gekämpft. Verdammt, du hast eine zehn Zentimeter tiefe Stichwunde gehabt, die nur knapp deine Gebärmutter verfehlt hat. Was hättest du tun wollen? Dich auf ihn werfen, um vor Schmerzen in Ohnmacht zu fallen?«

Elsa schüttelte den Kopf. Sie wollte keine Entschuldigungen hören, weil es ihr unmöglich war, sie zu glauben. Egal, wie man es drehte oder wendete, im Endeffekt lief alles bei ihr zusammen. Sie hatte wegen ihrer Neugierde dafür gesorgt, dass Pappel Daphne aufspürte. Dank ihrer Recherchen hatte sie durch Reinhold von den Kameras erfahren, hatte sie aufgestöbert und abmontiert. Deshalb war Pappel durchgedreht. In Panik, dass die Sache mit der Erpressung aufflog, hatte er Pascal umgebracht und Elsa verschleppt. Als sie aus seinem Elternhaus geflohen war, anstatt ihn unschädlich zu machen, hatte er sich eben der anderen Frau seiner Träume zugewandt. Nein, es gab nichts daran zu rütteln. Elsa hatte diese Steine ins Rollen gebracht und sie würde ihr Leben lang mit dieser Schuld leben müssen.

Achim lehnte sich zu ihr hinüber und legte sanft seinen Arm um ihre Schulter. Elsa ließ es zu, obwohl sie noch immer bei jeglichem Körperkontakt innerlich verkrampfte. »Er wird seine Strafe dafür bekommen«, sagte er und drückte sie leicht an sich.

»Als ob das ein Trost wäre. Er hätte sterben sollen, nicht Daphne. Mein Gott, er wird sich fünfzehn Jahre im Knast den Hintern platt sitzen. Und dann? Wie alt wird er sein, wenn er wieder rauskommt? Anfang fünfzig?«

»Und du wirst dann weit weg sein. An einem Ort, wo er dich niemals finden wird.«

An diesem heißen Nachmittag fehlte Elsa die Kraft, erneut mit Achim über ihr Verständnis von Gerechtigkeit zu diskutieren. Die Strafe, die Pappel bekommen würde, war in ihren Augen auf keinen Fall gerecht. Er hatte so viele Leben zerstört. Daphne Wolrats Leben, weil ihr das Vertrauen in die Menschen abhandengekommen war, bis sie schließlich durch seine Hand starb. Emil Reinholds Leben, der wegen Pappels Erpressungsversuch die Kontrolle verloren und seine Therapeutin angegriffen hatte, von deren Schuld er überzeugt gewesen war. Pascals Leben und das seiner Familie gleich mit, weil er Elsa hatte helfen wollen und damit Pappel im Weg war. Und letztlich hatte er Elsas Leben zerstört, die sich auf ewig fragen würde, an welcher Stelle der Kette von Entscheidungen sie anders reagieren und so zwei Menschenleben hätte retten können. Pappel hatte so viel mehr verdient als ein paar gemütliche Jahre im Gefängnis.

Elsa stand auf und stieß einen lauten Pfiff aus. Sofort kam Henjek angelaufen und sie klinkte die Leine in sein Brustgeschirr.

»Gehen wir?«, fragte sie Achim und lächelte ihm in dem Wissen zu, dass sie am nächsten Tag wieder ein ähnliches Gespräch führen würden. Dafür, dass er all das ertrug, würde sie ihm immer dankbar sein. Sie richtete sich auf, hakte sich bei Achim ein und ging mit ihm und Henjek zu ihrem neuen Zuhause.

Danksagung

Machen wir es kurz: Vielen Dank, liebe Leserinnen und Leser, dass Sie so mutig waren und wieder nach einem Buch von mir gegriffen haben. Ich hoffe, Elsa, Gregor und ich haben Sie gut unterhalten.

Sofern Ihnen das Buch gefallen hat, hilft es mir sehr, wenn Sie dies in einer Rezension auf Amazon mitteilen. Ein paar Sätze dazu, was Ihnen in der Geschichte gefallen hat, sind bereits ausreichend (leider nicht ausreichend sind die Sterne, die man auf seinem Kindle vergeben kann – gehen Sie auf die Produktseite auf Amazon und bewerten dort). Hinter mir steht kein großer Verlag, der Werbung für mich schaltet und die Veröffentlichung organisiert. Ich bin also auf positives Feedback von Ihnen angewiesen.

Sollte Sie konstruktive Kritik üben wollen oder Fragen an mich richten, schreiben Sie mir gerne eine Mail, besuchen Sie mich auf meiner Homepage oder folgen Sie mir auf Facebook (es gibt dort immer mal wieder kleinere oder größere Gewinnspiele, melden Sie sich einfach in der Mailingliste an, wenn Sie nichts mehr verpassen wollen):

melisa.schwermer@gmail.com

www.melisa-schwermer.de

https://www.facebook.com/melisa.schwermer

Ich bin immer bemüht, so schnell und ausführlich wie irgendwie möglich zu antworten, auch wenn es manchmal einige Tage dauern kann.

Nun gibt es noch einige Menschen, die ich nicht unerwähnt lassen möchte.

Daniela Arnold, danke für deine Insider-Informationen, was die freie Mitarbeit eines Journalisten angeht. Du hast mir unheimlich geholfen und Elsa authentischer gemacht.

Danke Claudia für das Cover. Es ist der Burner. ☺

Vielen Dank an meine Lektorinnen Anke und Susanne, für grandiose Arbeit. Besonderer Dank gilt dir Anke, für deinen spontanen Einsatz. Du hast einen Herzinfarkt verhindert.

Danke Jasmin für deine Adleraugen, die dafür gesorgt haben, dass es keine Schlüssel voller Salat gibt. Du bist super.

Ein großes Dankeschön geht an meinen Freund, der mit viel Arbeit während des Schreibens abgenommen hat, sodass ich mein Handgelenk schonen und das Buch in dem mir selbst gesteckten Zeitrahmen zu Ende bringen konnte.

Danke fürs Lesen und bis zum nächsten Mal, Ihre

Melisa Schwermer

Printed in Poland
by Amazon Fulfillment
Poland Sp. z o.o., Wrocław

11418243R00167